남자를 위하여

남자를

여자가
알아야 할
남자
이야기

위하여

김형경 지음

창비

간혹 사석에서 남자의 마음에 대해 환하게 밝혀둔 책은 없는가, 그런 책을 쓸 의향은 없는가 하는 질문을 받곤 했다. 연전에는 한 월간지 편집자로부터 '이 시대를 살아가는 외롭고 심심하고 속상한 남자들을 위로할 수 있는 글'을 청탁받은 일이 있다. 작년에는 또다른 월간지에서 동일한 주제의 청탁을 받았는데, 매달 한번씩 연재를 하자는 제안이었다. 위에 언급된 이들은 모두 남성이며, 이 책은 일년 이상 글을 연재하는 과정에서 구상되었다.

그럼에도, 남자들의 심리에 대한 책을 쓰는 일은 주저되었다. 몇 가지 편견 때문이었다. 남자들은 심리의 시옷 자도 듣기 싫어한다는 게 첫번째 편견이었다. 심리 이야기를 쓰게 되면 남자들이 이상화된 자기 이미지 밑에 숨겨둔 아프고, 슬프고, 찌질한 이야기들을 들추게 될 텐데, 그 점에 불편을 느낀 남자들이 책을 집어던질 것이라는 게 두번째 편견이었다. 세번째 편견은 남자들이 결국 분노하여, 내가 이 남성 중심 사회에서 추방당할지도 모른다는 것이었다. 물론 오래된 피해의식에서 비롯된 과장 어법이다.

다시 그럼에도, 책을 쓰게 된 이유는 조카들 때문이었다. 이미 성격과 생존법이 콘크리트처럼 굳은 기성세대야 불편을 참으며 조금만 더 살면 그만일 터이다. 하지만 성인으로서 자기만의 생을 막 시작하려는 젊은 남자들은 자기를 이해하고 생을 더듬어나가는 데 이 책을 참고할 수 있지 않을까 싶었다. 책을 쓰는 동안 주변 남자들을 많이 생각했다. 그중에서도 공부, 일, 사랑이 뜻대로 되지 않는다고 고민하는 사춘기와 청춘기 두 조카를 가장 많이 생각했다. 책을 통해, 사랑하는 조카들에게 말해주고 싶었다.
"너희들이 남몰래 느끼는 그 불편한 감정들은 잘못된 것이 아니야. 누구나 그런 마음을 가지고 있는데, 그것을 잘 알고 이해하느냐 못하느냐의 차이가 있을 뿐이야. 자기를 잘 알기만 하면 그다음에는 어떻게 행동할지 선택하는 문제만 남는 셈이지."

책은 네 파트로 구성되어 있다.
첫째 장 '남자의 관계 맺기'는 남자들이 어린 시절 부모 환경에서 만들어 가지는 성격과 성향에 대한 내용이다. 그들이 가족과의 관계에서 형성해온 생존법이 성인이 된 후 친밀한 관계에서 어떻게 작용하는가에 대한 이야기이다. 특히 남자들의 어깨를 짓누르는 책임감과 경쟁심의 근원에 대해 알아보았다.

둘째 장 '남자의 열정 사용법'은 말 그대로 남자들이 생의 에너지를 사용하는 방식에 대한 내용이다. 남녀가 관계를 맺을 때 여자는 자기 리비도의 대부분을 남자에게 투자하지만, 남자들은 여자들의 그런 태도를 숨 막혀한다. 그들은 친밀한 관계로부터 벗어나 여러가지 다양한 대상에 리비도를 분산 투자하기를 즐긴다.

셋째 장 '남자의 위험한 감정'은 남자들이 내면에 억압해둔 부정적 감정 영역들에 대한 내용이다. 그 감정이 위험한 이유는 억압해두었기 때문에 인식하지 못하고, 인식하지 못하기 때문에 엉뚱한 방향으로 폭발하며, 높아진 압력으로 인해 분출 시 재앙이 될 위험이 있기 때문이다. 그것은 자기 자신과 사랑하는 사람을 다치게 하는 재앙이다.

넷째, '남자의 삶과 변화'는 앞의 세장에서 제안한 남자들의 심리에 대한 질문이자 해답 같은 내용을 담아보았다. 남자로서 자기가 누구인지, 어떻게 살아야 하는지에 대한 의문을 품는 이들과 함께 고민해보았다. 특히 여성이 주도해나가는 남녀 관계 변화에 대해 남자들이 어떻게 대응하는지에 대해서도 생각해보았다.

책에는 남자들 이야기가 많이 들어 있다. 신화나 소설에서 따온 이야기도 있고, 외국 심리학 책에서 인용한 사례도 있고, 일상에서 맞닥뜨린 남자들 이야기도 있다. 현실에서 만난 남자들 이야기는 최대한 인상과 조건을 변형해 알아차리는 이가 없도록 그리려 노력했다. 그럼에도 나의 잘못으로 인해 혹시라도 이 책을 불편하게 느끼는 이가 있다면 미리 사과의 말씀을 드린다.

2013년 11월
김형경

1부

남자의
관계 맺기

남자에게는
세 여자가
있다

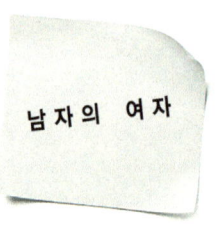

남 자 의 여 자

그는 내가 목격한 남자들 중 전형적인 경상도 가부장이라고 할 만한 인물이었다. 현직 대학교수이지만 여전히 가문을 중요시하고, 가문의 영광을 의식하면서 행동의 많은 부분을 절제했다. 안동 지방에 뿌리 둔 그의 가문은 그곳의 유력 가문들과 미묘한 경쟁 관계에 있는 듯했다. 그런 이야기는 사극에서나 보던 것이어서 시대를 거스르는 느낌이었지만 그에게는 피를 끓게 하는 생생한 현재였다.

안동에서 열린 어떤 세미나에 참석하기 위해 먼 친척뻘인 그와 동행하게 되었다. 그는 행사장에 가기 전에 먼저 고향에 계신 어머니를 찾아뵈었다. 엉거주춤 따라 들어간 집에서 그의 어머니를 뵈었을 때, 나는 놀라운 느낌에 사로잡혔다. 그 무렵 나는 일상에서 만나는 할머니들을 유심히 살피며 노년의 삶에 모델이 될 만한 분이 있을까 혼자 궁구하던 중이었다. 가부장제 속에 납작 엎드려 고되고 팍팍한 삶을 살아온 할머니들의 모습은 보기만 해도 가슴 아려서, 거기 어디에도 내 미래를 갖다대볼 엄두가 나지 않았다.

안동에서 뵌 그 어머니는 모든 이들의 판타지 속에나 있을 법한 할머니 모습을 하고 있었다. 하얀 머리를 단정하게 빗어넘기고 맑은 낯빛에 온유한 미소를 띤 채 조용하고 정겹게 말을 건넸다. 먼 길 온 아들에게 온전한 반가움을 보이며 자꾸만 음식을 권했다. 그 모습이 좋아 보여 처음 뵙는 남의 어머니 손을 덥석 잡고 몇번이나 쓸어보았는지 모른다.

공식 일정을 마친 후 지인과 그의 어머니와 함께 저녁 식사를 했다. 작별 인사를 나누고 돌아서서 몇걸음 걷는데 뒤에서 그 어머니가 나지막하게 아들 이름을 불렀다. 뒤돌아보자 낮은 목소리로 이렇게 말씀하셨다.

"내가 니를 늘 귀애한데이."

그것은 거의 당부 같은 말투였다. 내가 너를 귀애하니 너도 자신을 아끼라는 의미 같았다. 그토록 정겨운 당부의 말투도 오랜만이었고, 귀애한다는 단어를 귀로 들은 것도 처음이었다. 무엇보다 그 말투에 담긴 간곡함에 가슴이 아려왔다.

돌아오는 차 안에서 나는 지인에게 그 어머니에게서 받은 느낌을 말했다. 그는 어머니가 살아온 삶에 대해 들려주었다. 이야기하는 내내 그의 목소리에는 사랑과 걱정과 미안함이 배어나왔다. 남자들이 어머니에 대해 이야기할 때 그런 태도를 보이는 것은 흔한 일이었다. 어머니가 화제에 오르면 남자들은 그동안 전혀 보이지 않던 얼굴을 드러내곤 한다. 어머니 세대의 삶이 대체로 인고의 세월이어서, 남자들의 마음에는 순식간에 사랑과 연민과 죄의식이 흘러넘친다. 물론 어머니가 그들의 첫사랑이고, 그것도 좌절된 첫사랑이어서 그렇다는 사실은 의식되지 않는다.

어머니에 대한 화제가 끝나갈 즈음 그가 이런 이야기를 했다.

"나는 왜 밖에서 자꾸 아내 흉을 보게 되는지 모르겠어. 안 그래야지 하는데도 나도 모르게 그러고는 놀라게 돼."

나는 그에게 성장기를 통해 어머니를 미워하거나 어머니에게 반항해본 적이 있는지 물어보았다. 그는 화들짝 놀라면서 어떻게 그런 일을 하느냐고 되물었다. 하긴, 그가 어머니에 대해 가지고 있는 사랑, 연민, 죄의식 등을 생각하면 당치도 않은 질문이었다. 삼강오륜을 하늘같이 떠받들고 있을 테니 더욱 그럴 것이다.

어머니를 너무나 사랑하고, 심지어 이상화시킨 아들은 연인이나 아내를 선택할 때 이상화된 어머니 이미지를 투사한다. 어머니처럼 훌륭한 면모를 가진 여자를 선택하고 어머니에게 했듯 아내를 사랑하고 존중하는 남편이 된다. 바로 그런 이유 때문에 묘한 딜레마에 빠진다.

본래 사랑은 그 뒷면에 분노와 공격성을 가지고 있고, 자식들은 성장기에 부모를 향해 그 감정을 표현한다. 부모가 분노와 공격성을 끝까지 수용해주고, 그럼에도 불구하고 일관되게 사랑해줄 때 자식들의 내면에서 사랑과 분노가 통합되고 건강한 정서가 정립된다. 하지만 그 과정을 거치지 않은 사람은 사랑에 통합시키지 못한 부정적 감정들을 다른 누군가를 향해 표출하게 된다. 그 재수없는 사람은 가엾게도 그가 가장 사랑하는 연인이나 아내가 되기 십상이다. 지인이 걱정하는 그 행위도 무의식에 억압된 분노가 소극적으로 표현되는 방식이었다.

삼십대 초반, 문단의 선배 여성 작가가 이런 조언을 해주신 적이 있다.

"어떤 유부남이 너 좋다고 하면서, 네 앞에서 마누라 욕하는 사람이 있거든, 그런 사람은 절대로 믿지 마라."

지금도 그분의 음색과 낯빛이 생생하게 기억난다. 당시에는 느닷없다고 느껴지는 충고였는데, 그 말을 들어서인지 그후 밖에서 마누라 흉보는 남자를 유독 의식하게 되었다. 그런 이들은 의외로 많았고, 대개 누군가를 유혹하기 위해서라기보다 '그냥' 아내에 대한 불평불만을 말하는 것처럼 보였다(그 이유는 3부의 「남자가 폭력을 휘두르는 이유」 편에 밝혀두었다).

제삼자에게 아내를 비난하는 일은 그래도 양호한 편에 속한다. 아내를 존중하는 온순한 남편 역할을 하는 남자 중에는 분노를 자식들에게 표출하는 경우가 적지 않다. 성장기에 아버지에게 자주 맞아 내면이 파괴된 여성의 치유 과정에 대해 들은 일이 있다. 그녀의 아버지가 자식을 때린 행위는 마치 전쟁 중인 군인이 적군을 대하는 태도 같았다.

　어머니, 아내, 자식에게도 내면의 분노를 표현하지 못한 남자들은 그 분노를 아주 먼 곳으로 돌린다. 자기와 아무 관계도 없는 여자에게, 자기가 정당하다고 느낄 수 있는 상황에서만 화를 낸다. 여자가 식당에서 큰 소리로 떠든다느니, 여자가 집에서 밥이나 하지 운전을 하고 다닌다느니, 여자들은 출근을 하는 게 아니라 패션쇼를 하러 온다느니…… 예전에는 여성을 비난하고 비하하는 남자를 보면 오직 불쾌감만 느꼈다. 요즈음은 그런 이들의 다른 면을 짐작해보게 된다. 그런 이들은 내면에서 얼마나 불안하고 고통스러울까. 자기 비하감은 또 얼마나 클까.

● ●

남자들의 첫 여자

　　　　　　　청춘기를 지나면서 『호밀밭의 파수꾼』(*The Catcher in the Rye*)을 한번쯤 읽지 않은 사람은 없을 것이다. 그 책의 저자 J. D. 쌜린저는 1919년에 태어나 뉴욕에서 자랐다. 십대 때 그의 아버지는 그를 유럽으로 보내 가업인 육류 및 유제품 사업을 체험하게 했다. 그러나 쌜린저는 결코 공장에서 일하지 않겠다고 다짐했고, 이 일로 아버지와 심각한 갈등을 겪었다. 그후 컬럼비아 대학에서 창작 강의를 들었으나 입대 영장을 받고 2차세계대전에 참전하기 위해 다시 유럽으로 갔다. 그는 연합군으로

남자들의 첫사랑은
사춘기 때의 그녀가 아니다.
남자들의 첫사랑은
바로 그들의 엄마이다.
모든 남자에게 '최초의 여자'는 엄마다.

복무하는 동안 노르망디상륙작전에 참전했고, 수많은 전우들이 죽어가는 것을 보았고, 그로 인해 신경쇠약에 시달려야 했다.

쌜린저는 전쟁이 끝난 후 귀국하여 『호밀밭의 파수꾼』을 발표했다. 주인공 홀든은 자기가 왜 그토록 화가 나는지, 왜 세상의 모든 규범과 권위를 무조건 부정하고 싶은지 알지 못한 채 방황한다. 부모와는 말이 통하지 않고, 친구들 사이에서는 소외감을 느끼며, 바람에 날리는 휴지처럼 사람들 사이를 떠돈다. 그것은 전후 청춘들의 초상이기도 했을 것이다.

책이 큰 반향을 일으키고 세상의 관심이 쏟아지자 그는 뉴햄프셔주의 작은 마을 코니시로 거처를 옮겼다. 그곳에서 당시 36세였던 쌜린저는 19세의 클레어 더글러스를 신부로 맞았다. 그때부터 쌜린저의 유명한 칩거도 시작되었다. 그는 집에서 사백 미터 떨어진 곳에 콘크리트 벙커를 지어놓고 몇주일씩 그곳에 틀어박혀 지냈다. 그 벙커는 머리가 천장에 부딪힐 정도로 낮았지만 쌜린저는 그곳에 책상과 소파를 들여놓고 글을 썼다. 그의 칩거가 길어지자 '정신적 학대'에 지친 아내는 그와 이혼했다.

1972년, 53세의 쌜린저는 다시 18세의 조이스 메이너드와 연애를 시작했고, 두사람의 관계는 열달간 지속되었다. 1977년에는 또다시 마흔살 어린 18세의 간호사 콜린 오닐을 만나 몇년 동안 편지를 주고받다가 1980년대 후반에 결혼했다. 윌리엄 케인의 『거장처럼 써라』(*Write Like the Masters*)에 소개된 내용이다. 그 책은 문학사에 이름을 남긴 작가들의 특별한 창작법을 안내하고 있는데, 쌜린저로부터는 '줄거리보다는 등장인물에 초점을 맞추는' 글쓰기 방법을 안내한다. 하지만 그의 글쓰기 방법보다 인상적인 것은 그가 선택한 세명의 신부들이었다.

쌜린저의 내면에는 나이를 먹지 않는 청년이 있었던 듯하다. 간혹 사람들은 트라우마가 발생한 시기에 얼어붙은 '내면 아이'(혹은 무의식)를 데리고 산다. 쌜린저의 내면에 있는 아이는 아버지에 의해 유럽으로 보내진 시기, 혹은 전쟁터로 징집된 시기에 고착된 듯 보인다. 그는 연인을 선택할 때마다 내면 아이의 수준에서 친밀감을 주고받을 수 있는 여자를 찾아냈을 것이다. 그의 세 신부들은 나이뿐 아니라 외모나 분위기도 비슷했을 것이다.

쌜린저처럼 뚜렷하게 드러나든 그렇지 않든 남자들은 자신이 첫사랑을 닮은 여자에게 반한다는 사실을 알고 있다. 첫사랑은 최초의 순결한 마음을 쏟은 대상이어서 마음 깊은 곳에 영원히 살아 있다고 믿는다. 여자들도 남자들의 그런 심리를 알고 있기 때문에 자기가 첫사랑과 닮았다는 이유 때문에 선택되었다 해도 불쾌감을 감수할 수밖에 없다고 생각한다.

하지만 남자들의 첫사랑은 사춘기 때의 그녀가 아니다. 남자들의 첫사랑은 바로 그들의 엄마이다. 모든 남자에게 '최초의 여자'는 엄마다. 그들은 무의식적으로 엄마와 가장 비슷하게 생긴 여자에게 사랑을 느낀다. 간혹 엄마에 대한 분노가 극심하고 그것을 의식 차원에서 명확히 느끼는 사람은 엄마와 정반대로 생긴 여자를 선택하기도 한다. 하지만 그 분노의 뒷면에도 여전히 사랑이 자리 잡고 있다.

반대 성의 부모에 대한 애착을 포기하지 못한 오이디푸스 문제는 많은 이들이 걸려 넘어지는 걸림돌로 보인다. 후배들과 이야기하다보면 그들이 대체로 오이디푸스 콤플렉스 단계에서 삶의 오류를 반복하는 것을 목격하게 된다. 스무살 이상 나이가 많은 남자에게만 빠지는 여자, 경쟁자가 있는 상대에게만 사랑을 느끼는 여자, 유난스럽도록 유혹자의 태도와 옷차림을 하고 다니는 여자, 어떠어떠한 이유로 아버지가 미워 죽겠다고 말하는 여자 들은 한결같이 아버지에 대한 유아기 애착을 내면에 고스란히 간직하고 있다. 그녀들은 사랑하고 사랑받는 일에서 자주 오류를 범하고 현실의 남자를 제대로 바라보는 눈을 가지지 못한 경우가 많다. 물론 똑같은 이야기가 남자에게도 적용된다.

● ●

남자가 꿈꾸는 여자는 없다

그는 내가 문학 창작을 공부하던 시기에 한 문학 써클에서 만난 사람이었다. 두해 선배였던 그는 문학을 공부하는 데 쏟는 시간보다 여자를 만나는 일에 더 많은 열정을 기울이는 듯 보였다. 그 시기 청춘들이 청춘사업에 열중하는 거야 당연하지만, 그의 태도가 눈에 띄었던 이유는 육개월 단위로 여자를 갈아치웠기 때문이었다.

선배였던 그는 우리가 그 써클에 들어가기 전에 이미 동기 여자 몇명과 육개월짜리 연애를 끝낸 후였다. 우리가 가입했을 때는 후배들에게로 시선을 돌렸다. 우리는 그의 전력과 전 연인들에 대해 들어서 알고 있었다. 그럼에도 친구 한명은 그의 유혹에 넘어갔다. 그 친구가 그와 육개월쯤 사귀고 헤어졌을 때 또다른 친구가 그의 연인이 되었다.

이해할 수 없는 것은 친구들이었다. 불과 몇달 전까지 친구의 연인이었다는 사실을 알면서도, 그가 육개월 단위로 여자를 갈아치우는 행각을 삼년째 하고 있다는 사실을 알면서도 그의 유혹에 넘어가는 사실을 믿을 수 없었다. 나중에야 그녀들에게 구원자 콤플렉스와 치명적인 나르시시즘이 있었을 거라 짐작하게 되었다. 자기는 특별하기 때문에 부박하게 떠도는 연인의 마음을 붙잡아 안정된 관계를 맺고 그를 새롭게 태어나게 할 수 있으리라는 환상을 품지 않았을까 싶다.

다음으로 이해하고자 애썼던 사람은 그 선배였다. 당시에는 그가 왜 그토록 자주 여자를 갈아치우는지, 그럼에도 거듭 절박한 태도로 여자를 갈구하는지 이해할 수 없었다. 여자와 함께 있을 때 그는 행복하고 충만해 보였다. 혼자 있을 때는 우울하거나 불안정해 보였고, 가끔 위험해 보이기도 했다. 언제나 그가 여자를 떠났으면서도 더 깊이 상처 입은 듯 보이는 쪽은 그 사람이었다.

나중에야 모든 바람둥이들이 절박하게 타인을 필요로 하지만 바로 그만한 강도로 여자로부터 달아난다는 사실을 알게 되었다. 그들은 애착과 신뢰가 쌓였을 때 필연적으로 맞닥뜨리게 되는 뒷면의 감정, 분노나 공격성을 안전하게 처리할 수 없어 관계로부터 멀어진다. 관계에 따르는 책임감을 짊어질 만큼 강한 자아도 갖지 못했다. 그러니까 바람둥이는 '나쁜 사람'이 아니라 '아픈 사람'이라는 인식이 옳을 것이다.

그가 예술가로서 여자를 정서적 용도로 사용했을 거라는 사실도 짐작되었다. 남자들이 내면 감정을 훌륭하게 억압한다는 사실은 이제 누구나 알고 있다. 그런 점에서 남성 예술가들은 내면 감정에 닿기 위해서, 감수성을 자극하는 역할을 해줄 여자가 반드시 필요해 보인다. 그는 여자를 통해 정서적 욕구를 충족하고, 그녀를 영감의 원천으로 삼아 문학작품을 창작했을 것이다. 예술가들이 여자를 좋아한다는 공식에는 그런 배경이 있는 듯하다.

또한 그는 여자를 은밀히 공격하고 비하했다. 정서적 욕구를 충족한 뒤 여자를 떠날 때마다 그것은 여자를 소극적으로 공격하고, 나쁜 곳으로 밀어넣고, 가치를 하락시키는 행위였다. 물론 그런 행위는 의식 차원에서는 인식하지 못하는 무의식의 작용이었다. 첫사랑의 여자, 숭고한 대상으로 이상화한 엄마 이미지를 보호하기 위해 그는 반대 감정과 욕구를 투사할 다른 여성이 필요했다. 타락한 여성, 가치가 낮은 여성을 만들어내어 분노와 공격성을 은밀히 쏟아부었던 셈이다.

여자의 삶에는 세 남자가 중요하다는 옛말은 누구나 알고 있다. 어렸을 때는 아버지, 결혼해서는 남편, 노년에는 아들에 의해 여자

의 인생이 결정된다. 보다 잘 의존하기 위해 어렸을 때는 착한 딸이
되고, 커서는 성적 매력을 가꾸고, 노년에 대비하기 위해 아들의 출
세를 바란다. 그러니 여자가 원하는 남자는 사실 한 유형밖에 없다.
잘 의존할 수 있는 대상으로서의 백마 탄 남자. 그리하여 여자들은
연인이나 남편이 내면에 있는 이상화된 아버지 역할을 해주지 않
는다고 화를 낸다. '남자친구가 이벤트를 해주지 않는다' '남편이
집안일을 도와주지 않는다'면서 늘 불평한다.

　남자에게도 여자는 세종류로 구분된다. 첫사랑의 여자, 이상화되
고 미화된 성스러운 여자, 퇴락하고 가치 하락되어 함부로 대하는
여자. 하지만 그녀들은 사실 최초의 여자인 엄마에게서 만들어 가
진 남자들의 내면 이미지일 뿐이다. 엄마를 사랑할 수 없게 된 오이
디푸스 기의 소년은 유치원에 가서 첫사랑의 여자를 찾는다. 그후
로는 이상화된 연인을 찾아내어 숭배하거나, 가치 하락시킨 여자를
선택해서 파괴적으로 군다.

　그러니 남자가 원하는 여자도 사실은 단 하나인 셈이다. 헌신적
으로 사랑하고 혼신을 다해 보살펴주는 이상화된 엄마 이미지를
구현하는 여자. 많은 남자들의 이상형이 간호사나 스튜어디스인 이
유는 너무나 명백하다. 하지만 현실에는 그런 여자가 없기 때문에
남자들도 자주 화를 낸다. '우리 엄마는 이렇게 하지 않았다' '나는
네가 엄마처럼 대해줄 줄 알았다'라면서 불만을 토로한다. 여자가
꿈꾸는 남자도, 남자가 꿈꾸는 여자도 현실에는 존재하지 않는다.

여자의 인생에서
사라지는
남자들

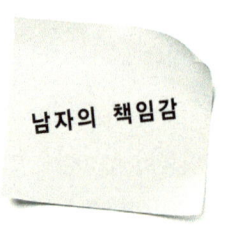

레이철을 만나기 전까지, 결혼
이란 남자가 모든 자유를 포기하고 여자의 욕구와 기호가 지배하
는 세계로 들어가는 일이라 믿어왔다. 그녀를 만나면서 생각이 완
전히 바뀌었다. 결혼이란 이상적인 공동 사업이라고 믿게 되었다.
일을 자유롭게 할 수 있는 자유가 있으면 그것으로 충분하지 않은
가. 그런 결론을 내렸다.

　이 글은 1987년에 미국에서 출간된『남자에 대하여』(*About Man*)
라는 책에 실려 있다. 그 책은 여러 남성 필자들이『뉴욕 타임스 매
거진』에 연재한 진솔한 자기 이야기를 엮은 것이다. 국내에는 1996

년에 번역 출간되었는데, 제목이 '여자에게'로 바뀌었다. 남자의 마음을 좀 알아봐달라고 호소하는 듯한 뉘앙스로 들린다.

이 글의 필자는 대학교수이다. 그가 말하고자 하는 주제는 '남자의 인생에서 연상의 여자는 그를 새롭게 태어나게 하는 존재가 아닐까' 하는 것이다. 하지만 그의 글은 남자가 결혼에 대해 얼마나 큰 부담감을 느끼는지 토로한다는 점에서 더 인상적이었다.

그는 자유를 잃더라도 이상적인 공동 사업을 한다는 마음으로 결혼을 결심한다. 파트너인 레이철이 연상이면서 사회적 능력까지 갖추고 있어 자유롭고 만족스러운 결혼생활을 보장해줄 거라 기대한다. 그녀에게 네살 된 아이가 있고 결혼하면 그녀의 어머니와 함께 살아야 한다는 조건에도 동의한다. 많은 가족이 함께 살고, 새롭게 아이가 태어나도 좁지 않을 집을 구하기로 결정한다. 그는 자신이 그 모든 것들을 극복할 만큼 충분한 힘이 있다고 믿었다. 그리고 이렇게 덧붙인다.

결과적으로 모든 것은 환상에 불과했다. 그녀가 찾아낸, 방이 열두 개나 되는 빅토리아 시대풍의 대저택에 들어서는 순간 나는 그 집의 규모만큼이나 큼지막하게 다가오는 미래의 무게에 두려움을 느끼지 않을 수 없었다. 나는 뒷걸음질 치기 시작했다. 모든 것이 다시 보였다. 먼 장래에 레이철의 늙어버린 모습과 대비되는 나의 젊고 패기에 찬 모습이 가장 심각한 문제로 떠올랐다.

그는 자신이 결혼 앞에서 비겁하게 도망쳤다는 사실을 알고 있었다. 글 말미에서 스스로에게 이렇게 묻는다. "만약 당시의 두려움을 물리치고 그녀와 결혼했더라면 내 인생은 어떻게 변했을까. 그것은 영원히 해답을 알 수 없는 문제일 것이다."

이 글 속의 레이철처럼, 여자들의 인생에는 슬그머니 사라진 남자들이 한두명쯤 있다. 소개팅으로 만나 즐거운 시간을 보내고 헤어질 때 "곧 연락하겠습니다"라고 말한 후 연락 없는 남자, 데이트 시간 장소를 철석같이 약속하고는 영원히 종적을 감춘 남자, 달콤한 허니문을 꿈꾸며 섹스를 나눈 후 '아무래도 돌아오지 못할 것 같다'는 메모를 남겨놓고 그 밤에 사라진 남자.

여자 입장에서 보면 그런 남자들은 재앙이다. 좀 전까지 다정했던 남자가 예고나 징후 없이 꼬리를 감추면 여자는 순식간에 혼돈 상태에 빠져든다. 처음에는 어리둥절한 마음으로 걱정하다가, 다음에는 분노하다가, 마침내 자기를 비하하기 시작한다. 자기가 무슨 잘못을 했는지, 자기에게 성적 매력이 없었던 건지, 자기 집안이 내세울 만하지 않아서 그랬는지, 무수히 많은 가상 씨나리오를 쓰며 '만약에 게임'을 이어간다. 사라진 남자에 대한 수수께끼를 풀려 애쓰며 시간을 허비하는 동안, 그녀를 떠난 남자는 거리를 걸으며 이미 다른 여자에게 시선을 던지고 있다는 사실을 알지 못한 채.

남자들이 여자로부터 슬그머니 꼬리를 감추는 이유 중에는 책임감에 대한 부담이 가장 클 것이다. 그중에서도 결혼은 남자들이 가장 큰 중압감을 느끼는 인생 일대사이다. 어떤 남자는 여자가 결혼을 재촉하면 이별을 통보하고, 어떤 이는 결혼을 약속한 후에 사라진다. 예비 신부들은 대부분 결혼식을 앞두고 예비 신랑이 취하는 비협조적인 태도 때문에 마음 상한 경험을 가지고 있다. 여자가 웨딩드레스를 고르고 웨딩 촬영을 준비할 때 남자는 남의 일을 보듯 멀뚱히 건너다본다. 여자가 아름다운 신부가 되기 위해 다이어트와 마사지로 시간을 보낼 때 남자는 더 자주 술을 마시고 연락이 되지 않는다. 그들이 느끼는 책임감 때문이다.

여자가 달콤한 허니문을 꿈꿀 때 남자는 이제부터 한사람의 인생과 한 가정의 미래를 어깨에 올려놓고 평생 책임져야 한다는 압박감에 시달린다. 평생 가족을 먹여살리기 위해 생존경쟁 현장에서 숨 돌릴 틈 없이 뛸 각오를 해야 한다. 결혼하면 '사랑받는 사람'이 아니라 '생활의 안정을 제공해야 하는 사람'이 되고, 남자로서 누렸던 모든 자유를 포기하고 가족의 요구를 들어줘야 한다. 심지어 남자들은 '가족'이 된 아내에게 더이상 성적 매력을 느끼지 못하게 될까봐 두려워한다.

●●

책임감을 피하려는 남자들

나는 하나의 생명을 태어나게 할 무슨 권리가 있는가. 지금 태어난 새 생명은 앞으로 어떤 고통을 겪으며 자기 인생을 살 것인가. 하나의 생명을 태어나게 한 책임은 어떤 것인가. 그 아이가 스스로 선택하지 않은 인생을 내가 얼마나 책임질 수 있는 것인가. 또 얼마나 행복하게 만들어줄 수 있는가. 아이의 인생을 행복하게 해줄 수 없다면 지금 나는 얼마나 무책임한 일을 벌인 것인가.

나는 잘 떠지지도 않는 눈을 하고 이제 막 세상으로 나온 아이의 순수함에 연민을 느꼈고, 대부분 불만과 우울 속에서 보냈던 내 젊은 날들을 생각했고, 아이가 크면서 세상을 살아가며 겪어나가야 할 슬픔이나 고통 따위를 생각했다. 내가 초등학교 고학년일 때 유행했던 시각장애 가수 이용복이 번안하여 부른 이탈리아 칸초네 '어머니 왜 저를 낳으셨나요'라는 노랫말과 같은 생각을 아이가 갖게 될지 어떻게 알겠는가. 하나의 생명을 태어나게 한 것이 이처럼 많은 생각을 하게 만들지 나는 몰랐었다.

이 글은 '이프'에서 2002년에 출간한 『아빠 뭐해?』에 실려 있다. 그 책은 16명의 필자들이 아버지 세대와는 달라져야 하는 아버지 역할에 대해 고민하면서 경험과 생각을 섞어 써내려간 글들을 싣고 있다. 인용된 글의 필자는 당시 한 신문사에서 기자로 근무 중이었다. 책을 읽을 때 나는 저 대목에 밑줄을 긋고 나중에 다시 찾아볼 수 있도록 책장에 포스트잇을 붙여놓았다. 아이를 갖게 된 남자의 복잡한 심경을 그토록 세밀하게 표현한 점이 인상적이었다.

필자는 신생아실에서 아들 얼굴을 본 후 병원 밖으로 나가 조그만 대폿집에서 혼자 소주를 마시며 저토록 복잡한 상념에 잠긴다.

그 경험이 얼마나 지독했는지, 둘째아이가 태어났을 때는 분만 예정일 전날 술을 퍼마시고는 술이 깨지 않은 채 갓 태어난 아이 얼굴을 보고 돌아와 깊은 잠에 빠져들었다고 털어놓는다. 아마도 첫아이 때 맞았던 것과 같은 휘몰아치는 감정적 경험을 회피하고 싶었던 것이리라.

용기를 내어 결혼한 남자가 다시 한번 책임감에 짓눌리는 시점은 아내가 임신했다는 사실을 알았을 때이다. 여자들은 누구나 임신 사실을 말했을 때 기뻐하지 않는 연인이나 남편에 대해 알고 있다. 남자들은 당황하거나 고민하거나 어떻게 반응해야 할지 몰라 슬그머니 자리를 피한다. 결혼하면 아이가 태어나는 것이 당연하며 그것이 기쁜 일이라는 것을 의식적으로는 알고 있다. 하지만 마음 깊은 곳에서는 무거운 책임감에 짓눌린다. 좋은 아버지가 될 수 있을지, 한 아이의 인생을 책임질 만한 역량이 있는지, 한 아이를 교육하고 성장시키는 데 드는 비용을 감당할 수 있을지 등등. 간혹 유년기가 행복하지 않았던 남자들은 아기의 출생에 대해 이유를 알 수 없는 두려움에 휩싸인다. 그것은 무의식 깊은 곳에서 올라오기 때문에 한층 생생하면서 의식으로 통제하기 어려운 감정이다.

나는 여자들이 자기가 얼마나 엄마 역할을 잘하는지에 대해 자랑하는 말을 들어본 기억이 없다. 그녀들은 그저 묵묵히 자기 역할을 수행한다. 가끔 그녀들이 자기 역할에 대해 말할 때는 '내가 우리 아이들에게 무슨 짓을 한 거지?' 하면서 뼈아프게 후회하는 경우이다. 반면에 남자들은 자주 남편이나 아버지로서 가족들에게 '해주

사실 남자들이 두려워하는 것은
책임감 그 자체가 아니다.
책임을 다하지 못해
연인이나 아내가 떠날까봐 두려워하는 것이다.

는 것'을 염두에 둔다. 어떤 아버지들은 저녁에 피곤한 몸과 마음으로 퇴근해서 집에 갔을 때 온 가족이 편안한 시간을 보내는 것을 보면 이런 마음이 든다고 한다.

'내가 벌어다주는 돈으로 너희들은 편안하구나……'

그것은 엄밀하게 따지면 억울함에 가까운 감정일 것이다. 그래서 남자들은 자기도 모르게 가장으로서의 역할에 대해 생색내고 대접받고 싶어한다. 요즈음은 자기가 얼마나 아버지 역할을 잘하는지 자랑하는 아버지들이 많이 보이면서 '딸바보'라는 말이 만들어졌다. 짐작하건대, 자신의 가장 역할을 생색내는 아버지들의 마음속에는 절반쯤 두려움이 존재하지 않을까 싶다.

예전에 회사의 남자 선배들이 이런 농담을 나누는 것을 귀동냥한 일이 있다.

'당신이 섹스 후에 가장 많이 한 행동은?'

선배들은 그런 설문조사에서 가장 많이 나온 답이 '옷 입고 조용히 떠난다'였다고 말하면서 공모자의 웃음을 나누었다. 사실 그때 나는 저 농담의 진짜 의미를 이해하지 못했다. 그로부터 십년쯤 지나서야 남자들이 평생에 걸쳐 옷 벗은 채 그대로 잠드는 섹스보다 옷 입고 조용히 떠나는 섹스를 꿈꾼다는 사실을 알게 되었다. 그것 역시 단 한번의 '신체적 긴장 해소 행위' 때문에 평생 책임져야 하는 짐을 떠안을지도 모른다는 두려움과 관계있을 것이다.

책임감으로부터 달아나는 남자들 때문에 요즈음 우리 사회에 미혼모 문제가 대두되는 것으로 보인다. 우리 사회가 미혼모를 대하는 방식을 볼 때마다 늘 의아하게 생각되는 것은 그녀들에게 이상하고 나쁜 편견을 가진다는 점이다. 내 눈에 씽글맘이란 자기 행동을 스스로 책임지는 여성, 한 생명에 대한 사랑을 끝까지 지켜내는 사람, 예측 불가능한 삶을 떠안고 묵묵히 걸어가는 용감한 사람이다.

오히려 나는 미혼모에 대해 편견을 가진 남자들에게 의혹의 시선을 보내게 된다. 그들은 혹시 자기 아이를 임신한 여성으로부터 도망친 그 남자와 심리적 공모자는 아닐까. 그들은 혹시 미혼모에게서 자기가 슬그머니 떠나온 옛 여자를 보고 내면의 죄책감과 마주치기 때문에 그런 감정을 갖는 게 아닐까. 우리에게 제대로 된 판단력이 있다면, 연인과 아이를 두고 종적을 감춘 남자, 책임을 회피하고 관계로부터 도망친 남자에게 편견의 시선을 보내는 게 옳지 않을까. 손쉽게 여자를 비난하고, 남자의 행위에 대해서는 무한 면죄부를 부여하는 사회 분위기는 기이해서 가끔 믿어지지 않는다.

●●

셔터맨의 가출

그와 그녀는 대학 시절 만난 캠퍼스 커플이었다. 졸업 후 그녀는 개업 약사가 되었고, 그는 고시 준비생으로 머물러 있었다. 그런 상태로 그들은 결혼했고, 아내는 남편이 고시 준비를 하는 동안 집안 경제와 생활을 책임졌다. 남편은 아내의 일을 일부분 도와주었는데, 어느날 주변 사람들이 자신을 '셔터맨'이라고 부른다는 사실을 알게 되었다. 그들 사이에는 딸이 태어나 이미 유치원에 다니고 있었고, 그의 고시 준비는 누구의 눈에도 명분밖에 없어 보였다.

그들 가정에 특별한 문제가 있었던 것은 아니었다. 오히려 안정되고 평화로워 보였고, 부부 모두 성품이 좋아서 이웃들이 칭찬하는 모범 가정이었다. 그 일이 일어났을 때도 너무나 고요해서 누구도 쉽사리 진실을 알아차리지 못했다.

아내는 오래도록 그것을 가출이라고 생각하지 못했다. 처음에는 남편이 잠시 바람을 쐬러 나갔다고 믿었다. 휴대전화며 수첩이며 모든 중요한 물건들을 그대로 둔 채 지갑만 가지고 나갔기 때문이다. 첫날 남편이 귀가하지 않자 아내는 주변 사람들에게 남편의 행적을 수소문했다. 하지만 누구도 남편을 만난 적이 없다고 했다. 걱정 속에서 기다리다가 사흘째 되는 날 경찰서에 실종 신고를 했다. 경찰에서는 명백한 사건이 드러나지 않으면 수사에 착수할 수 없다고 했다. 바람 쐬러 간 사람, 자발적으로 집을 나간 사람까지 찾아줄 수는 없다는 이유였다.

아내는 백방으로 남편을 찾아다녔다. 남편 수첩에 이름이 있는 이들에게 모두 전화를 걸었고, 남편이 자주 다닌 등산로, 서점, 탁구장을 훑었다. 하지만 그날 이후 남편을 보았다는 사람은 아무도 없었다. 실종 무렵 남편에게서 평소와 다른 특별한 기미를 보았다는 사람도 없었다.

아내는 여러날을 눈물로 지새우다가, 맥없이 분노하다가 하면서 보냈다. 한쪽 옆구리에 구멍이 뚫린 듯한 상태로 삼사년이 흘렀을 때, 바람결처럼 남편 소식을 들었다. 여러사람의 입을 건너온 그 소식은, 남편이 미국에서 어떤 여자와 결혼해서 잘 살고 있다는 내용이었다.

나도 몇 다리 건너, '세상에 이런 일이······' 하면서 친구가 들려준 풍문으로 그 이야기를 들었다. 모든 남자들이 꿈꾸는 셔터맨이 결코 꿈의 직업은 아닐 거라 짐작되었다. 실제로 셔터맨이라는 직업으로 사는 남자가 있는지 모르지만, 그런 이가 있다면 그의 내면은 책임감에 짓눌리는 보통 남자들보다 두배는 더 복잡할 것이 틀림없으리라.

그토록 책임감에 짓눌리면서도 남자들은 그 책임감을 생의 보물처럼 부둥켜안고 내려놓으려 하지 않는다. 그것이 없다면 자기 존재를 증명할 길이 없다고까지 느낀다. 아내와 자식들에게 가장으로서의 책임을 다할 때에야 스스로를 가치있는 사람처럼 느낄 수 있다. 남자의 인생이 재앙으로 변하는 것은 무엇이든 해주겠다고 과도한 책임을 떠안을 때가 아니라, 책임져야 할 대상도 역량도 없을 때일 것이다.

사실 남자들이 두려워하는 것은 책임감 그 자체가 아니다. 책임을 다하지 못해 연인이나 아내가 떠날까봐 두려워하는 것이다. 그것은 경제적인 면에서이기도 하고, 성적인 측면의 이야기이기도 하다. 여자들은 섹스 후에 "좋았어?" 하고 묻는 남자들이 예의없고 무감각하다고 뒷담화하지만 그들이 여자를 만족시키지 못할까봐 얼마나 두려워하는지는 상상하지 못한다. 그들은 아내나 자식이 무엇을 요구했을 때 그것을 들어주지 못하면 두려운 나머지 오히려 화를 내는 것이다.

약사 아내의 셔터맨으로 살던 남편의 선택은 필연적인 것이었을지도 모른다. 그에게는 자기 존재를 증명하고 자기 가치를 만들어낼 책임감이 절박하게 필요했을 것이다. 미국에서 한 여자를 만나 그녀에게 남자로서의 책임을 다하면서 새롭고 빛나는 인생을 시작했을 것이다.

내가 삼십대 초반이었던 시절, 어떤 행사 뒤풀이 자리에서 마주앉은 동년배 남성이 무슨 말끝엔가 불쑥 이런 질문을 던졌다.

"어떻게 참고 살아요?"

그는 섹스를 염두에 두고 한 말이었고, 나 역시 그것을 알아들었다. 그리고 즉각 분노했다. 초면에 그따위 질문을 하다니, 무례하고 몰상식하다고 생각했다. 오래도록 그에 대해 나쁜 편견을 가지고 있었고, 그 생각을 양보하고 싶은 마음이 조금도 없었다.

마흔살이 넘어서야, 남성들이 가지고 있는 책임감에 대해 알고 나서야 노여움이 조금 누그러졌다. 그가 아마도 나의 섹스 라이프에 대해 책임감을 느꼈던 모양이라고 이해하기로 했다. 젊은 씽글 여성이 밤마다 해결하지 못한 성욕 때문에 허벅지를 바늘로 찌르며 날밤을 새우지나 않을까 걱정하는 마음이었을 거라고 생각을 바꾸었다. 그리고 보면 남자들이 씽글 여자만 보면 임자 없는 과수원에 열린 과일 보듯 서리하려 드는 이유도 실은 책임감 때문일지

도 모르겠다. 물론 그들의 입장을 변명하는 차원에서 해보는 농담
이다.

남자는
진정 아들을
사랑하는가

남 자 의 남 자

그리스신화는 아버지를 살해하는 아들들의 이야기로 시작된다. 최초의 신 우라노스는 아내 가이아의 출산을 달가워하지 않았다. 아이들이 태어나자 지구의 거대한 몸뚱이 속에 가두어 빛을 보지 못하게 했다. 어머니 가이아는 몹시 슬퍼했지만 아들들은 아버지를 두려워하기만 했다. 막내 크로노스만이 어머니를 도와 아버지를 제거하고 세상을 다스리며 새로운 신들을 만들어냈다.

크로노스는 누이 레아와 결혼한다. 레아 역시 대지의 여신이었고, 그의 아들 역시 아버지를 살해할 것이라는 예언을 듣는다. 크로노스는 아이들이 태어날 때마다 삼켜버린다. 레아와 가이아는 지혜를 모아 막내 제우스를 멀리 보내 비밀리에 키워낸다. 성인이 된 제우스는 지혜의 여신 메티스와 결혼하고 아내의 도움을 받아 크로노스를 살해하고 그가 삼킨 형제들을 구출한다.

제우스는 여러 아내를 거느리며 무수히 많은 자식을 낳는다. 그러면서 자기 역시 이전의 아버지들처럼 아들에 의해 살해되지 않을까 두려워한다. 첫 아내 메티스가 낳은 아들이 신과 인간들을 다스리게 될 것이라는 예언이 있었기 때문이다. 제우스는 메티스가 임신하자 그녀의 몸을 작게 만들어 삼켜버렸다. 그 아이는 아들이 아니라 딸 아테나였고, 제우스의 머리에서 태어났다.

그리스신화뿐 아니라 세계의 신화에는 아버지를 살해할 것이라는 신탁 때문에 태어나자마자 버려지는 아들들이 많이 등장한다. 저 유명한 오이디푸스도 그런 아들 중 한명이다. 프로이트의 『토템과 터부』(*Totem und Tabu*)는 그를 바탕으로 인간의 심리를 설명한 책이다. 프로이트의 가설에 의하면 최초의 아버지는 모든 권력과 여자들을 독점하고 있었다. 성장한 아들들은 공모하여 아버지를 죽이고 아버지의 땅과 여자를 나누어 갖는다. 자신들이 살해한 아버지를 위해 토템을 세우고 죽은 아버지를 숭상함으로써 아버지의 저주를 피하려 한다.

이 오래된 신화는 불행하게도 현대인의 내면에서 반복 재연된다.

한 고전문학 교수는 첫 아들이 태어나자 너무 기뻐서 아들이 말을 배우기도 전에 그리스비극을 읽어주었다. 조기교육 덕분에 아들은 학업 성취가 일취월장하여 16세에 이미 권위있는 대학의 입학 허가를 받았다. 그러자 아버지는 갑자기 재정적인 위기를 당했다면서 아들의 교육비를 뒷받침해주기 곤란하다고 말했다.

아들은 아버지의 재정이 좋아지는 18세까지 아버지의 요구에 따라 여러가지 일을 해야 했다. 결국 그는 자기 동급생들과 함께 지방 대학에 진학하였다. 아들의 조기 성장을 그렇게도 독려했던 아버지는 아들이 자신의 학문적 성취를 뛰어넘을 가능성을 보이자 무의식적으로 아들의 앞길을 막아버린 것이다.

이 글은 여성 심리학자 대프니 로즈 킹마의 『우리가 몰랐던 남성』(The Men We Never Knew)에서 인용한 것이다. 이 사례 바로 앞에는 이런 구절이 있다.

"나의 아버지는 프로 테니스 선수였다. 내가 어릴 때 테니스 시합을 할 때마다 아버지는 나를 이겼다. 내가 그를 처음으로 이기자 그는 나와의 테니스를 영원히 그만두었다. ─26세의 건축가."

모든 아버지들은 아들이 자라는 것에 대해 무의식적인 두려움을 느낀다. 그것은 실은 자신이 늙고 힘없어지는 것에 대한 공포이다. 그리하여 아버지들은 아들의 성장기에 자주 약속을 어기고, 거칠고 난폭하게 군림하고, 아버지 마음에 들어보려는 아들의 노력을 비웃는다.

"애들은 어른 반도 못돼."

"너는 일흔살이 되어도 나를 이길 수 없을 거다."

"잔머리 굴려봤자 내 손바닥 안이지."

어떤 아버지들이 아들이 자기 존재를 펼치려 하면 의도적으로, 혹은 무의식적으로 그것을 꺾어버린다. 때때로 충격적이고 잔인한 말들을 던지기도 한다.

"넌 나만큼 돈을 벌 수 없을 거다."

"너는 성공할 수 없을 거야."

로즈 킹마 박사는 이렇게 이야기를 마무리한다.

아버지와 아들 사이의 수많은 비극적 경쟁에 대해 우리 사회, 특히 여성들은 잘 모르고 있다. 남자들은 아버지와의 관계에서 신뢰를 잃었던 문제로 당혹해하며, 아버지가 보호자, 지원자가 되기는 커녕 내부의 적인 경우도 있다는 사실을 알고 놀란다. 아버지와의 경쟁에서 받은 상처로 인한 고통은 남자만의 은밀한 슬픔이며, 정신치료 때 거듭 밝혀지는 사실이기도 하다.

아들의 성장을 두려워하는 아버지의 무의식 때문에 아들들은 위축된다. 아버지들은 아들이 자라 권력과 재산을 빼앗을까봐 두려워하고, 아들들은 충분히 자라 힘을 갖기 전에 아버지에게 쫓겨날까봐 두려워한다.

이름마저 똑같은 요한 슈트라우스 부자는 아버지와 아들 간의 경쟁 관계를 보여주는 전형적인 사례이다. 19세기 중엽, 아버지 요한 슈트라우스는 유럽과 미국 음악계 왈츠의 황제였다. 아버지는 그

길이 험하다는 이유로 아들들에게 음악을 가르치려 하지 않았다. 하지만 세 아들은 모두 아버지 뜻을 거스르고 음악가가 되었다.

특히 장남 요한 슈트라우스는 아버지의 강력한 경쟁 상대였다. 아버지는 장남을 상인으로 키우기 위해 경영학과 회계 업무를 배우도록 했다. 하지만 아들은 아버지 몰래 바이올린을 배웠고, 열아홉번째 생일 무렵 악단과 함께 야간 무도회를 개최했다. 아버지는 아들을 법원에 제소했다. 법적으로 성인이 안 된 아들이 독단적으로 직업을 선택했다는 이유에서였다. 물론 아버지는 패소했다.

이후 아버지가 사망할 때까지 부자는 기묘한 경쟁 관계를 유지했다. 관객의 호응도, 공연 횟수, 자작곡 수를 두고 벌인 경쟁은 당대 호사가들의 좋은 이야깃거리였다. 당시에는 대체로 관록이 두둑한 아버지의 승리였다. 그러나 오늘날 아들 요한 슈트라우스는 왈츠의 황제가 되었고, 아버지 요한은 거의 잊혀졌다.

볼프 슈나이더는 『위대한 패배자』(Grosse Verlierer)라는 책에서 위 이야기를 언급하면서 아들이 궁극적 승리자가 된 과정을 설명한다.

아버지가 사망한 후 아들 요한은 아버지와 자신의 악단을 통합한 후 아버지의 명성과 작곡 기법을 토대로 성장해나갔다. 그는 아버지보다 50년을 더 살았는데, 그 시간은 아버지의 명성과 존재를 지워내기에 충분했다.

아버지들은 힘들고 불안정하다는 이유로 자기가 몸담은 직업 세계에 아들이 들어서는 것을 만류한다. 하지만 내면에는 아들에 대한 경쟁심, 아들에게 추월당할까봐 두려워하는 마음이 없지 않다. 시간의 법칙에 의해 아버지는 이미 패배를 떠안고 있는 듯 보인다.

●●

뺏고 뺏기는 아버지와 아들

루이 말 감독의 영화 「데미지」(*Damage*)는 아들의 연인을 사랑하는 중년 남자 이야기이다. 제러미 아이언스와 쥘리에뜨 비노슈가 연기한 그 치명적 열정은 보는 이의 뇌리에 오래도록 잔영을 남긴다. 그 영화 원작인 조세핀 하트의 소설은 이렇게 시작된다.

(…) 내 유년기, 청소년기, 청년기를 장악한 사람은 아버지였다. 그의 근본 신조는 의지였다.
"의지는 남자의 가장 큰 자산이다. 대부분 제대로 쓰지 않는 게 문제지. 모든 인생 문제의 해결책이란다."
귀에 못이 박히도록 들은 말이었다.

소설의 화자는 그의 아버지를 한동안 묘사한다. 큰 키, 건장한 체격, 삶을 주도할 능력이 있다는 확신 등이 얽혀 비할 데 없이 강한 인물로 보이는 아버지. 그는 할아버지에게서 물려받은 소규모 식료

품 사업을 거대한 식품 체인점으로 키웠고 사업체에, 아내에게, 아들에게 확고한 의지력을 행사했다.

나는 외아들이었다. 내 유년기와 소년 시절은 아버지의 존재감에 가려졌다. 그는 '마음을 정해라. 그런 다음에 제대로 하거라'고 말하곤 했다. 시험에 대해, 달리기에 대해, 심지어 그를 당황시켰던 피아노 교습에 대해서도. (…)

하지만 불확실성이나 유쾌한 실패에 대해서는? 그의 의지에 복종당한 다른 사람들의 의지는? 그 생각은 못해봤을 것이다. 냉담하거나 잔인해서가 아니라, 자신이 가장 잘 안다고 믿었기 때문에 그런 생각은 못했으리라. 자기 이익이 모든 사람의 이익보다 우선해야 된다고 믿는 사람이었으니까.

소설 도입부에 제시되는 아버지에 대한 묘사는 하나의 복선이다. 이제부터 시작될 아버지 이야기, 아들의 연인에게 매혹당해 아들로부터 서서히 연인을 빼앗아오는 아버지를 설명하기 위한 심리적 장치라고 볼 수 있다.

현대의 신화는 아들에게 여자를 빼앗긴 옛 신화 속 아버지들을 위로하는 이야기를 만들어낸다. 아들의 여자를 빼앗는 아버지 이야기를 만들어 인류 역사상 유례없는 일을 해낸다. 많은 남성들이 저 영화에 심취했던 이유는 노년의 로맨스에 대한 환상 때문이 아니라, 아들과의 경쟁에서 이긴 것처럼 보이는 아버지의 모습에 대리

만족을 느꼈기 때문이 아닐까, 혼자 생각한 적이 있다.

아버지가 아들을 사랑하는 일은 쉽지 않아 보인다. 아내와 동등하게 가정을 이끌어가는 '어른' 남편이라면 아이가 태어나면 육아와 수유로 고단한 아내에게 힘을 보태주고 함께 아기를 돌보는 게 옳을 것이다. 하지만 많은 아버지들은 아기가 태어난 후 아내의 관심과 사랑을 다 빼앗겼다고 부끄러움도 없이 투덜거린다. 참 이상한 일이다.

정신분석학에서 아버지는 아기가 엄마와 맺은 애착관계를 끊어주는 역할을 한다. 엄마와 행복한 애착관계를 맺고 있던 아기는 어느날 엄마의 진정한 소유권을 가지고 가정을 지배하는 힘센 자가 따로 있다는 사실을 알고 절망한다. 그의 힘, 질서, 규칙에 복종하면서 엄마를 아버지에게 양도하고 심리적 오이디푸스 단계를 넘어선다. 그때 여섯, 일곱살짜리 아들은 마음 깊은 곳에서 혼자 고통을 느낀다고 한다. 남자들이 아기가 태어나면 아내의 관심을 빼앗겼다고 불평하는 것은 바로 저 지점, 유아기에 엄마를 포기해야 했던 고통이 무의식 속에서 되살아나기 때문이다.

아버지의 질시와 경쟁에서 살아남고, 아버지와 분리되어 진정한 어른이 되었다고 해도 현대의 남자들에게는 해결해야 하는 과제가 하나 더 있다. 예전 아버지들이 행사했던 아버지 역할에 대해 자기도 모르게 학습해 가지고 있는 선개념들을 지워내는 일이다. 가정을 다스리는 왕처럼 군림하는 아버지, 밖에서 받은 스트레스를 집에서 풀며 분노와 비판의 잣대를 휘두르는 아버지, 가장 역할을 포

모든 아버지들은 아들이 자라는 것에 대해
무의식적인 두려움을 느낀다.
그것은 실은 자신이 늙고 힘없어지는 것에 대한 공포이다.

기한 채 술, 친구, 도락으로 도피하는 아버지 역할을 그대로 따를 수가 없다. 현대 여성들이 그런 남자를 남편으로 받아들이지 않기 때문이다. '좋은 아버지' 역할 모델을 찾기 어려운 상황에서 스스로 좋은 아버지가 되는 길을 모색하는 일은 쉽지 않아 보인다.

●●

좋은 아버지라는 환상

미치 앨봄의 『모리와 함께한 화요일』(*Tuesdays with Morrie*)은 저자가 1995년 3월, ABC텔레비전의 토크쇼 「나이트라인」에 출연한 옛 스승 모리 슈워츠 선생님을 보는 것으로 시작된다. 그의 대학 시절 스승이었던 모리 선생님은 루게릭병에 걸려 죽음을 앞둔 상태이다. 그는 휠체어에 앉아 생활하고 음식 먹는 것도 힘겨워하지만, 그 상황에서 떠오르는 삶과 죽음에 대한 생각들을 메모했다. 그는 친구들에게 자신의 메모를 보여주었다. 그의 동료 교수 한사람이 그 글들을 『보스턴 글로브』지의 기자에게 보냈고, 그 기자는 모리 선생님에 대한 긴 글을 썼다. 그 기사 제목은 이랬다.

'어느 교수의 마지막 강의: 자신의 죽음.'

기사를 인상적으로 본 「나이트라인」 프로듀서는 카메라를 들고 모리 선생님을 방문했다. 프로그램 진행자가 모리 선생님께 질문한다.

"천천히 쇠락해가는 동안 가장 두려운 게 뭡니까?"

모리 선생님은 텔레비전에서 이런 말을 해도 되는지 묻고는 대답한다.

"어느날 갑자기 누군가 내 엉덩이를 닦아줘야만 된다는 사실이 가장 두렵소."

미치 앨봄은 그 프로그램을 본 후 십여년 만에 옛 스승을 만나러 간다. 그는 옛 선생님이 마치 어제 본 듯 다정하게 대해주는 데 놀란다. 그후 화요일마다 스승을 만나러 가기 위해 비행기를 탄다. 그는 죽음을 앞둔 스승이 인생에서 무엇이 중요한지 알고 있다고 느낀다. 죽음, 두려움, 나이 든다는 것, 결혼, 가족, 삶의 의미 등 질문 목록을 만들고, 그것에 대해 대화하면서 죽음을 향해 가는 선생님을 배웅한다. 미치 외에도 많은 이들이 모리 선생님을 방문했다.

지난 몇달 동안 모리 선생님을 찾아온 사람들은 그에게 마음을 써주려고 온 게 아니라, 그가 써주는 마음에 끌려서 찾아왔다. 당신의 통증과 쇠락에도 불구하고, 이 조그만 노인은 사람들이 들어주기 바라는 이야기에 귀를 기울여주었다. 나는 누구나 선생님 같은 아버지가 있었으면 하고 바란다는 이야기를 했다.

모리 선생님이 그토록 불편한 몸으로 좋은 아버지 역할을 떠맡은 데는 이유가 있었다. 그가 어렸을 때 그의 아버지는 저녁 식사 후면 홀로 산책을 나가 거리의 가로등 불빛에 신문을 읽곤 했다. 어린 모리는 창으로 아버지를 내다보면서 아버지가 집으로 들어와 자기에게 이야기를 걸어주기 바랐다. 하지만 한번도 그런 일은 없었다. 그는 자식들을 안아주지도, 굿나이트 키스를 해주지도 않았다. 모리는 자기가 아버지가 되면 자식에게 꼭 그렇게 해주겠다고 늘 맹세했고, 그것을 실천했다. 마침내 죽음의 순간에 이르러서까지 그 역할을 해내고 있었다.

스승을 떠나보낸 후 미치 앨봄은 그 경험을 써서 책으로 출판했다. 『모리와 함께한 화요일』은 1998년 미국에서 출간되자마자 크게 화제가 되었다. 같은 해 국내에서 번역 출간되었을 때도 화제를 모았다. 이유는 하나였다. 남자들이 꿈꾸는 '좋은 아버지에 대한 환상'을 이 책이 제공해주기 때문이었다. 이 책에서 인상적인 또 한가지는, 아버지와 아들이 사이좋게 지내려면 아버지가 죽어가는 상태에 있어야 한다는 사실이었다. 약해진 아버지는 아들에게 두려움을 불러일으키지 않는다. 죽어가는 아버지 앞에서 아들은 비로소 못다한 이야기, 묻지 못한 질문들을 꺼낼 수 있다.

남자에게 남자는 기본적으로 경쟁자이다. 비록 그가 아버지와 아들이라고 해도 다를 바 없다. 아이가 태어날 때부터 감사하고 경탄하는 성숙한 남자들이 없지는 않을 것이다. 하지만 대부분의 남자들은 적어도 중년의 시기가 되어야 자식이 책임이나 부담이 아니라 축복이라고 느낄 수 있다. 그제야 아버지라는 역할을 맡게 된 것을 행운이라 여기고, 아버지 역할에 필요한 것은 딱 두가지밖에 없다는 것을 알아차린다. 넘치는 배려와 넘치는 우정. 하지만 그때는 이미 자식들이 충분히 상처받으면서 다 자란 이후일 때가 많다.

물론 어머니도 딸과 경쟁심을 느낀다. 그런 에피소드는 여성들과의 대화에서 자주 접한다. 딸이 사윗감을 소개하려 하자 어떤 어머니는 피부과에 가서 젊어 보이는 시술을 받았다고 한다. 어떤 어머니는 딸의 성공에 대해 대리만족조차 느끼지 못한다. "너는 교수도 되고 그러는데, 내 인생은 이게 뭐냐." 그런 얘기를 들으면 기회가 없었던 어머니 세대에게 미안한 마음이 들기도 한다. 딸과 경쟁하는 어머니 언어 중 가장 강력한 문장은 이것이었다. "너는 네 아버지 첩년 같구나."

남자든 여자든 자녀에게 관대하게 대할 수 있다면 그는 진정한 어른이 된 게 아닐까 생각한 적이 있다. 어떤 이유로든 자녀에게 화를 내는 부모는 내면에서 미성숙한 아이가 투정하고 있는 듯 보인다. 그는 좋은 환경에서 자라는 자녀를, 자기보다 사랑을 많이 받는다고 느끼는 자녀를 시기하는 게 틀림없어 보인다.

남자 화장실
소변기의
비밀

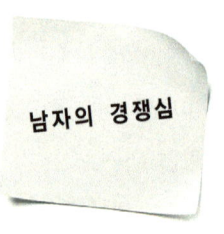

남자의 경쟁심

지금도 나는 공공장소, 이를테면 수영장 같은 데 앉아 있을 때 주위에 아무도 없어야 느긋하고 편안한 기분을 느낀다. 그러다 다른 남자가 들어오면 우선 그가 물리적인 해를 가할 사람인지 아닌지, 그가 나를 기습해서 강탈할 사람인지 아닌지부터 점검한다. 어린 시절 이후 나를 해치거나 강탈한 사람이 전혀 없었는데 항상 그런 식의 반응이 일어난다.

이윽고 그가 나보다 강한 사람인지, 더 나은 옷을 입고 더 건장한 체격을 가졌는지 따져보는 일로 들어간다. 만일 그가 여자와 함께 나타난다면 나는 그녀가 속마음으로는 그를 좋아하지 않는다는 증거들을 찾아본다. 만일 주차장이 보인다면 내 차와 비교하기 위해 그의 차를 유심히 훑어본다. 설사 그가 친근하게 다가오는 바람에 대화를 하게 된다 해도 어떤 사람으로 나를 연출할까 하는 데에만 신경 쓴다. 나는 적대적이고 불안정한 경쟁 강박증에 사로잡혀 있는 듯하다.

1994년에 오스트레일리아에서 출간된 스티브 비덜프의 저서 『남성심리학자가 남자에게 말하는 남자의 생』의 한 대목이다. 저자가 말한 "적대적이고 불안정한 경쟁 강박증"은 비단 그의 것으로만 보이지는 않는다. 많은 남자들이 그와 같은 상황에서 비슷한 경쟁심을 느낀다.

좁은 비행기 좌석에서 팔걸이를 서로 차지하려고 경쟁하는 남자들을 본 일이 있다. 청년과 중년인 두 남자는 각자의 팔꿈치를 하나의 팔걸이 위에 올려놓고 은근히, 그러나 끈질기게 서로를 밀치고 있었다. 사소한 일에 혼신을 다해 경쟁하는 그 모습은 너무나 기이해서 한동안 눈을 뗄 수 없었다.

남자에게 경쟁은 삶의 기본 속성이며, 유희이며, 일종의 의식이다. 그들의 놀이나 대화는 경쟁 요소가 없으면 성립되지 않는다. 경쟁을 통해 조직의 위계질서를 정립하고 자기 정체성을 확인한다. 친구조차 자기와 비슷한 수준에서 경쟁할 만해야 친구로 삼는다. 경쟁이 너무나 중요한 아버지들은 아들이 친구에게 맞고 들어오면 달래주는 게 아니라 불같이 화를 낸다. 마치 자기가 패배한 것처럼 느끼기 때문이다. 성인이 된 아들이 삶의 어느 시기에 패배나 절망을 경험할 때도 아버지들은 위로나 도움의 손길을 내밀지 않는다. 마음 깊은 곳에서 아들은 여전히 경쟁자이기 때문이다.

여자는 남자의 경쟁적 언어의 본질을 잘못 알고 있다. 남자는 특정한 개인뿐 아니라 모든 사람과 경쟁한다. 물론 여자도 포함된다. 여자는 항상 부당하게 공격당했다고 느끼며 모든 것을 성차별로 해석하는데, 실은 남자의 언어를 오해한 것이다. 남자는 모든 타인을 차별하는 것이지 특별히 여자만 차별하는 것이 아니다.

디트리히 슈바니츠의 『남자』(Männer)에 나오는 내용이다. 남자들의 언어에도 기본적으로 경쟁적 요소가 들어 있다는 사실을 이해한 다음에야 오래전 어느 연애 지침서에서 읽은 대목이 이해되었다.

"남자와 연애할 때는 모욕당할 준비를 하라. 그들의 말이 황당하고 심지어 모욕적으로 느껴지더라도 당신을 공격할 의도가 있는 것은 아니다. 단지 남자들의 말투가 그럴 뿐이다."

우리 여자의 눈에는 아무래도 이상해 보이는 남성 문화 중 한가지는 남자 화장실 소변기 구조이다. 모든 건축물이 개인의 프라이버시와 안락함을 보장하는 쪽으로 바뀌어가는 동안에도 그것은 난공불락의 요새처럼 변하지 않았다. 그 역시 남자들의 몸에 밴 경쟁심 때문으로 보인다. 얇은 칸막이 너머로 상대의 모든 것이 보이는 상황에서 볼일을 볼 때마다 남자들은 옆 사람을 곁눈질하면서 묘한 경쟁심을 느낀다. 이 세상 어떤 남자도 그 화장실 구조를 문제 삼지 않는 것은 그들이 자신들의 경쟁심을 문제 삼지 않는 것과 같은 이유일 것이다. 그들은 경쟁에서 생의 에너지를 얻으며, 경쟁자의 '속사정'을 알고 있어야 안전하다고 느낀다.

'액션, 스릴, 써스펜스'를 표방하는 영화에서 많은 폭력 장면이 남자 화장실을 배경으로 전개되는 까닭도 마찬가지로 보인다. 소변 볼 때마다 남자들이 느끼는 무의식적 경쟁심, 불안, 공격성이 영화 속에 표현되는 게 아닐까 싶다. 어느 영화 평론가가 들려준 말에 의하면 우리나라 영화에 유독 남자들이 일렬로 서서 오줌 줄기를 경쟁하는 장면이 많이 등장한다는 통계가 있다고 한다.

경쟁심은 남자들의 유전자에 각인된 첫번째 생존법이다. 그들은 유구한 세월 동안 경쟁이라는 기본 법칙에 따라 살아왔다. 지금 이곳에 있는 이들은 무수한 경쟁에서 살아남은 유전자들의 집합체이다. 현대사회가 그토록 경쟁적이고 현대인들이 그토록 공격적인 이유가 다른 데 있는 게 아닐 것이다.

●●

잔혹한 경쟁의 역사

독일 작가 하인리히 만과 토마스 만 형제는 경쟁심을 극단까지 적나라하게 보여주었다. 하인리히는 단편 「한 아이」에서 유년 시절의 경험을 털어놓았다. 동생 토마스가 자신의 바이올린을 일부러 부숴버렸는데도 어머니는 토마스를 꾸짖거나 벌주지 않았고 자신을 위로해주지 않았다. 당시 열다섯살과 열한살이던 형제는 같은 방에서 지내면서 일년 동안 서로 한마디도 하지 않았다고 한다.

두 형제는 1894년 각각 스물세살, 열아홉살에 첫 소설을 발표했다. 출발선에서는 동생이 조금 앞섰다. 토마스 만은 1901년에 『부덴브로크 가의 사람들』(Buddenbrooks)을 발표했다. 부덴브로크 가문의 몰락을 그린 이 소설은 세계적인 베스트셀러가 되었고 작가는 단숨에 유명인사가 되었다. 하인리히 만은 동생에게 경쟁심을 느꼈다. 1902년에는 유럽 귀족계급의 몰락에 관한 3부작 소설 『여신들』(Die Göttinnen)을, 1903년에는 슈바벤 지방 집시 이야기를 그린 『사랑 사냥』(Die Jagd nach Liebe)을 각각 발표했다. 작품은 좋은 평가를 받지 못했다. 하지만 어떤 평도 동생이 보낸 편지만큼 충격적이지는 않았다.

토마스 만은 『사랑 사냥』을 읽는 일이 고통스러웠다고 썼다. 뒤틀린 농담, 인간에 대한 모독, 품위 없는 불평이 가득한 그 소설은 왜곡과 과장과 무절제함의 전형이라고 폄하했다. 동생에게 뒤처질지도 모른다는 불안감에서 부지런히 글을 쓰지만 진지한 작가라면 그렇게 양적으로만 많은 작품을 내놓지 않는다고 비꼬았다. 이어 이렇게 묻는다. 형은 정말, 극단적으로 뒤틀린 이런 작품 세계에 만족해?

이 이야기 역시 볼프 슈나이더의 『위대한 패배자』에 실린 것이다. 저자는 하인리히 만이 형제 살인에 버금갈 정도로 지독한 동생의 혹평을 듣고도 글쓰기를 포기하지 않은 것은 그의 인생에서 최고의 성취였을 것이라고 말한다.

형제간의 경쟁은 새로운 국면을 맞는다. 하인리히 만은 1905년에 발표한 『운라트 교수』(Professor Unrat)와 1918년에 발표한 『충복』(Der Untertan)으로 동생을 앞지른다. 『충복』은 6주 만에 무려 10만부가 팔리는 경이로운 기록을 달성했다. 당시 토마스 만은 십칠년 동안 고작 단편 몇편만 발표하면서 침체기를 맞고 있었다. 이 시기에도 형제간의 갈등은 계속되어, 1915년 하인리히는 에밀 졸라에 관한 에세이를 쓰면서 동생을 조롱하는 내용을 담았다. 1918년 토마스는 『어느 비정치적인 인간에 대한 고찰』(Betrachtungen eines Unpolitischen)에서 형을 공개적으로 비난했다. 두 형제는 정치적으로도 서로 대립되는 입장에 있었다.

형제간의 경쟁은 1924년을 기점으로 세번째 라운드로 접어들었다. 그해 토마스 만은 『마의 산』(Der Zauberberg)을 발표해서 두번째로 세계적 명성을 얻었고, 1929년에는 첫번째 히트작 『부덴브로크가의 사람들』로 노벨문학상을 받았다. 많은 사람들은 하인리히가 패배했다고 생각했다. 하지만 그후로도 그의 창작 작업은 꾸준히 계속되었고, 형제간의 경쟁도 죽을 때까지 이어진다.

형제간의 경쟁심은 아버지와 아들 사이의 경쟁심보다 잔혹하다.

남자에게 경쟁은
삶의 기본 속성이며, 유희이며, 일종의 의식이다.
그들의 놀이나 대화는
경쟁 요소가 없으면 성립되지 않는다.

아들은 늙은 아버지에게 연민을 품을 수도 있고 아버지는 아들에게 미안함을 갖게도 되지만 형제간에는 그런 것이 없다. 어린 시절부터 형제자매들은 부모의 사랑이 어디를 향하는지, 누구에게 더 비싼 옷을 사주는지를 섬세하게 알아차린다. 그 모든 것을 세세하게 몸과 마음에 새겨놓는다. 작고 미묘한 경쟁심은 쌓이고 모여 파괴적인 시기심이 되기도 한다. 남자 형제가 사이좋게 지낸다면 그것은 한쪽의 완전한 복종이거나 기적일 것이다.

경쟁심은 출생 직후부터 무한 경쟁을 부추기는 현대사회의 산물만은 아니다. 성경에는 경쟁심 때문에 동생 아벨을 때려죽인 형 카인의 이야기가 나온다. 그 이전에도 석가모니 부처님과 무한 경쟁을 벌였던 사촌동생 데바닷타가 있었다. 그는 부처님의 승단을 빼앗기 위해 갖은 음모와 술책을 꾸몄다.

데바닷타는 당시 마가다국 왕자였던 아자타샤트루와 결탁하여 그가 빔비사라 왕을 죽이고 왕위를 빼앗도록 도와주었다. 그런 후 아자타샤트루 왕의 권력을 등에 업고 부처님에게 교단을 달라고 요구한다. 부처님이 거절하자 산꼭대기에 숨어 있다가 부처님이 지나가는 길 위로 큰 돌을 굴려 살해하려 한다. 사나운 코끼리를 며칠 굶긴 후 독한 술을 먹여 부처님을 공격하도록 풀어놓는다. 열 손톱에 독약을 바르고 부처님께 예배할 때 찔러서 해치려고 시도한다. 데바닷타는 자신이 부처님보다 수행이 높은 사람이라고 떠벌리면서 승단 대중 5백여명을 꾀어 떠나기도 했다.

『법화경』에는 구제할 수 없는 악인처럼 보이는 데바닷타도 결국은 성불할 수 있다는 내용이 있다. 데바닷타는 실은 전생에 석가모니 부처님께 『법화경』을 설해준 스승이었다. 심리적 측면에서 생각해보면 데바닷타가 부처님께 그토록 경쟁심을 느낀 이유는 단지 그가 성공한 사촌형이기 때문만은 아닌 듯하다. 전생에는 자신을 시봉하면서 가르침 받던 제자가 앞서 수행을 완성한 사실을 받아들이지 못한 게 아니었을까. 그러고 보면 우리의 경쟁심은 전생 인연들까지 기억하고 있는 모양이다. 물론 웃자고 하는 얘기다.

●●

여자와 경쟁하는 남자

그는 어렸을 때 늘 어머니의 하소연을 듣고 자랐다.

"내가 네 아버지와 결혼하지 않았으면 완전히 다른 인생을 살았을 텐데."

그의 어머니는 사범학교를 나와 초등학교 교사로 근무하던 중 그의 아버지를 만나 결혼했다. 결혼 직후 그의 아버지는 어머니에게 학교에 사표 낼 것을 종용했다. 남자 선생님들과 어울려 시시덕거리고 의자에 엉덩이를 나란히 붙이고 앉아 피아노를 치는 꼴을 봐줄 수 없었다. 그의 어머니는 남편의 강요 때문에 퇴직한 후 곧바로 일생일대의 실수를 했음을 알았다. 얼마 지나지 않아 무기력해지고, 우울해지고, 급기야 자신의 삶을 애통해했다. 그는 평생 어머니가 "내가 남자로 태어났더라면……" "내가 다른 남자를 만났더라면……"이라고 후회하는 말을 들었다.

그는 성장기 동안 어머니를 보면서 결심했다. 결혼한다면 아내의 사회활동을 적극 지지해주는 남편이 되어야겠다고. 그런 마음을 먹는 것만으로 의젓한 어른이 되는 것 같았다. 그는 전문직 여성과 결혼했고, 아내의 사회생활을 적극 지지했으며, 대화가 통하고 능력 있는 아내를 내심 자랑스러워했다. 아내가 집안 살림을 전담하지 않아 초래되는 불편은 감수할 수 있었다. 대신 경제적 여유가 있었고, 재능있는 한 여성을 지원해준다는 보람도 있었다.

하지만 얼마 지나지 않아 그는 아버지가 이해되기 시작했다. 그는 아내의 시간을 자신보다 아내의 상사가 더 많이 사용하는 것에 화가 났다. 남자 직원들 사이에서 활짝 웃고 있는 아내의 엠티 사진을 볼 때면 슬그머니 고개 돌렸다. 아내가 승진하면서 지방으로 발령 나자 마음은 더욱 복잡해졌다.

그때까지 그는 한번도 아내를 경쟁 상대라고 느껴본 적이 없었다. 아내의 직장생활을 지지할 때도 자기가 아내를 배려하고 보살핀다고 여겼다. 하지만 아내의 승진과 지방 발령 앞에서 그는 다른 감정을 느끼고 놀랐다. 아내의 근무지를 따라 이사한다면 그것은 집안의 기둥이 자신이 아니라 아내라는 증거 같았다.

최근 들어 남자들이 가장 난감해하는 대목은 여자와 경쟁해야 하는 상황이 아닐까 생각해본 적이 있다. 물리적인 힘으로 하면 한주먹감도 안되는 여자, 마음 깊은 곳에서는 여전히 성적 대상일 뿐인 여자, 얼마 전까지만 해도 전적으로 남자의 통제 아래 놓여 있던 여자가 이제 자신들과 어깨를 나란히 하는 경쟁 상대가 된 것에 대해 곤혹스러워하는 것 같다.

애초에 남자들은 여자를 경기장에 입장시키지도 않았다. 하지만 최근 사오십년 사이에 여자들이 남자들의 경기장으로 들어섰다. 남자들은 여자와 경쟁하는 것도, 그녀들이 경기장 분위기를 흐리는 것도 마음에 들지 않는 눈치다. 더구나 여자들이 유연하게 상황에 적응해서 활동 범위를 넓혀나가는 것도 불편하다. 거리에 여성 운전자들이 늘어날 때 남자들은 여자들의 운전 미숙을 비난하고 비웃었다. 실제로는 남자들이 더 많은 교통사고를 내고 그 피해도 치명적이라는 사실은 말하지 않은 채. 남자들은 그냥 여자들과 같은 도로 위를 달리는 일이 싫었던 것이다.

여자가 경쟁자가 된 것도 받아들이기 어려운데, 여자를 상사로 모시기는 더욱 어려울 것이다. 실제로 여자 상사와 함께 일하게 된 남자들은 온갖 고약한 방법을 동원해 여자 상사의 업무 수행에 걸림돌을 놓기도 한다. 권력을 사용해본 적이 없는 여자 상사도 남자 부하를 다루기 어려워한다. 여자들의 승진은 자주 단발성 의례처럼 보인다.

사회에서 여자와 경쟁해야 하는 것보다 고약한 일이 남자들에게 또 한가지 있는데, 그것은 여자들의 무의식에 있는 '페니스 엔비'와도 경쟁해야 한다는 점이다. 페니스 엔비는 서너살 무렵의 여아들이 자기에게 '고추'가 없다는 사실을 알아차릴 때 갖게 되는 특별한 감정이다. 하지만 우리나라처럼 남아 선호 사상이 뚜렷한 사회에서 남자 형제와 비교, 차별당하면서 자란 여성 내면에는 서양 정신분석 이론이 없이도 이해할 만한 시기심이 쌓이게 마련이다. 성장기에 남자 형제를 향해 만들어 가진, 그러나 표현하지 못한 경쟁심은 결혼 후 남편을 향해 터져나온다. 내면에 억압된 페니스 엔비 때문에 어떤 아내들은 남편의 성공조차 기뻐하지 못한다.

"남편이 승진하는 것보다 내가 아름다운 문장 한줄 쓰는 게 더 중요해."

소설가인 친구의 고백이다. 또다른 친구는 부엌에서 저녁을 준비할 때 소파에 누워 텔레비전 채널을 돌리는 남편을 보며 자기도 모르게 이런 생각을 하고 놀란다고 한다.

'저따위 인간을 위해 밥상을 차려야 하다니……'

맞벌이하는 또다른 친구는 퇴근 후 서둘러 장을 봐서 허겁지겁 저녁 식사를 준비할 때 남편이 다가와 나름 다정한 말투로 "오늘 반찬은 뭐야?" 하고 물으면 손에 들고 있던 찬거리를 집어던지며 소리치고 싶다고 말했다. "쥐뿔도 없어!" 물론 친구들은 혼신의 힘을 다해 그런 마음을 누르며 웃는 얼굴로 부드럽게 대답한다고 얘기를 마무리 짓는다.

성장기에 남자 형제와 차별적 대우를 받고 자란 여성은 결혼생활에서 반복 경험하는 불평등한 환경에 예민하게 반응한다. 한 여성은 부부 싸움을 하다 결국 남편의 뺨을 올려붙였다고 고백했다. 그들 부부는 평소에 사이좋은 편이었고, 아내도 남편 사업에 적극 힘을 보태곤 했다. 하지만 간혹 부부 싸움을 하는데 그때마다 아내는 마음 깊은 곳에서 올라오는 분하고 억울한 느낌과 함께 격앙되는 감정을 통제할 수 없었다.

그녀는 심리치료를 통해 내면을 깊이 탐사해본 후에야 그 감정의 뿌리를 찾아냈다. 그것은 삼대독자인 오빠와 매순간, 노골적으로, 부당하게 차별당하며 자란 어린 시절의 감정이었다. 그녀의 할머니는 오빠의 옷도 타넘어가지 못하게 했고, 아랫목에 앉은 손녀를 쫓아내고 바로 그 자리에 손자를 앉혔다. 그녀는 분하고 억울하다며 울부짖는 내면 아이를 찾아내어 달래준 후에야 분노를 조절할 수 있게 되었다.

늘 느끼는 거지만, 남녀 차별 문화의 가장 마지막 피해자 역시 남자가 아닐까 싶다. 남녀 차별 문화의 맨 처음에 남자의 경쟁심이 자리 잡고 있었던 것처럼.

파트타임 결혼을
꿈꾸는
남자

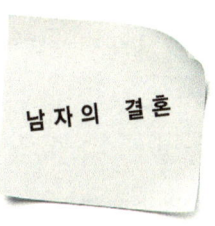

남자의 결혼

그는 이른바 '기러기 아빠'였
다. 십대인 두 아이와 아내를 영국으로 유학 보내고 덩그러니 큰 집
에 혼자 남았다. 아이들을 따라 간 아내도 그곳에서 새롭게 공부를
시작했다. 혼자 남은 그는 한 지방 대학에서 학생들을 가르치면서
영국에 있는 세 가족에게 학비와 생활비를 부쳤다. 그는 외로워 보
였지만 그런 내색을 하지 않았다. 일상생활에서 불편한 점이 한둘
이 아닐 텐데도 반마디도 그런 말을 꺼내지 않았다.

그는 대학 후배였다. 동문 모임에서 가끔 볼 때마다 얼굴이 까맣
고 까칠하게 변해갔다. 경제적인 압박도 부담이 되고 있었다. 집을
팔려고 부동산에 내놨는데 부동산 경기는 침체되고, 지나치게 예술

적으로 지어진 집도 문제여서 물건을 보러 오는 사람이 없었다.

그래도 영국에 있는 아이들이 잘 적응하고 공부도 잘해서 아주 보람있어했다. 그곳에서 새로운 전공을 찾아낸 아내도 만족스러워했다. 모든 가족이 행복한데 그들의 삶을 책임지고 있는 가장만이 힘없고 지쳐 보였다. 하루빨리 집이라도 팔리면 한숨 돌릴 텐데…… 하고 그의 동기가 곁에서 거들었다.

그때 내가 왜 그랬는지 모르겠다. 나는 후배에게 우선 종교가 무엇이냐고 물어보았다. 그는 종교가 없지만 어머니는 불교 신자여서 가끔 절에 다니셨다고 했다. 나는 서점에 가서 쉽고 얇은 불교의 기도법에 관한 책을 두권 샀다. 그리고 그를 만나 이렇게 말했다.

"사실 나는 잘 모르지만, 어려울 때 가끔 진심으로 마음을 모아 문제를 해결하는 사례들이 이 책에 있어. 꼭 읽어보고, 평소 인연 있는 절에 가서 108배를 해봐."

다행히도 그는 내 말을 황당하게 여기거나 비웃을 만한 여유가 없었다. 나는 되도록 인연 있는 절이어야 한다고 다짐했다. 어머니가 다니셨던 절이거나, 평소에 놀러 가서 부처님 얼굴이라도 흘끔 보고 온 절이면 더 좋다고 했다. 그는 자신이 근무하는 지방 도시에 자주 등산하는 산이 있고, 그 산에 있는 절에도 가끔 들른다고 말했다.

어쨌든 문제가 해결되었다. 그는 등산길에 법당에 들어가 108배를 올렸고, 그로부터 한달쯤 지나서 이년 이상 팔리지 않던 집이 팔렸다고 했다. 우연이든 노력의 결과든 그저 바람이 부는 일이든, 어려운 고비를 넘긴 것으로 충분했다. 그후 그의 아내와 딸들은 십년

간의 공부를 무사히 마치고 귀국했다. 아내는 새로운 분야의 전문가로 활동 중이고 딸들 역시 국내의 좋은 대학에 진학했다. 그래도 그는 딸들을 영국에서 대학까지 마치게 해주지 못한 것을 못내 아쉬워한다.

그는 가부장제의 끝자락을 잡고 있는 전형적인 우리 세대의 아버지이다. 그 아버지들은 가족에 대한 무한 책임은 있지만 그에 따르는 권리는 없어 보인다. 오히려 가족의 요구를 무조건 들어주다보니 아내는 남편을 편하게 이용하고 자식들은 아버지를 물류창고쯤으로 여긴다. 나이 드는 것도 서러워서, 우리 세대의 아버지들은 요즈음 자주 외롭고 힘들다고 하소연한다.

예전의 가부장제하에서 아버지들은 가족에 대한 책임과 의무를 지는 조건으로 무한 권력을 누렸다. 가족들의 복종과 존경은 당연한 것으로 여겨졌고, 가족에게 폭력을 행사할 권리도 있었다. 능력만 되면 첩을 얼마든지 거느려도 좋았다. 결혼제도의 본질은 예나 지금이나 교환이어서, 다른 생존법이 없던 그 시절의 여자들은 경제력 있는 남자의 다섯째 부인이라도 되어야 했다. 그런 관행 속에서 가장을 제외한 모든 가족들의 가슴은 논바닥처럼 갈라졌다.

사석에서 나는 아버지의 외도로 인해 고통스러운 성장기를 보낸 여성들의 이야기를 많이 듣는다. 아버지가 바람나면 엄마들은 아이를 앞세우고 아버지를 찾아간다. 자식이 가장 큰 무기이기 때문이다. 그런 일들은 왜 하필이면 추운 밤에 벌어지는지, 춥고 어두운 그날의 밤길에 대해 이야기할 때 그녀들은 어김없이 눈물을 보인다. 엄마 심부름으로 어떤 집에 갔는데 그곳에서 아버지가 젊은 여자와 다정하게 있는 광경을 목격한 충격, 아버지가 젊은 여자를 집으로 데리고 들어오던 날의 눈이 멀 것 같은 햇살. 아버지의 외도는 특히 딸의 정체성 형성에 해악을 끼친다.

물론 애첩의 자식들도 고통받는다. 그들은 태어날 때부터 이유 없는 비난과 비밀의 분위기를 몸에 두른 채 자신의 존재에 대해 의혹을 갖는다. 좀더 커서 사실을 알게 되면 걷잡을 수 없는 분노나 죄의식에 휩싸인다. 그런 환경에서는 어떻게 해도 자존감이나 자기애를 만들어 가질 수가 없다. 그래도 아버지가 자기를 사랑할지도 모른다는 실낱같은 기대조차 아버지의 본처와 이복형제들이 사는 집을 보고 나면 물거품처럼 스러진다. 그들이 자기를 파괴하지 않고 생을 건너려면 얼마나 큰 노력이 필요할지 상상도 못할 것이다.

바로 저런 자식들이 아버지가 되면 가족에 대한 책임을 희생에 가깝게 실천하는 게 아닌가 싶다. 예전과 같은 권위가 없음에도 불구하고 가부장제의 끝자락에 있는 현재 오십대 안팎의 아버지들은 목숨을 건 듯 가족에 대한 책임과 의무를 실천한다. 그리고 이제 지친 듯하다. 술김에 "우리 마누라는 숭늉조차 떠먹여줘야 하는 사람이어서……"라고 중얼거리는 선배를 보면 그의 어깨가 얼마나 무거울지 짐작된다.

한때는 나도 남편의 어깨에 걸터앉아 가부장제의 단물만 빼먹으며 살고 싶은 마음이 있었다. 남편이 땀 흘려 산 집을 내 명의로 해놓고, 남편의 급여통장을 관리하면서 용돈만 지급하는 일은 얼마나 고소할까 상상해보기도 했다. 애초에 왜 남자들은 그토록 모든 것이 가장에게 집중된 가부장제를 만들어냈는가 질문하고 싶지만, 질문하기도 전에 한 동년배 남성은 이렇게 말했다.

"가부장제, 그거 우리가 만든 거 아니야."

사실 가정의 운영 방식은 국가의 통치체제를 모방한다고 한다. 군주제나 일인독재 시대의 가족제도는 한사람에게 권력이 집중되는 방식이 된다. 민주주의가 정착된 후 가부장제는 해체되고 있으며, 집안 권력은 가족 구성원 모두에게 민주적으로 분산되어간다. 하지만 어쩐 일인지 책임과 의무만은 나뉘지 않아 여전히 가장의 어깨에만 유독 무거운 짐이 놓여 있는 듯하다. 남자들이 여성에게 권위를 나누어주기 두려워하는 심리도 한 이유일 것이다.

물론 전혀 반대인 가부장제의 아들도 등장한다. 아버지의 폭력적 권위에 눌려 정체성을 형성하는 데 어려움을 겪고, 가장으로서의 책임과 의무를 일찌감치 포기하는 이들도 있다. 한 남성이 "도저히 내 힘으로 이 세상을 헤쳐나갈 자신이 없었다"고 고백하면서, 그래서 자신은 사회적, 경제적으로 힘있는 여자를 아내로 선택했다고 쓴 글을 읽은 적이 있다. 그는 성장기 내내 군인이었던 아버지에게 자주, 다양한 방법으로 폭력을 당하며 자랐다. 그의 글을 읽으면 삶 전체가 긴 애도의 과정으로 보인다.

●●

"아버지처럼 살지 않겠다"

마흔살 무렵 소개팅으로 만난 한 남자는 첫 만남 자리에서 단지 식사만 함께 했을 뿐인데 내게 이렇게 말했다.

"소설을 안 썼으면 좋겠는데……"

너무 놀라서 왜냐고 물어보지도 못했다. 타인의 인생을 전면 부정하는 태도, 타인의 삶을 적극 통제하려는 태도가 믿어지지 않았다. 예전의 가부장들이 가족의 삶을 그렇게 지배했겠구나 하는 데에 생각이 미치자 비로소 그의 태도가 이해되었다.

비슷한 시기에 소개로 만난 또다른 사람은 두번째 만남에서 결혼에 대한 환상을 펼쳐 보였다. 그가 결혼 후 가장 원하는 것은 '아내가 아침상을 차려주는 것'이었다. 그 말을 들었을 때 속맘으로 슬그머니 그를 딱지 놓았다. 아침상이야 얼마든지 차려줄 수 있지만 결혼의 정의, 아내의 의미를 그 정도로 생각하는 사람과 생을 함께 걸을 자신이 없었다.

또 한 남자는 첫 만남을 약속한 후 그날 만날 때까지 한시간 반 동안 다섯차례나 전화를 걸었다. 자기가 지금 출발하니 나는 삼십분쯤 후에 출발하면 될 거라고 말하기 위해 전화하고, 차가 막히니 상황 봐가면서 다시 전화할 때까지 출발하지 말라고 말하기 위해 전화했다. 이제 차가 잘 빠지니 십분쯤 후에 출발하면 되겠다고 말

한때 우리 사회는 이혼율이 높아지는 이유를
여자들의 인내심 부족으로 치부했다.
예전의 어머니들은 다 참고 살았던 일을
요즈음 젊은 여성들은
도저히 참을 줄 모른다고 입을 모았다.

하기 위해 전화하고, 약속 장소에 도착했는데 그 옆의 다른 찻집이 더 나아 보인다면서 그곳으로 오라고 전화했다. 거의 다 와가느냐는 다섯번째 전화를 받았을 때 나는 그를 만나기도 전에 속으로 그를 퇴짜 놓았다.

사실 내가 만난 사람들이 이상한 게 아니라 내가 이상한 사람이었다. 대한민국 대부분의 여성들은 저런 남자들과 마음을 맞춰가며 살고 있는데 나만 유독 그런 것을 받아들이지 못한 것이다. 하지만 막상 결혼한 여자들도 잘 맞춰가며 살지는 못하는 것 같아 보인다. 성장기에 권위적이고 통제하는 아버지 밑에서 참고 희생하며 사는 엄마들을 보며 우리 세대 여성들은 이렇게 다짐했다.

"엄마처럼 살지 않을 거야."

우리 세대보다 한층 귀하게 자란 후배 여성들은 결혼 후에도 남편으로부터 공주 대접을 받기를 원한다. 귀하게 자란 아들들도 물론 왕자 대접을 원한다. 아버지처럼 살고자 하는 남자와 엄마처럼 살지 않겠다고 다짐한 여자가 만나 결혼하면 그들은 어김없이 이혼율을 높이는 데 기여한다.

한때 우리 사회는 이혼율이 높아지는 이유를 대부분 여자들의 인내심 부족으로 치부했다. 예전의 어머니들은 다 참고 살았던 일을 요즈음 젊은 여성들은 도무지 참을 줄 모른다고 입을 모았다. 2000년대 초에, 어느 자리에서 그런 뉘앙스의 말을 하시는 현직 교수님이 있었다. 나는 조심스럽게 그분께 질문해보았다.

"만약 따님께서 그런 이유로 이혼하겠다고 하면 어떻게 하시겠어요?"

그분은 크게 놀란 듯한 표정을 짓더니 제법 길다 싶은 시간 동안 침묵했다. 그러고는 한층 낮아진 목소리로 말끝을 흐렸다.

"나는 내 딸이 하겠다고 하는 일을 반대한 적이 없는데……"

미국 역사학자 크리스토퍼 래시는 1970년대에 미국 사회에서 이혼이 증가하는 현상을 개인들의 나르시시즘 때문이라고 진단한 바 있다. 어느 집에서나 자녀들을 금쪽처럼 키우는데 결혼 후 여자들은 성장하는 동안 배운 적 없는 헌신, 배려, 시중들기를 해야 하니, 그것을 잘해낼 리가 없다.

물론 가부장제의 아들들도 마찬가지이다. 그들은 가장으로서 어깨에 무거운 짐을 지고 살아가는 아버지 세대의 삶을 답습할 수 없다. 더 솔직한 고백에 따르면, 가장으로서의 책임과 중압감 때문에 스트레스를 받아 가족을 심하게 통제하거나 폭력을 행사하는 아버지처럼 될까봐 두려워한다.

●●

건강한 결혼의 종 다양성

2000년에 나는 뉴질랜드에 머물고 있었다. 오클랜드의 큰 서점에 들어가 베스트셀러 자리에 진열된 책을 집어들었다. 그곳 서점에서도 베스트셀러를 특별히 판매대를 따로 만들어 진열하고 있었다. 베스트셀러 1위 자리에서 집어든 책은 소설이었다. 판권을 살펴보니 1998년 캐나다에서 발행된 책이고, 이년 동안 영어권 국가에서 베스트셀러 자리를 차지하고 있는 모양이었다. 제목은 '황야 속으로(Into the Wilderness)'였고, 저자는 쎄라 도너티였다. 나는 그 책을 사서 뉴질랜드에 머무는 동안 읽기로 했다.

소설은 한 가족의 평화로운 일상을 보여주는 밝은 분위기로 시작된다. 대학에 진학하여 큰 도시로 유학 떠나는 딸의 짐 싸기를 도와주는 부부의 모습이 한동안 묘사된다. 부부는 딸에게 이제부터 시작될 대학생활에 대해, 그 도시에서 누릴 수 있는 즐거움들에 대해 이야기한다. 부부는 딸을 공항까지 데려다주고, 딸은 비행기를 타기 위해 게이트 저쪽으로 사라진다. 그 평온한 일상에 반전이 일어나는 것은 부부가 탄 자동차가 막 주차장을 벗어난 순간이었다. 조수석에 앉은 남편이 운전 중인 아내에게 잠깐만 차를 길가에 세워달라고 한다. 그리고 이렇게 말한다.

"여보, 우리 헤어집시다."

그는 딸이 대학에 입학할 때까지 기다려왔다고 말한다. 아내는 상상조차 못했던 남편의 말에 넋이 나간다. 충격에 빠진 아내를 버려둔 채 차에서 내리며 남편은 이렇게 덧붙인다.

"내 짐은 별로 없소. 옷가지를 챙겨두면 후배를 시켜 가져가겠소."

그 대목은 일단 소설적 반전 때문에 놀라웠다. 하지만 진짜 충격은 다른 데 있었다. 2000년대 초반은 우리나라에서 이혼이 폭발적으로 늘던 시기였다. 대부분의 이혼은 아내 쪽에서 '더이상 이렇게 살 수 없다'는 이유로 제기되었다. '아이가 대학 진학할 때까지만 참고 살겠다'고 생각하는 쪽도 아내들이었고, 상상도 못한 상태에서 날벼락 맞듯 이혼을 통보받는 쪽은 남편들이었다.

당시 우리 사정과 정반대인, 남편 쪽에서 오래 참다가 이혼을 요구하는 장면을 읽으며 긴 생각에 빠졌다. 머지않아 우리나라에서도 남자들이 먼저 이혼을 요구하는 날이 오겠구나 싶었다. 그후 십년 이상 흘렀다. 그동안 지속적으로 남자들의 결혼생활이 고통스러워지고 있는 게 보인다. 그들이 새로운 억압과 맞닥뜨린 게 아니라, 그동안 누려왔던 권력들이 계속 축소되고 있기 때문이라는 시각이 옳을 것이다. 다행스러운 것은 변화하는 여자들에 맞춰 남자들도 조금씩 변화하는 모습을 보인다는 점이다.

결혼 자체에 대한 생각도 많이 바뀌는 듯하다. 내가 아는 한 후배 남성은 '파트타임 결혼'을 꿈꾸고 있다. 삼십대 중반이지만 태어나서 지금까지 한번도 누군가와 같은 침대에서 잠을 자본 적이 없다. 결혼을 생각하면 매일 누군가와 한 침대에서 자야 한다는 부담감이 가장 무겁게 느껴진다. 사랑을 꿈꾸고, 친밀감을 나눌 사람도 필요하고, 생물학적 욕구 해소도 절실하지만 지금과 같은 결혼제도 안으로는 들어가고 싶어하지 않는다.

그가 고안한 파트타임 결혼은 비유하자면 파트타임 아르바이트 같은 것이다. 가장이 되는 것이 평생직장에 고용되는 것이라면, 파트타임 결혼제도는 계약직 고용 비슷한 것이다. 평소에는 각자 원하는 곳에서 마음대로 살다가 가끔 친밀감을 나눌 필요가 있을 때만 만나 공동생활을 하는 결혼 형태이다.

그는 결혼이라는 이름으로 자신이 감당할 수 있는 공동생활은 일주일에 이틀 정도라고 말한다. 형태적으로는 주말부부 비슷하지만 내용 면에서는 그들보다 감정적, 공동체적 결속력이 느슨한 관계를 원한다. 그는 여자를 싫어하거나 사람을 기피하는 인물은 아니다. 다만 혼자 지내는 시간이 절대적으로 필요한 예술가일 뿐이다. 젊은 예술가들 중에는 창작하는 시간보다 예술가처럼 사는 데 심혈을 기울이는 이들도 있지만, 그는 후자는 아닌 듯 보인다.

개인적으로, 결혼 방식이 다양해지는 모습들이 보기 좋다. 독신 또한 결혼을 대하는 하나의 태도라고 생각한다. 권력은 삼촌에서 조카에게로 이어지고, 생태계 건강은 돌연변이가 지키듯이, 세상이 빠르게 변화하면서 다양한 결혼 방식이 등장하는 사회가 좋아 보인다. 변종, 다양성, 유연함은 건강의 표식일 것이다. 물론 이혼율도 자연스럽게 낮아질 것이다. 부부들이 사이좋게 지내는 방법을 터득해서가 아니라, 젊은이들이 결혼을 늦추거나 회피하기 때문에.

참, 그 소설 『황야 속으로』의 마지막 장면은 이렇다. 이혼 후 꿈꾸던 대로 자유롭게 살아본 남자가 한밤에 바에 앉아 있다. 젊은 여자가 다가와 귓가에 속삭인다.

"혼자 오셨어요?"

그때 화자는 자기 입에서 나오는 대답을 듣고 스스로 놀란다.

"나는 유부남이오."

여성 독자에게 위안을 주는 해피엔드도 베스트셀러의 조건이었
을 것이다.

남자는
무엇으로
사는가

얼마 전, 한 문단 행사의 뒤풀이 자리에서였다. 그 무렵 환갑을 넘긴 한 원로 작가 선생님이 분위기가 편안해지자 이런 말을 했다.

"나는 평생 남자인 척하며 살기가 참 힘들었어."

그분의 목소리는 담담한 편이었는데 그 순간 어쩌자고 내 마음 깊은 곳에서 절절한 이해와 공감의 마음이 일었는지 모르겠다. 나도 모르게 큰 목소리가 나왔다.

"선생님, 저는 평생 여자인 척하면서 사는 게 힘들었어요."

그다지 허물없는 사이가 아니었음에도 마주 앉은 그분과 나는 공감의 하이파이브를 나누었다.

예술가는 내면의 여성성, 남성성을 모두 유연하게 사용할 수 있는 사람이라고 생각한다. 그분은 남자인 척하기 힘들 만큼 보통 남자보다 여성성이 많이 의식화되어 있었을 것이다. 나는 여자인 척하기 힘들 만큼 내면에서 남성성으로 분류되는 요소가 자주 발현된다는 것을 알고 있다. 하지만 현실에서는 그런 측면들을 드러내지 않으려 노력할 뿐 아니라, 심지어 참하고 온순한 여자의 가면을 쓰기도 한다.

삼십대 중반쯤의 일이다. 지인들과 어울려 저녁 식사하는 자리에서 한 선배가 최근에 읽은 감동적인 작품이라면서 소설 한편을 화제에 올렸다. 일본 소설이라고 했다. 줄거리는 기억나지 않지만 핵심은 주인공 남편이 힘겹게 공부를 끝내고 박사학위를 받는 장면이었다. 남편은 그동안 어려움을 참으며 내조해준 아내에게 논문집을 선물하는데, 아내는 그것을 받고 최대한의 감동과 감사를 표현한다.

그 선배 표현에 의하면, 아내는 무릎을 꿇은 채 두 손으로 논문집을 받아들고 내용을 전혀 이해하지 못하면서도 그것을 한장씩 처음부터 끝까지 넘겨가며 보았다는 것이었다. 말하는 내내 그토록 남편을 떠받드는 여자를 찬탄하는 표정을 지었다. 나보다 열살 정도밖에 나이가 많지 않은 그의 태도가 믿어지지 않았지만 내가 보인 반응은 입을 다물고 묵묵히 고개를 끄덕이는 것이었다. 선배는 나의 태도를 동의나 공감쯤으로 받아들이는 듯했다. 그후로도 오래도록 나를 온순하고 참한 여자 후배라고 여기는 듯했다. 솔직하게 고백하자면 당시 나는 속맘으로 이렇게 생각했다.

'그런 여성을 꿈꾼다면 현실의 삶이 얼마나 팍팍할까?'

삼십대 내내 나는 사회가 요구하는 여성적 태도를 취할 수 없어 불편을 겪었다. 상냥하고 온순하고 순종적이고 등등의 모습을 갖출 수 없었다. 차선책으로 내가 선택한 생존법은 '가만히 있기'였다. 문단 행사나 뒤풀이 자리에 가면 입에 지퍼를 닫고 구석 자리에 찌그러져 있었다. 그것이 자연스러운 내 모습이 아니라는 것을 명백히 느끼고 있었지만 달리 어떻게 해야 할지 알 수 없었다. 그래서인지 동년배 남성들이 농담처럼 '문단에서 재미없는 여자 베스트 3'을 뽑았는데 영광스럽게도 그중 한명으로 선정되었다고 한다.

삼십대 후반 정신분석을 받고 나서야 나는 몸에 맞지 않는 여성의 생존법을 의식하지 않게 되었다. 그냥 자연스럽게 나 자신으로 살기로 했고, 보수적인 남성 사회의 분노를 살까봐 내면에서 행하던 자기검열을 없앴다. 물론 이 글을 쓰는 지금도 걱정이 없는 것은 아니다. 남자들이 인정하지 못하는 남자들의 모습을 꺼내 보이다니, 이후에도 내가 이 남성 사회에서 무사히 살아갈 수 있을지 염려스럽다. 물론 엄살이다.

내 고충을 길게 나열한 이유는 남성들도 비슷한 어려움을 겪는 것으로 보이기 때문이다. 남자들은 여자에게 여자다움을 요구하는 만큼 스스로에게 '남자다움의 짐'을 부과하고 있는 듯 보인다. 남자답다는 말 속에는 책임과 의무, 용기와 기백, 상명하복과 무리에 헌신하기 등이 포함되는 것으로 보인다. 힘이 세고 싸움을 잘하고, 아프거나 슬퍼도 울지 않고, 친구들과 어울려 바보 같은 음담패설도 잘하고, 만능 스포츠맨이고 등등. 인류 역사와 함께 이어져온 '남자답다'는 말 속에는 전쟁에서 용감하게 싸우고 장렬하게 전사하는 이미지도 들어 있다. 전쟁이 없는 현대에는 경쟁에서 승리하는 것을 남성다움이라 여긴다.

술을 많이 마시는 것도 남자다움을 상징한다. 그 증거로 미국의 남성 작가들은 지금도 전통적으로 술꾼이라는 사실을 자랑으로 삼고 있다. 동시에 극히 융통성이 부족한 사람이기도 한 미국의 남성 작가들은 지금도 여전히 고전적인 방법으로 남자다움을 증명하려 한다. 헤밍웨이처럼 직접 사자를 죽이는 남자도 있고, 너대니얼 웨스트처럼 오리를 쏘는 남자도 있다. 또한 제임스 존스가 예전의 어느 인터뷰에서 했다는 '남자는 자신을 지키기에 적합한 칼을 항상 몸에 지니고 다녀야 한다'는 말을 서슴없이 뱉기도 한다.

미국 작가 폴 셀로의 말이다.

영화나 무협소설은 남성다움의 환상을 팔면서 인간이라면 누구도 도달할 수 없는 남자다움의 기준을 만들어냈다. 서부영화 주인공들은 총알이 허벅지에 박혀도 낯빛만 살짝 찡그릴 뿐이다. 총상 부위에 위스키를 붓고 거친 칼을 사용해서 총알을 꺼낸다. 맥가이버는 작은 도구 하나로 일상 만사를 해결하고 무협소설 주인공은 하늘을 날며 손바닥으로 장풍을 쏘아 오합지졸을 낙엽처럼 떨어뜨린다. 그리하여 남자들은 스스로 규정해둔 '남자다움'의 가치들을 어깨에 얹은 채 낙타처럼 등이 변형되고 걸음이 느려지는 것처럼 보인다.

물론 여자들도 '여자답다'는 말에 묶여 왜곡되어 있다. 비현실적인 몸매를 꿈꾸고 자연스러운 본성을 억누르면서 교태와 콧소리를 익힌다. 개인적인 생각이지만 여성의 사회적 지위가 낮은 나라일수록 여성들이 더욱 '여자다워' 보인다. 화장을 짙게 하고 여성성이 두드러지는 옷차림을 한다. 사회적 지위가 어느정도 보장된 나라 여성들은 옷차림이 실용적이고 화장도 연해 보인다.

● ●

역할에 매달리는 남자

『길모퉁이 남자들』(*Tally's Corner*)은 미국 인류학자 엘리엇 리보우가 1960년대 초 워싱턴 시 저소득층 흑인 사회를 대상으로 하여 인류학적으로 접근한 연구서이다. 그는 흑인 집단 거주지역 거리에서 만나는 남성들과 교류하고 그들을 관찰하면서 흑인 사회의 다양한 측면을 공감적으로 이해해나간다. 그 책에 저자와 시멘트 미장공이 대화를 나누는 대목이 있다.

탤리와 나는 캐리아웃 상점 안에 있었다. 때는 여름, 탤리가 시멘트 미장일의 숙련공으로서 한창 일거리가 많은 철이었다. 그는 연

중 최고 수입을 올리고 있었다. 하지만 그는 돈이 전부가 아니라고
했다.

"돈이 문제가 아니죠. 중요한 건 지위예요, 지위. 그(대학 진학한
이웃 남자를 가리킨다)는 학교를 끝내면 감독이 되는 거죠. 사람들
은 그를 우러러볼 거고요. 지위가 있고 교육받은 사람들을 생각하
면 바로 여기에 (손가락으로 자기 복부의 움푹 파인 부분을 누르면
서) 아픔을 느끼죠."

"자네도 교육을 받았잖아. 한가지 기술도 있고. 직업으로 삼을 만
한 것이지. 자네는 시멘트 미장공이니까. 건물을 짓고 보도를 완성
할 수도 있고 말이야."

"그것과는 다르죠. 보세요, 여기 누가 선생님이 하는 일을 할 수
있나요? 아무나 와서 선생님이 하는 일을 대신할 수 있나요? 일주
일이면 내가 선생님에게 시멘트 미장일을 가르쳐줄 수 있어요. 제
가 하는 말이 그거예요. 아무라도 내가 하는 일을 할 수 있어요. (오
랫동안 말을 멈춘 후) 내가 여기 이 아가씨를 좋아한다고 합시다.
그녀의 집으로 찾아가서 그녀의 아버지를 만나죠. 그가 내게 묻겠
죠. '참, 잭슨 씨, 당신은 무슨 일을 하나요?' 하고 말입니다."

길모퉁이 남자들은 자신에게 어울리는 사람이 되고자 하고, 주목
을 받고, 관심의 대상이 되고 싶어하지만 직업 때문에 좌절한다. 일
자리는 사람과 대등하다. 일자리가 사람을 실망시키면 사람도 일자
리를 저버린다.

아이의 말을 믿어주지 않는 부모는
아이를 거짓말쟁이로 만들고,
아이가 무엇을 하든 불안해하는 부모는
아이에게 불안감을 물려준다.

저 책을 읽을 때 '여기에 아픔을 느낀다'는 대목에서 나도 그곳이 아픈 듯했다.

어린 시절부터 남자들은 부모를 위해 어떤 역할을 하려고 한다. 가족을 구원하는 작은 영웅이 되고자 하고, 엄마를 즐겁게 하는 마스코트 역할을 자처하기도 하고, 아버지가 하지 않는 엄마의 남편 역할을 대신 하고자 한다. 가끔은 반항아, 가족의 희생양 역할을 떠맡기도 한다. 그것이 어떤 역할이든 아이들은 그 가족 속에서 계속 살아가기 위해 그 역할을 떠맡는다.

성인이 되면 남자는 자기가 하는 역할을 통해 존재한다고 믿는다. 자기 역할을 정해놓고 그것에 부합되는 사람이 되고자 한다. 사회에서 어떤 일을 하는가가 그의 정체성이 되고, 직장에서 하는 일이 그를 정의하는 언어가 된다. 결혼하면 가장 역할을 한다. 가족을 부양할 돈을 벌기 위해 매일 직장에 나가고, 전구를 갈아끼우거나 막힌 하수구를 뚫고, 자동차를 정비소에 갖다 맡기고 찾아오는 일들을 한다. 그 역할을 잘해내는 것을 통해 가족을 사랑한다고 믿는다. 가끔은 명품 가방 사주는 것을 남자의 역할이라고 여기는 연인도 있다.

그리하여 어떤 남자들은 역할을 자기 자신이라고 여기는 함정에 빠지기도 한다. 군인, 교사, 목사는 역할을 자기 자신이라고 믿는 오류를 범하기 쉬운 대표적인 직업군이다. 그가 교사라면 자기가 옳다는 신념에 사로잡혀 누구든 가르치려 들 것이다. 그가 군인이라면 강해야 한다는 신념으로 자식들이 강하게 자라도록 몰아세울 것이다. 그가 목사라면 자신이 옳고 바르다는 신념으로 가족들을 판단하고 평가할 것이다. 그들의 자녀들은 부모에게 적응하여 무기력한 모범생이 되거나, 부모에게 반항하여 자립심 강한 문제아가 되거나 한다.

물론 여자들도 가끔 역할과 사랑을 혼동한다. 한 여성은 헌신적으로 남편을 사랑했는데 그가 다른 여자를 사랑하게 되자 억울함을 호소했다. 그녀는 자기가 얼마나 남편을 사랑했는지 조목조목 꼽으며 말했다. 그녀의 역할 수행에는 문제가 없어 보였다. 다만 그녀는 사랑이 무엇인지 모르는 듯했다. 밥상을 차리고 와이셔츠를 다리는 게 사랑이 아니라 상대의 손을 잡고 다정한 말을 건네는 것, 그의 실수나 잘못에 대해 괜찮다고 말해주는 것, 힘들다고 말할 때 이야기 들어주는 것이 사랑이라는 사실을, 사랑과 친밀감을 표현하는 것은 아내로서의 역할 이행과는 다른 것이라는 사실을 모르는 듯했다.

●●

부모, 그 지독한 영향

앞서 언급한 『모리와 함께한 화요일』을 읽을 때, 글의 초입부터 품었던 의문이 있었다. 모리 선생님은 왜 병으로 파괴되어가는 육체를, 죽어가는 자기 모습을 텔레비전을 통해 온 국민에게 드러내고 싶어했을까. 「나이트라인」은 그의 인터뷰를 방영한 후 시청자들의 반응이 뜨겁자 그의 근황을 두번 더 취재 방영했다. 그러니까 모리 선생님은 세차례에 걸쳐 자신이 죽어가는 모습을, 병에 의해 허물어져가는 육신을 전국적으로 보여준 셈이다.

나는 한 개인의 존엄성에 대해 생각했던 것 같다. 나의 스승 중 한분은 연세가 들어 바른 모습으로 사회활동을 할 수 없게 되었을 때 일절 공식석상에 모습을 드러내지 않았다. 그런 절제미에 매료되어 나도 그렇게 나이 들 수 있으면 좋겠다고 마음먹은 적이 있었다. 그랬기에 모리 선생님의 태도가 다소 의아했을 것이다.

책을 읽어나가면 의문에 대한 답이 하나둘씩 나타난다. 모리 선생님이 여덟살이었을 때, 어머니가 입원해 있던 병원에서 전보가 왔다. 러시아 이민자였던 아버지는 영어를 읽지 못했기 때문에 큰아들 모리가 가족들 앞에서 큰 소리로 전보를 읽어야 했다. "이런 소식을 알리게 되어 유감스럽습니다만……" 그것은 어머니의 사망통지서였다.

그의 아버지는 노년에 이르도록 집 앞 가로등에 기대 신문을 읽다가 어느날 강도를 만났다. 그들에게 지갑을 빼앗긴 후 사력을 다해 달음질쳐서 집으로 돌아왔으나, 현관 앞에 쓰러져 심장마비로 사망했다.

모리 선생님은 시신을 확인하라는 전화를 받고 시체 안치소로 가서 아버지를 확인했다. 그리고 결심했다. 누구든 포옹과 키스와 작별인사 없이 떠나는 일은 없어야 한다고, 전화나 전보를 받고 가족의 죽음을 알게 되는 일은 없어야 한다고. 그는 남은 가족과 지인들이 자신의 죽음에 대비할 수 있도록 도와주고 싶었다고 말한다.

자주, 부모가 한 인간의 생에 얼마나 지독한 영향을 끼치는지 목격하면서 놀라곤 한다. 한사람이 생을 두고 사용하는 생존법과 생의 목표는 대체로 부모와의 관계에서 만들어진다. 성격이란 유아기부터 부모에게 잘 의존하기 위해 만들어 갖는 생존법이다. 정체성의 절반은 부모에게서 그대로 물려받은 것이고, 생의 목표는 대부분 부모의 꿈이거나 부모가 채워주지 못한 것들을 보상받고자 하는 노력이다.

후배 여성들을 보면 그들이 어떤 부모 환경에서 자라면서 어떤 생존법을 가지게 되었는지 환히 보인다. 그 생존법은 얼굴 생김만큼 다양하다. 어떤 여성은 양귀비꽃처럼 자기를 꾸미고 과도하게 성적 자극을 유발하는 옷차림을 한 채 모든 이들을 유혹하려 한다. 그녀의 목표는 되도록 많은 사람의 사랑을 받는 것이고, 내면에는 사람들이 자기를 미워할지도 모른다는 두려움을 안고 있다. 어떤 여성은 선인장처럼 가시 돋친 겉모습을 꾸미면서 아무도 자기에게 접근하지 못하도록 한다. 누구의 사랑도 도움도 필요 없는 듯 행동하지만 실은 절실히 외부의 도움을 필요로 한다. 어떤 여성은 우아하고 고고한 자태로 자신을 꾸미면서 사람들의 숭배를 기대한다. 이상화된 부모 이미지를 스스로 체현하고 있는 셈이다.

젊은 여성들이 가지고 있는 생존법은 기본적으로 부모에게 잘 의존하기 위해 만들어진 것이다. 똑같은 이야기가 남자에게도 적용된다. 강압적이고 지배하는 부모는 아들에게 소심한 성격을 부여하고, 관대하고 허용적인 아버지는 아들에게 자신감을 심어준다. 아이의 말을 믿어주지 않는 부모는 아이를 거짓말쟁이로 만들고, 아이가 무엇을 하든 불안해하는 부모는 아이에게 불안감을 물려준다. 그럼에도 자녀들은 부모에게 자신의 존재를 증명하려 한다. 자신이 맡은 역할을 통해, 자신이 성취하는 것들을 통해 부모의 인정을 받으려 한다. 성인이 된 후 사회에서 권위자의 인정과 지지 받기를 그토록 원하는 것도 그같은 유년기 욕망의 연장이다.

남자들이 그토록 존재를 증명하고자 하는 것은 유아기에 받은 애정의 양과 관련이 있다. 충분히 사랑받은 아이는 자신의 존재를 입증할 필요가 없다. 사랑받는 것이 당연하고, 존재하는 것이 당연하며, 심지어 부모가 자신의 존재에 대해 감사하고 있다고 믿는다. 하지만 어떤 아이들은 자신이 잘못 태어난 게 아닌가 하는 의문을 품는다. 자기가 집안에 필요한 존재인지, 부모에게 유익한 자식인지 거듭 되묻고 확인한다. 그런 이들은 자신의 존재가치를 입증하기 위해 헌신적으로 부모를 돕는다.

남자답다는 환상을 이루려는 노력도, 주어진 역할을 해내고 자기 존재를 증명하려는 노력도 참 고된 일로 보인다. 남자들의 그런 노력이 언제나 어떤 대상을 향해 안간힘을 쓰며 호소하는 듯한 느낌을 주기 때문에 그러하다. 그렇게 애써서 얻고자 하는 것이 고작 실존에 대한 증명과 외부의 인정이라니. 그런 것 없이도 누구나 소중한 존재라는 사실을 알아차리면 좋을 텐데 싶다.

2부

남자의
열정 사용법

폭탄주 속에
담긴 것들

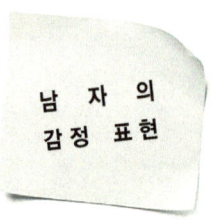

최근에 한 후배 여성이 소개팅
으로 동년배 남자를 만난 일화를 들려주었다. 그녀가 만났던 남자
는 서른한살이고 금융기관에서 일하는 사람이었다. 그들은 일요일
저녁에 약속이 있었는데 남자는 약속 장소에서 만나 저녁 식사를
하러 이동하는 동안 이런 말을 했다.

"나는 일요일 저녁이 되면 이상하게 고통스러워져요. 무기력해
지고 우울증 같은 게 느껴지는데, 진찰 받으러 가보려고 해도 기록
에 남을 거 같아서 싫고……"

그녀는 이제 겨우 통성명을 한 남자가 그런 얘기를 꺼내서 놀랐
다. 그럼에도 직장인이라면 누구나 일요일 저녁 기분이 어떤지 알

고 있기에 묵묵히 고개를 끄덕였다. 식사하는 동안 그는 묘하게 투덜거리는 말투로 사는 게 재미없다는 종류의 이야기를 늘어놓았다. 그녀는 저녁 시간을 낭비하지 않으려면 자기가 이야기를 이끌어야겠다고 판단하고 그에게 물어보았다.

"그래도 뭔가 즐겁고 재미있는 일이 있지 않나요?"

남자는 고개를 절레절레 저었다. 그녀는 인내심을 가지고 남자에게 즐겨 하는 일을 찾아보자고 제안했다.

"드라이브는 어때요? 운전 즐기는 남자분들 많던데요."

"요즈음 기름값이 얼마나 비싼데요."

남자는 여전히 투덜거리는 말투로 질문의 의도와는 다른 대답을 했다. 그녀는 달래는 마음으로 다시 질문했다.

"여행은 좋아하지 않나요?"

"여행은 가끔 하지만, 사진 찍는 거 좋아하지 않아요. 찍히는 것도 좋아하지 않고, 다른 사람 사진 찍어달라고 부탁하는 것도 들어주기 싫고. 뭐하러 남 좋은 일 해요?"

"음악은 어때요? 요즈음 케이팝도 매력 있던데."

"내가 듣는 노래는 십년 전 것들이에요."

"동물은 좋아하지 않아요? 아까 강아지 키운다고 하셨잖아요."

"그건 내가 키우는 게 아니에요. 그냥 집에 있는 거고, 엄밀히 말하면 엄마가 키우는 거지요."

그녀는 그쯤에서 막다른 벽 같은 것을 느끼며 마음속으로 포기했다고 한다. 그녀가 한동안 말이 없자 묵묵히 있던 남자가 이런 질문을 했다.

"그쪽은 뭔가, 인생이 즐거운 듯한 표정인데, 사는 게 재미있어요?"

후배 여성은 그렇다고 대답했다. 최근에 회사에 입사해서 처음 배우는 회사 일이 즐겁고, 새로운 사람들을 만나는 게 흥미롭다고 말했다. 그러자 남자가 다시 물었다.

"주말에는 뭐 하세요? 나는 다른 사람들은 주말에 뭐 하는지 궁금하던데."

그녀는 자기가 주말에 하는 일을 들려주었다. 영어회화 스터디 모임도 있고, 아카펠라 동아리 활동도 있고, 친구들과 만나기도 한다고. 그런 다음 질문을 되돌려주었다. 그는 이렇게 대답했다.

"나는 가끔 도서관에 가요. 폼 잡는 거 좋아해서, 도서관에 있으면 왠지 뿌듯해요."

후배는 서른한살짜리 남자가 그런 내면, 그런 언어를 가지고 있는 데 놀랐다. 심지어 그는 늘 회사에서 잘릴까봐 두려워하며, 그런 일이 생길 경우에 대비해서 최후의 방법을 알아두었는데, 그것은 호주에 가서 감자를 캐는 일이라고 했다.

후배는 자기 또래인 그가 참 이상해 보였다고 한다. 자기 감정이 어떤지도 모르고, 자기가 무엇을 좋아하는지도 모르고, 자기 시간을 어떻게 써야 하는지도 모르는 것 같았다. 그는 여자가 무엇을 원하는지 물어보고 그것에 맞춰주는 행동밖에 할 줄 몰랐다. 그녀는 내내 그가 답답하고 무심하다고 느꼈다.

여자들은 자주 그렇게 느낀다. 남자들이 무감각하고, 무례하고, 무정하다고. 그들은 감정을 느낄 줄 모르고 생각이나 욕구도 표현하기 어려워서 내면과 관련된 이야기가 나오면 돌이나 나무토막으로 변하는 것 같다.

한 외국 정신과 의사의 책에서 읽은 글이 기억난다. 그의 남성 내담자들은 "요즈음 기분이 어떠세요?" 하고 물으면 하나같이 화를 낸다고 한다. 그 질문을 자신에 대한 공격처럼 느끼며 그런 것은 왜 묻느냐는 태도를 취하는 것이다. 하지만 "요즈음 하는 일은 어떠세요?"라고 물으면 갑자기 열성을 다해, 크고 높은 목소리로, 자기가 어떻게 일을 잘해내고 있는지 이야기를 쏟아낸다.

사실 내면에서 남자들은 너무나 많이 사랑을 갈구하고, 위로받고 싶어한다. 하지만 감정적인 것을 표현하면 남자답지 않다는 말을 자주 들었기 때문에 오래도록 감정을 억눌러왔다. 감정을 숨기는 것이 사회적으로 자기를 지키는 법이라고 배웠다.

집에 불이 나면 히스테리를 일으키기보다는 뛰어들어가 아이를 구한다든가, 수술대에서 칼을 휘두르면서도 두려움으로 손이 뻣뻣해지는 일이 없다든가, 자식과 아내를 위해 하루 열두시간씩 일하면서도 자신이 불쌍해서 견딜 수 없다는 감정을 느끼지 않는다든가 하는 것은 모두 남자들의 큰 장점이다. 그들은 무감각함으로써 이득을 볼 수가 있다. 남자는 본능적으로 감정을 배제하면 소중한 것을 얻을 수 있다는 사실을 안다.

스티브 비덜프의 『남성심리학자가 남자에게 말하는 남자의 생』의 한 대목이다. 실제로 남자들은 저렇게 생각하고 있으며, 그것이 히스테리를 일으키는 여자들의 방식보다 우월하다고 믿는다.

여자들은 남자들이 더 자상하게 언어로 감정을 표현해주기를 원한다. 하지만 그런 섣부른 요구는 재앙에 가까운 결과를 맞는다. 이미 말한 바 있지만, 남자의 언어는 경쟁이나 공격의 도구로 사용되는 경우가 더 많기 때문이다.

● ●

그 남자가 달리는 이유

나쉬는 폴 오스터의 장편소설 『우연의 음악』(*The Music of Chance*)의 주인공이다. 그는 칠년간 소방관으로 일하고 있으며, 아내와는 이혼했고 딸은 아내가 데리고 산다. 별다른 변화도 희망도 없는 나쉬에게 변호사가 찾아와 거액의 돈을 건넨다. 두살 때 가족을 떠나 한번도 만난 적 없는 아버지가 물려준 유산이었다. 돈이 생기자 그는 우선 빚을 갚고, 그다음 빨간색 투 도어 싸브 900 자동차를 산다. 그동안 쓰지 않은 휴가를 한꺼번에 신청해 차를 몰고 길을 떠난다.

소설은 그가 어디를 어떻게 운전하면서 돌아다니는지에 대한 기록으로 채워진다. 첫날은 일곱시간 동안 계속 차를 몬 뒤 기름을 채

우기 위해 잠시 멈췄다가 다시 여섯시간을 달려 더이상 운전할 수 없을 정도로 피로해진 새벽녘에 길가 모텔에 투숙한다. 그곳에서 여덟시간을 내리 잔 후 늦은 오후가 되자 다시 차에 올라 맑게 갠 밤을 뚫고 달려 뉴멕시코를 반쯤 가로지른 뒤에야 차를 세운다.

그 둘째 날 밤 이후 나쉬는 자기가 이제 통제불능이라는 것, 어떤 이해할 수 없고 저항할 수 없는 힘의 손아귀에 걸려들었다는 것을 알았다. 발광한 짐승처럼 그는 어딘지 모를 곳에서 다른 곳으로 무작정 차를 몰아 달리고 있었다. 그만두려고 아무리 여러번 결의를 다져도 실행에 옮길 수가 없었다.

그는 차를 몰고 달리기만 하면서 휴가를 다 보낸다. 다시 직장과 일상으로 돌아오지만 일주일이 지나자 점점 불안해지고 밤에 눈을 감기만 하면 자동차가 떠오른다. 비번인 날 차를 몰고 멀리 갔다가 돌아와보지만 오히려 양에 차지 않는다는 느낌뿐이다. 결국 그는 칠년간 근무한 직장, 행운이라고 여겨온 일을 포기한다.

가장 중요한 것은 속도감, 차를 몰아 눈앞에 펼쳐진 공간으로 돌진해가는 즐거움이었다. 그것이 다른 어떤 것보다도 더 중요한, 어떤 댓가를 치르고라도 만족시켜야 하는 갈망이 되었다. 그의 주위로는 어느것도 한순간 이상 지속되지 않았고, 그런 순간순간이 이어지는 동안 자기 혼자만이 계속 존재하는 듯한 느낌이었다. 그의 차는 누구도 침범할 수 없는 성소(聖所), 아무것도 그를 해칠 수 없는 피난처가 되었다.

그는 속도감을 최대한 즐길 수 있는 한적한 도로, 좋은 날씨를 찾아 떠난다. 아버지 무덤을 보러 가기도 하고, 아버지가 운영했던 철물점에서 자동차용 공구들을 구입하기도 한다. 선물을 가득 사서 이혼한 아내와 딸을 보러 가기도 한다. 그러면서 미국 전역을 떠돈다.

누가 뭐래도 사브 승용차를 애지중지 다루었고, 주행 기록계가 하루에 수백 미터씩 올라가는 만큼 차가 계속 굴러가도록 하기 위해 오일을 교환하고 윤활유를 치고 휠 밸런스를 잡고 온갖 미세한 조정과 수리를 하는 등 손볼 일이 많았다. 차를 하루나 이틀 동안 정비소에 맡겨놓은 다음에는 차가 다시 굴러갈 준비가 될 때까지 기다리는 것 외에는 달리 어쩔 도리가 없었다.

나쉬가 자동차를 운전하면서 그토록 떠도는 것은 그가 감정을 표현하는 행위이다. 소설 도입부에는 그가 잃은 사람이 아내와 딸, 아버지만이 아니라는 사실이 밝혀져 있다. 혼자 아들을 키운 그의 어머니와 아버지 노릇을 해왔던 외삼촌도 세상을 떠났다. 무수한 이별이 있었지만 늘 생계가 곤궁했던 그는 충분히 슬퍼할 기회를 갖지 못했다. 비로소 시간과 여유가 생기자 그는 미뤄두었던 슬픔을 한꺼번에 경험하고 표현한다. 그것이 그의 운전이었다.

남자들은 언어나 눈물로 감정을 표현하지 않는다. 그들은 행동으로 감정을 표출한다. 자동차를 몰고 고속도로를 질주하거나, 지칠 때까지 학교 운동장을 달리거나, 격렬하게 푸시업을 하거나, 잇몸에 피가 나도록 양치질을 한다. 일요 축구회나 동네 스포츠 모임, 등산 모임 등은 남자들이 감정을 표현하여 마음의 평화를 유지할 수 있도록 돕는 의식이다. 그런 활동을 통해 남자들은 스트레스를 해소하고 무의식적으로 자신의 정서를 치유한다.

실제로 한 지인은 일요 축구회에서 뛸 때마다 몸에 부상을 입곤 했다. 조심해야지 다짐하지만 일단 달리기 시작하면 걷잡을 수 없이 거칠어져서 본인뿐 아니라 상대 선수까지 부상을 입혔다. 경기가 끝나면 미안해서 거듭 사과하지만 다음 경기에서 또다시 격렬한 몸싸움을 벌였다. 그는 몸에 무수한 상처를 입었을 뿐만 아니라 결국 일요 축구회에서 제명당했다. 그 일이 있은 후에야 그는 자신이 내면에 분노가 많은 사람이라는 것을 알아차렸다. 평소에는 지나치게 온순하고 예의바른 사람이기 때문에 그의 분노는 오직 축구장에서만 표출되었다.

텔레비전 프로그램 중에 남자 출연자들이 떼거리로 등장해서 달리고, 숨고, 달리고, 찾아내고, 또 달리고…… 하는 프로그램이 있다. 처음 그 프로그램을 봤을 때 의아한 느낌이 들었다. 그런데 만나는 모든 젊은이들이 그 '달리는 프로그램'을 즐겨 본다고 입을 모았다. 마음껏 동네를 누비면서 뛰노는 어린 시절을 갖지 못한 젊은이들의 놀이인가 싶었다. 무조건적인 경쟁에 몰두하는 남자들의 무의식을 표현하여 시청자들을 사로잡는가 싶기도 했다.

　더 나중에야 그것이 남자들이 감정을 표현하는 방식이라는 것을 이해하게 되었다. 끊임없이 달리는 그들의 행위 속에 감정의 모든 요소가 표현되고 있었다. 호의와 신뢰, 배신과 분노, 환희와 좌절 등이 화면 전체에 흘러넘치는 것이 보였다. 직접 운동장을 달리지 못하는 젊은이들은 그 프로그램을 보면서 자신들도 모르는 내면 감정들과 무의식적으로 접촉하는 듯했다.

● ●

술과 함께 삼키는 것

　　　　　　　　한 남자가 아버지를 잃은 친구를 위로하는 광경을 목격한 일이 있다. 그 남자는 친구를 찾아가서 침묵 속에 잠시 앉아 있다가, "술이나 하자"면서 그를 술집으로 데려가서는, "한잔해라"면서 술잔 가득 술을 부어주었다. 그러고는 정치와 스포츠 이야기로 술자리를 채워나갔다. 장례는 잘 치렀는지, 마음은 어떤지 따위는 입에 올리지 않았다.

　남자들은 그것으로 모든 대화를 했다고 생각한다. 술을 따라주는 것이 안부를 묻는 일이고, 술잔을 서로 부딪치면서 상대를 위로하고, 각자 자기 잔의 술을 마시면서 슬픔을 느낀다. 술자리에 마주 앉기, 함께 술 마시기, 함께 취하기, 그 모든 것을 뭉뚱그려서 남자

술자리는 그 자체로 남자들이 감정을 표현하는 중요한 방식이다.
그들은 슬프다고 말하는 대신 술을 마시고,
기쁘다고 말하는 대신 노래방에 가서 큰 소리로 노래 부른다.

는 위로라고 생각한다. 그들은 서로를 위로하는 말을 할 줄 모르고, 상대방을 감싸안아 편안하게 해주는 행동을 할 줄 모른다.

술자리는 그 자체로 남자들이 감정을 표현하는 중요한 방식이다. 그들은 슬프다고 말하는 대신 술을 마시고, 기쁘다고 말하는 대신 노래방에 가서 큰 소리로 노래 부른다. 우리나라 특산품인 '폭탄주'의 이름은 그 술잔을 돌릴 때 남자들 내면에서 튀어나오는 것들이 무엇인지를 보여주는 훌륭한 은유이다. 남자들은 감정의 폐쇄회로를 열면 공포, 분노, 슬픔 같은 것에 직면하게 된다는 사실을 본능적으로 알고 있다. 그것과 접촉하면 고통스럽고 아픈 나머지 통제력을 잃게 될까봐 두려워한다. 억압된 내면의 봉인이 풀리는 순간 폭탄 같은 감정들과 맞닥뜨릴까봐 겁낸다.

내가 젊었던 시절, 저녁이면 선배나 동료들이 취한 목소리로 전화해서 술 마시러 나오라고 하던 때가 있었다. 그럴 때마다 몸이 불편하다거나 컨디션이 좋지 않다는 핑계를 대면서 거절하곤 했다. 아마 술을 잘 마시는 체질이었다면 다른 선택을 했을지도 모른다. 하지만 나는 술을 마실 줄 몰랐고, 술자리에 불려나는 전화를 받으면 마음 깊은 곳에서 저항감이 일었다. 솔직하게 표현하면 이런 기분이었다. '뭐야, 술자리 기쁨조가 필요하다는 거야?' 물론 나도 나르시시스트여서 기쁨조로 뽑힐 만하다고 착각했다는 과오를 고백한다.

어느 자리에선가 그런 경험에 대해 한 선생님께 여쭤보았다. 남자들은 술자리에서 왜 그토록 여자를 필요로 하는지. 그분은 전혀 예상하지 못했던 이유를 들려주었다. 남자들이 단둘이 있을 때, 혹은 남자들끼리만 있는 자리에서 그들이 얼마나 파괴적이 되는지 말해주었다. 화제는 저열한 바닥으로 떨어지고, 작은 일로도 극단까지 대립하며, 곧잘 파괴적인 분위기로 치닫는다. 하지만 그곳에 단 한명이라도 여자가 있으면 남자들은 부드러워지고 신사적인 태도를 견지하려 노력한다. 자기들끼리 경쟁하는 게 아니라 여자를 두고 경쟁하기 때문에 게임의 룰이 다른 방식으로 작동한다는 것이다. 그 말을 들었을 때, 남자들은 술자리라는 감정 표현 방식에서조차 자신과 상대를 보호할 안전장치를 필요로 한다는 것을 알게 되었다.

남자들은 자신들의 감정언어가 폭력적이라는 것을 알고 있는 게 분명하다. 그래서 그들의 언어는 되도록 감정이 없는 영역에 머무르고자 하는 것 같다. 영화 「씽글 맨」(*A Single Man*)의 원작인 크리스토퍼 이셔우드의 소설에는 이런 대목이 있다.

두사람 다 취했다. 케니는 꽤 취했고, 조지는 심하게 취했다. 조지는 지금 이 취기가 어떤 것인지 스스로에게 설명하려고 애쓰고 있다. 조야하게 표현하자면 플라톤의 『대화』 같다. 그렇지만 『대화』 같다는 말이 그럴싸하게 미화된 표현은 아니다. 짐짓 겸손한 척하면서 서로를 헐뜯는 대결이 아니다. 지루한 주제를 놓고 벌이는 논쟁도 아니다. 무엇이라도 이야기할 수 있고, 얼마든지 주제를 바꿀수 있다. 사실, 무슨 이야기를 하느냐는 중요하지 않다. 이 특별한 관계에 함께한다는 것이 중요하다.

조지는 연배가 높은 대학교수이고, 케니는 그의 제자이다. 두 사람은 바야흐로 사랑하는 관계로 접어드는 초입에 있다. 조지는 그들의 대화가 관계의 시작이고, 편안함이고, 친밀함이라고 느낀다. 삼인칭 전지적 시점을 사용하는 작가는 이어서 이렇게 쓰고 있다.

조지의 생각으로는, 여자와는 결코 이런 대화를 나눌 수 없다. 여자들은 개인적인 차원에서만 이야기하기 때문이다. 이런 대화는 남자만 나눌 수 있다. (…) 대화는 그 속성상 개인적이지 않기 때문이다. 대화는 상징적인 만남이다.

남자의 대화든 여자의 수다든 그런 종류의 말하기가 지향하는 것은 자기표현이다. 언어를 통해 일상과 감정을 표현하면서 정서적 불편을 해소하는 일이다. 남자들은 형이상학적이고 관념적인 언어를 사용하기 좋아하면서 자기들의 언어가 여자들의 것보다 우월하다고 여긴다. 자기들의 언어는 합리적이고 논리적인 데 반해 여자들의 언어는 산만하고 무질서하다고 폄하한다. 남자들이 그런 언어를 사용하는 진짜 이유가 감정을 표현하지 않기 위해서라는 사실은 인정하지 않는다. 하지만 어떤 언어를 사용하든 남자와 여자가 서로에게서 듣고 싶어하는 말은 부드러운 위로와 사랑의 말일 것이다.

남자가
자동차를
사랑할 때

허진호 감독의 영화 「봄날은 간다」는 여성 관객들의 열렬한 지지를 받으며 흥행에 성공한 작품이다. 그 영화는 전통적으로 남자가 했던 역할, 상대를 유혹해서 적당히 지내다가 홀연히 떠나는 행위를 여주인공이 맡았다. 처음부터 끝까지 관계의 권력을 여주인공이 쥐고 있었다. 그녀가 경제적으로 자립해 있을 뿐 아니라 사회적으로도 안정된 지위에 있었기에 가능했을 것이다. 여성 관객들이 환호했던 것만큼 남성 관객들은 노골적으로 그 영화를 기피했다는 뒷얘기가 있다.

그 영화에서 여주인공이 나란히 앉아 있는 남자에게 처음 건네는 유혹의 언어는 이렇다.

"소화기 사용법 알아요?"

남자가 관심을 보이자 그녀는 소화기 겉면에 씌어 있는 사용법을 읽어준다. 그렇게 관계가 시작된다. 두 사람의 연애가 기승전결을 거치는 동안에도 자주 사물들이 매개체가 된다. "라면 먹을래요?" 할 때의 야식 라면이나, 사랑이 충만할 때 화면을 가득 채우며 물결치는 보리밭이나, 헤어짐을 통보받은 남자가 여자의 차에 길게 긁어놓은 흠집 같은 것들이 감정을 표현하는 사물들이다. 그 연애가 끝난 후 여주인공은 또다른 남자에게 말을 건넨다. "소화기 사용법 알아요?"

그 영화에서 여주인공의 언어는 권력자인 남성들의 것이다. 보통의 여자는 남자를 유혹할 때 대체로 상대를 칭찬해서 남자의 영웅심을 자극하는 말을 건넨다. 상대방에게 도움을 청해서 남자가 권력자라고 느끼게 하거나, 상대방에게 무조건 동의하면서 상대가 우월하다고 느끼게 만드는 유혹의 기교를 사용한다. 어떤 여자도 유혹하는 상대에게 감히 이것 아느냐, 저것 아느냐고 질문하지 않는다.

사물을 통해 자기 생각이나 감정을 전달하는 것은 남자의 방식이다. 남자들은 여자가 모를 것 같은 질문을 해놓고 상대가 모른다고 대답하면 "그런 것도 몰라?" 하는 말을 시작으로 자신의 우월함과 친절함을 펼쳐 보인다. 남자들은 자기 감정이나 내면을 보여주지 않기 위해 자주 사물들을 화제로 삼는다. 자기 기분이 어떤지 말하지 않기 위해 날씨에 대해 언급하고, 일에 어떤 문제가 있는지 말하지 않기 위해 정치와 스포츠를 말한다. 좀더 가까운 사이라고 느껴지는 사람들과는 특별한 사물이나 기계에 대해 말한다. 골프 장비, 컴퓨터, 스마트폰, 자동차 등등. 그 사물들은 감정으로부터 먼 곳에 존재하는 것들이다.

미셸 푸꼬의 『말과 사물』(*Les Mots et les choses*)은 1966년에 출간된 책이다. 결코 쉬운 내용이 아닌 철학 서적임에도 뜻밖에도 대형 베스트셀러가 되어 책을 사기 위해 줄 선 독자들을 인쇄 속도가 따라잡지 못할 정도였다고 한다. 어느 책에선가 그런 내용을 읽은 후 『말과 사물』을 사서 읽어보았다. 그런데 글자가 작아서인지, 번역의 문제인지, 원문이 원래 난해한지 아무리 읽어도 내용이 이해되지 않았다. 그래도 훌륭한 저자의 화제작이라니, 독해 못하는 내게 문제가 있겠지 싶어 책장에 꽂아두고 이따금 펼쳐보지만 여전히 캄캄하다. 이를테면 이런 식이다.

오히려 현실의 언어는 하나의 불투명하고 신비스러우며 스스로 속에 자폐(自閉)된 어떤 것이자, 하나의 파편화되고 매순간 수수께끼로 가득 찬 덩어리로서, 도처에서 세계의 제형상과 결합되고 한데 엮어지게 된다. 그 결과 이 모든 요소들이 함께 결합되어 표시들의 그물망을 형성하는데, 이 그물망 속에서 각각의 표시들은 다른 표시들에 대해 내용의 역할이나 기호의 역할, 즉 비밀의 역할이나 지시자를 수행할 수 있으며 또 실제로 수행하고 있다.

사물의 실체와 그것을 표현하는 언어 사이의 상관관계에 대해 말하는 듯한데 역시 무슨 말인지 모르겠다. 실은 미셸 푸꼬 자신도 자기 책이 그토록 많이 팔린 것에 의아해했다고 한다. 스스로 푸꼬를 사랑한다고 말하는 한 역사학자는 아마도 그것이 프랑스인들의 지적 허영심 때문이 아니었을까 추측했다. 당시 프랑스에서는 그 책을 지니고 있어야 지식인 행세를 할 수 있다는 유행 같은 게 있었다고 한다. 비록 읽지 않더라도 산책이나 여행할 때 지니는 책, 휴가지에서 일광욕할 때 머리맡에 놓아두면 '있어 보이는' 소품이었다.

그런 이유 이외에도 나는 『말과 사물』이 그토록 호응받은 또다른 이유 한가지를 추측해본다. 그것은 남자들이 대체로 사물을 이야기함으로써 감정을 표현하기 때문이 아닐까 하는 것이다. 사교 자리에서 사생활, 종교, 정치에 대한 이야기까지 금지되어 있는 프랑스 남자들에게는 더욱 절실하게 사물들에 대한 말이 필요했을 것이다.

2003년에 역시 프랑스에서 남자들의 무의식적 욕구인 '사물들에 대해 말하기'에 도움을 줄 만한 책이 간행되었다. 로제 뽈 드루아의 『사물들과 철학하기』(*Dernières nouvelles des choses*)이다. 그 책의 첫 장은 프랑스 인사말 '하시는 일은 어떻습니까?'가 '사물들은 어떻습니까?'와 같은 의미라는 내용으로 시작된다. 저자는 사람들의 인사를 받을 때마다 '사물들은 어떻습니까?'라는 의미로 들려서 사물들에 대해 깊이 생각해보게 되었고, 그런 내용을 『르 몽드』지에 연재했다고 한다.

책에는 열쇠, 자명종, 소금통, 쌘들, 포크 등 우리가 일상에서 만나는 사물들에 대해 철학적으로, 미학적으로, 혹은 감정적으로 성찰한 내용들이 담겨 있다. 읽을수록 남자들이 체면을 차려야 하는 사교 자리에서 대화할 때 이런 종류의 이야기를 나누면 안성맞춤이겠구나 싶었다. 다음은 '휴대전화'라는 제목의 글이다.

그것이 전화기의 원칙이라고 당신은 말할 것이다. 갑작스러운, 예상치 못한 누군가의 출현. 그것은 인간관계에 있어서 매우 특이한 유형의 난폭함이다. 그 순간 누군가 사고 중이라고 해도 벨소리를 끊거나 저지할 수 있는 최소한의 배려도 원칙도 없다. 그래도 예전의 전화기는 잠시 멀리할 수 있었다. 휴대전화는 이런 일시적 잠적을 방해한다.

사물들에 대해 말하지만 문장 곳곳에 얼마나 섬세하게 감정들이 깃들어 있는지 놀라울 뿐이다. 심지어 그 책 전체가 놀라움, 암중모색, 동요, 평정이라는 네가지 감정언어를 표제로 하여 네 부분으로 나뉘어 있다. 급기야 저자는 이렇게 말한다.

왜 나는 사물들에 대해 말하면서 나에 대해 말하기 시작했을까. 나는 사적인 일기를 싫어한다. 자서전이나 회고록, 고백록은 지루하다. 그런데도 여기서 나의 편집증과 약점들을 드러내는 사물들에 대해 말하고 있다. 사물들에 대해 말하기 위해서, 그것들의 실체에 기댄 채 자기 자신의 부분을 보여주는 일이 바람직할까? 다른 식으로 할 수 있을까, 그렇지 않다면 우리는 사물들과 얽혀 있는 것일까?

남자들은 자서전, 회고록뿐 아니라 소설, 드라마를 싫어한다고 공공연하게 말한다. 심지어 그런 저열한 문화를 가까이하지 않는 자신이 우월하다는 느낌까지 담아 말한다. 대신 그들은 사물들에 대해 말한다. 사물들에 대해 말할 때 그들의 말 속에 얼마나 많은 감정들, 애착, 애통함, 아쉬움, 거부감, 부러움 등을 담는지 모르는 채 자기들이 감정을 훌륭하게 감추고 있다고 믿는다.

어렸을 때 읽었던 연애 지침서에 이런 내용이 있었다.

"남자가 말을 걸기 쉽도록 물건들을 가지고 다녀라. 산책을 갈 때는 애완견을, 거리를 걸을 때는 주간지를, 하다못해 옷깃에 눈에 띄는 장신구라도 달고 다녀라."

그때는 이해하지 못했던 저 내용을, 남자들이 사물을 매개로 감정을 표현한다는 사실을 알고 나서야 비로소 이해할 수 있었다.

● ●

사물과 사랑에 빠지는 남자

그는 주변 사람들이 모두 알아주는 오디오광이었다. 그가 오디오에 쏟아부은 돈을 합치면 집을 몇채는 샀을 것이다. 음악을 들을수록 귀가 예민해져서 음질의 차이를 섬세하게 가려내게 되었다. 고가의 오디오 세트를 구비해놓고도 음질이 더 좋다는 앰프와 스피커를 찾아다녔다. 그는 혼자만 머물 수 있는 공간을 마련해놓고 그곳을 온통 오디오와 음반으로 가득 채웠다. 그는 음악이란 음악은 장르를 가리지 않고 즐겼다. 바흐나 모차르트뿐 아니라 재즈와 헤비메탈도 들었다. 나중에는 비디오 시스템을 갖춰 연주회나 오페라 영상을 즐기게 되었다.

다양한 종류의 음악을 즐겼지만, 마흔살이 넘으면서 그는 트로트가 그토록 좋아진다고 했다. 그중에서도 1960년대에 취입한 이미자 음반을 가장 사랑한다. 퇴근하면 곧바로 집으로 달려가 저녁 식사조차 간단히 해결한 후 혼자 고요히 이미자 노래를 듣는다. 그윽하고 신비한 여가수 목소리가 방 안을 가득 채우면 그 공간이 편안하면서도 신비한 마술 세계로 변한다. 그 순간 그는 더이상 삶에 바라는 게 없다고 한다.

나는 그에게 이미자 음악의 어떤 점이 그토록 좋으냐고 물어보지 못했다. 그는 몇권의 시집을 출간한 시인이었다. 그에게 감수성 둔한 산문 작가라는 지적을 받고 싶지 않았다. 나는 또한 가족들은 당신의 음악을 공유하지 않느냐고 물어보지 못했다. 저마다 섬처럼 살아가는 중년 가장의 가족 풍경을 듣추게 될까봐 두려웠다.

남자들은 사물들에 대해 이야기하기가 깊어지면 사물들을 사랑하는 단계로 나아가는 것 같다. 그 사물들에 열정을 투자하면서 특별한 애착 대상으로 삼는다. 애착 대상과 더 깊은 감정을 교류하고 정신세계를 공유하는 것 같다.

물론 여자에게도 소중한 물건이 있지만 그것은 몇가지로 한정되어 있다. 보석류, 명품 가방, 옷과 구두. 그것은 대체로 자신의 성적 매력을 돋보이게 해주는 물건들이다. 하지만 남자들은 여자들이 전혀 상상도 하지 못할 물건들에 애착을 보인다. 시계, 안경, 만년필, 오디오, 레코드, 골프 클럽, 장인이 만든 칼이나 구식 사냥총 등등. 요즈음 젊은이들 중에는 프라모델을 모으는 이들이 많은 것으로 알고 있다. 그들은 작은 사람들의 왕국을 만들어놓고 그들을 마음껏 조종, 통제하면서 권력을 행사하는 즐거움을 누리는 것 같다.

언젠가 여자끼리 모여서 '결혼해서는 안되는 남자는?'이라는 주제로 이야기 나눈 적이 있다. 공통적으로 1순위에 올린 남자는 '마마보이'였다. 그런 남자와 결혼하면 남편이라는 아이를 키워야 할 뿐만 아니라 시어머니와도 갈등을 겪어야 할 게 뻔하다. 특히 그런 이들의 내면에 만들어져 있는 '이상화되고 미화된 어머니의 환상'이 가장 큰 적이라고 했다. 그밖에 바람둥이 남자, 폼생폼사 남자, 취미생활이 과도한 남자, 예술가 등의 답이 있었다. 소설을 쓰는 사람으로서, 동업자 부류가 결혼 기피 대상이 된 점은 안타까웠다. 하지만 여성들은 예술가가 지닌 비현실적 면과 경제적 무력함을 언급했다. 눈치 빠른 여성들은 예술가가 절박하게 자기표현을 필요로 하는, 이미 상처 입은 사람이라는 사실을 아는 게 틀림없었다.

그중 의외의 답은 '특정한 사물에 수집 취미가 있는 사람'이었다. 나는 직관적으로 본질을 꿰뚫는 여자들의 통찰력에 감탄했다. 그녀들은 '리비도 총량의 법칙'에 대해 이해하고 있는 게 틀림없었다.

사물에 수집 취미를 갖는다는 것은 사람에게 사용해야 할 리비도를 엉뚱한 곳에 허비한다는 의미다. 그저 편의를 위해 사용하는 물건을 모시고 숭배한다면 자칫 사물들을 물신의 자리에 세울 수도 있다는 뜻이다. 그런 이들은 대체로 내면 어딘가에 결코 채워지지 않는 심리적 구멍이 있어 그것을 메우려는 노력으로 사물들을 끌어모은다. 사람을 사랑하는 게 아니라 사물을 사랑하는 이들이고, 사람과 나누어야 할 애착을 사물에게 쏟는 것이다.

●●

자동차라는 숭배의 대상

한때 내가 살던 아파트에는 이십년쯤 된 자동차를 소유한 할아버지가 계셨다. 그는 자동차를 얼마나 애지중지하는지, 비가 오면 지하주차장으로 옮겨서 비를 맞지 않게 하고, 해가 나면 지상으로 옮겨 햇빛과 바람을 쐬게 해주었다. 물론 사람이 견디지 못할 정도로 춥거나 더운 날에도 자동차를 지하로 옮겼다. 지상에서건 지하에서건 할아버지는 자동차를 소중히 '닦고 조이고 기름 치며' 관리했다. 가끔은 멋을 낸 옷차림에 백구두를 신고 그 연회색 자동차를 몰고 나갔다. 자동차 앞뒤 범퍼 바깥에 한때 유행했던 '방어용 범퍼', 그러나 실제로는 한없이 공격적으로 보이는 쇠붙이 장식이 달려 있는 모습도 인상적이었다.

그 아파트에는 또 유모차 비슷하게 생긴 노인용 보행기를 밀고

자동차든 핸드백이든
그것이 그저 사용하는 물건일 뿐이고,
그것도 편하자고 사용하는 물건이라는 사실을
우리는 자주 잊는다.

다니시는 할머니가 계셨다. 그분은 아파트 화단 한켠에 플라스틱 화분과 스티로폼 상자를 늘어놓고 고추며 상추를 가꾸곤 했다. 할머니의 채소들이 푸르게 잘 자라는 것을 보고 한번은 그 곁에 쭈그리고 앉아 말을 붙였다.

"어쩌면 채소를 이렇게 잘 키우셨어요?"

할머니는 조용히 웃으셨다. "손길이 많이 가겠어요"라고 덧붙여도 고개를 끄덕이기만 하셨다. 그러더니 문득 "그때 다시 영감 집에 들어오는 게 아니었어……" 하고 여쭈어보지도 않은 이야기를 털어놓기 시작하셨다.

할머니의 남편은 폭력적인 사람이라고 했다. 평생 수시로 매를 맞아왔는데, 늘그막에 노인회관에서 만난 '젊은 할망구'와 바람이 나서는 더 심하게 폭력을 행사했다. 할머니는 "맞다가, 맞다가…… 죽을 것 같아서" 아들네 집으로 피신했다. 자식들은 어머니를 찾는 아버지의 질문에 모두 입을 모아 모른다고 대답했다. 아버지의 폭력성을 알고 있는 자식들은 어머니가 집으로 돌아가는 것을 말렸다. 하지만 할머니는 마음이 약해져서, "아버지가 컵라면에 소주만 먹고 있더라"는 딸의 말에 마음이 흔들려서 다시 집으로 돌아오게 되었다. 그러고는 반복해서 말씀하셨다.

"그때 집에 들어오는 게 아니었어. 그때 더 지독하게 맞아서 몸이 다 망가졌지."

짐작하셨겠지만, 자동차를 애지중지 쓰다듬고 관리하는 그 할아버지와 망가진 몸으로 채소를 키우는 할머니는 부부였다. 할아버지의 자동차는 연식에 비해 새 차처럼 반짝거렸지만, 할머니는 연세에 비해 믿을 수 없을 정도로 몸과 마음이 망가져 보였다. 할아버지가 자동차에 쏟는 사랑과 보살핌의 절반만이라도 할머니에게 쏟았다면 그들 부부의 노년은 얼마나 다른 모습일까, 아무 소용도 없는 상상을 해보기도 했다. 두분 모두 서로에게 향해야 할 열정을 각각 자동차와 채소들에 쏟고 있었다.

자동차 접촉사고가 날 때마다 내 눈에 남자들의 태도는 참 이상했다. 내 경험만을 정리해봐도, 일단 그들은 사고가 나면 마치 전장에 나가는 사람처럼 무장한 자세로 차에서 내린다. 손톱으로 긁은 것처럼 가늘게, 손가락 하나 길이만큼 긁혔을 뿐인데도 마치 심장에 쇠못이 박힌 것처럼 오만상을 찡그린 채 짜증을 낸다. 심지어는 뒷목 잡고 병원에 드러눕지 않은 것을 다행인 줄 알라면서 지나친 배상을 요구한다. 그런 반응을 볼 때 처음에는 오래된 피해의식이 발동했다.

'여자라고 우습게 보나……'

접촉면이 좀 커서 손바닥 정도 되면 범퍼가 푹 들어갔다고 과장되게 말한다. 그러다가는 기어이 범퍼를 통째로 교체해야 한다고 주장한다. 과도한 요구가 아니냐고 반박하면 "당신이 뭘 모르는 모양인데, 피해자가 배상을 요구하면 가해자는 그대로 해줘야 하는 법이야"라고 윽박지르듯 말한다. 그런 때는 '나라 경제가 어렵다더니, 이런 기회에 한몫 챙길 셈인가……' 싶었다.

남자들의 그런 태도의 본질을 이해한 것은 자동차가 그들에게 애인이나 물신에 가까운 애착과 숭배의 대상이라는 사실을 알고 난 후였다. 어떤 남자에게 자동차 운전대를 타인에게 넘겨주는 일은 마치 아내를 빌려주는 일과 같다. 자동차에 작은 흠집이 났다는 것은 심장에 쇠못이 박힌 것과 비견될 만한 일이다. 여자에게 다이아몬드 목걸이와 명품 가방이 있다면 남자에게는 자동차가 있다. 자동차든 핸드백이든 그것이 그저 사용하는 물건일 뿐이고, 그것도 편하자고 사용하는 물건이라는 사실을 우리는 자주 잊는다.

여자 몸을
바라본다는 것

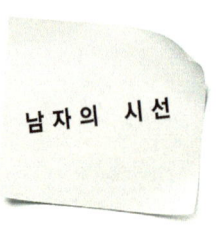

남자의 시선

그 장면을 목격한 것은 대학 입학 직후, 낯선 서울의 적막한 한낮 거리를 걸을 때였다. 이차선 도로 앞으로 죽 늘어서 있는 상가들 앞길을 지나다가 잡화점 앞 양지쪽에 쪼그려앉은 노인을 보았다. 그는 작고 마른 몸피에, 얼굴과 손은 주름과 검버섯으로 덮여 있었다. 허리가 굽어 의자에 앉는 것조차 불편한 듯 곁에 나무의자를 두고도 땅바닥에 쭈그리고 앉아 있었다.

노인은 그런 자세로 허공을 향해 고개를 치켜들고 있었다. 마치 태양으로부터 하루치의 생명력을 공급받는 듯했다. 허공 한 지점을 응시하는 그의 눈빛은 얼핏 태양신을 경배하는 듯 경건해 보이기도 했고, 마지막 생명을 소중히 음미하는 듯 간곡해 보이기도 했다. 가만히 보고 있자니 노인의 시선이 이동하는 중이었다. 움직이는 물체를 따라가듯 시선뿐 아니라 고개도 천천히 돌려지고 있었다.

노인의 시선이 향하는 곳을 따라가보니 그곳에는 젊은 여성이 걸어가고 있었다. 그녀는 살랑거리는 짧은 봄 치마 차림이었다. 얇은 원피스 끝자락이 허벅지에 닿아 찰랑거릴 때마다 햇살이 함께 퉁겨져나왔고, 햇살은 다시 스커트 밑으로 뻗은 다리를 타고 날렵하게 미끄러져내렸다.

노인은 간절하고도 경건한 눈빛으로 그 여자의 몸을 바라보는 중이었다. 그녀의 움직임을 좇아 노인의 고개는 왼편에서 오른편으로 천천히 돌아갔다. 오른쪽으로 완전히 돌아간 후에도 여자의 뒷모습이 거리 끝으로 사라질 때까지 그쪽을 향해 고정되어 있었다.

당시 성인의 문턱에 막 들어선 나는 그 장면에서 어떤 충격을 받았다. 걸을 힘조차 없어 보이는 노인에게도 여자의 몸을 보는 일이 그토록 중요하구나. 여자의 몸을 보는 동안은 놀라운 집중력과 경건함을 발휘하는구나. 그 장면은 지워지지 않는 암각화처럼 기억에 새겨졌고, 한없이 쓸쓸하면서도 비루한 인간 본질을 나타내는 표상처럼 여겨졌다. 누군가 인간 본질에 대해 이야기할 때면 가끔 그 장면이 떠오르면서 뒤늦은 의문이 일기도 했다. 그 노인은 그때 행복했을까. 그것이 향락 같은 것이라면, 그 근원은 어디이고 크기는 얼마만 한 것이었을까.

물론 순진하고 미욱했던 시절의 이야기이다. 이미 2500년 전에

석가모니 부처님은 육근(六根, 눈·귀·코·혀·몸·뜻)을 통해 욕망이 줄
줄 새어나온다고 설한 바 있다. 서양 정신분석의 틀에서 성적 욕망
에 대해 처음 언급한 프로이트는 구강기, 항문기, 성기기 등의 단계
로 인간 욕망의 발달 기관과 단계를 구분했다. 하지만 프로이트가
언급한 신체기관 이외에서도 성적 욕망이 작동된다는 사실을 제안
한 학자는 자끄 라깡이다. 그는 '시선과 목소리'를 중요한 리비도
의 통로라 언급한다. 그리하여 '본다는 것'은 욕망한다는 것, 그것
도 성적으로 욕망한다는 의미가 된다.

남자가 무엇을 바라볼 때, 그것은 욕망하는 대상이 된다. 남자는
욕망하는 대상을 찾기 위해, 호감이 가고 매력을 느끼는 여자를 찾
기 위해 사냥꾼이 사냥감을 찾듯 두리번거린다. 거리를 걸으면 수
많은 남자들의 시선이 얼굴을 훑고 지나가는 것을 느낀다. 그 시선
이 어떤 변별점을 갖는가도 알 수 있다. 화장이나 옷차림에 신경을
쓰고 외출하면 얼굴에 와닿은 시선이 오래 머무르고, 화장기 없이
부스스한 차림으로 외출하면 얼굴에 와닿은 시선이 그냥 미끄러져
지나간다.

물론 여자도 무엇을 바라본다. 여자가 무엇을 바라볼 때도 그것
을 욕망한다는 의미이다. 그것이 남자든, 명품 가방이든, 호화 주택
이든. 하지만 남자가 여자를 바라볼 때와 여자가 여자를 바라볼 때
는 의미가 달라진다. 여자는 자신을 '욕망의 대상' 자리에 위치시
킨다. 자신에게 남자가 욕망할 만한 요소가 잘 갖추어져 있는지 점
검한다. 거울을 보면서 각선미는 매끈한지, 가슴은 봉긋한지, 엉덩

이 라인은 탄력있게 올라붙었는지 살핀다. 그때 거울은 남자의 시선이다. 물론 여자가 남자의 욕망을 불러일으킬 만한 모습으로 자신을 가꾸는 것도 궁극적으로 자기 욕망을 충족시키기 위한 우회로일 것이다.

그리하여 남자와 여자가 나란히 길을 걸으며 쇼윈도우를 바라볼 때 두사람은 각각 보는 대상이 다르다. 남자는 비록 옆에 여자가 있어도 쇼윈도우 안에 있는 점원 여성을 바라본다. 물론 욕망하면서. 여자는 쇼윈도우에 비친 자기 모습을 바라본다. 자신을 욕망의 대상 자리에 올려놓은 채. 여자들은 같은 여자를 볼 때에도 그녀가 '누군가의 욕망의 대상'이라는 관점에서 바라본다. 누구의 연인인가, 얼마나 힘있는 남자의 사랑을 받는 여자인가, 얼마나 돈 많은 남자를 애인으로 가지고 있는가.

언제부터인가는 기억 속 노인이 다르게 이해된다. 라깡 식으로 말하면 그는 햇빛 속에 쭈그리고 앉아 태양의 축복과 내면에서 솟구쳐오르는 리비도 폭발의 축복을 받고 있었던 셈이다. 지금 생각해보면 좀 안쓰럽기도 하다. 노구를 이끌고 길가에 나와 앉아 지나가는 여자를 '관람'하는 것이 유일한 낙이었다니. 조금만 늦게 태어났더라면 작은 버튼을 누르는 것만으로 화려한 화면 속에서 매혹적인 여자들이 무수한 자극을 흩뿌리는 장면을 넘치도록 보았을텐데.

대놓고 즐기는 쾌락

　　　　　　　　　뉴질랜드 오클랜드에 머물던 때의 일이다. 그곳의 어학원에서 열살 이상 어린 젊은이들과 어울려 영어 공부를 하고 있었다. 대체로 동양권 나라에서 유학 온 십대 후반, 이십대 초반의 학생들은 금요일 저녁이면 클럽에 몰려가곤 했다. 그들과 함께 몇번 방문했던 클럽은 규모가 작고 나른한 분위기였다. 학생들은 가벼운 알코올음료를 주문한 후 작정한 듯 플로어에 나가 춤을 추었다. 요가나 조깅을 하는 사람들이 몸의 움직임을 즐기듯 그들도 댄스 자체를 즐겼다. 그것이 외롭고 막막한 이국 생활의 스트레스를 이겨내는 그들만의 방법이라는 사실 또한 짐작할 수 있었다.

　그때 이미 관절이 녹슨 듯 말을 듣지 않는다고 느끼던 나는 거의 의자에 앉아 자리를 지켰다. 그러다가 그 사내를 알아보았을 것이다. 모두들 플로어로 나가고 나면 주변 테이블에 남는 사람은 몇명 되지 않았다. 그 역시 나처럼 젊은이들의 동작을 감탄 어린 눈빛으로 보고 있었고, 나처럼 플로어에서 춤추는 이들보다 열살 이상은 나이가 들어 보였다. 그 역시 나처럼 안경을 끼고 있었고, 어딘가 먹물이 많이 밴 분위기를 풍겼다.

　하지만 그와 나 사이에 다른 점이 하나 있었는데, 그것은 시선에 담긴 리비도의 분량이었다. 시선에 담긴 리비도의 분량을 어떻게 측정할 수 있느냐고 묻는다면 답할 수는 없다. 하지만 오래전 골목에 쭈그리고 앉은 노인의 눈빛에서 간절한 그것을 본 이후, 그런 눈빛의 공통점을 알아볼 수 있었다. 욕망하는 시선 중에서도 즐기는 시선, 음미하는 시선, 집어삼킬 듯한 시선의 강도와 질에 조금씩 차이가 있다는 사실을 감지할 수 있었다.

그의 시선이 향하는 곳에는 늘 젊은 여자의 몸이 있었고, 그 몸이 관능적인 요소가 담긴 동작을 취하며 움직이고 있었다. 처음에 그는 여러 여자를 두루 관찰하고 살피는 듯 보였다. 그러다가 취향에 맞는 여성을 찾아내면 그녀에게 시선을 집중했다. 특정한 여자에게 집중된 그의 시선에는 폭발 직전까지 리비도 에너지가 차올랐고, 그 에너지는 여자의 몸이 취하는 동작을 따라 일렁였다.

물론 그의 몸은 전혀 움직임이 없었다. 붙박인 듯 긴장되고 고정된 자세를 유지한 채 오직 시선만으로 모든 향락을 즐겼다. 그의 눈빛은 보고 있는 대상을 꼭꼭 씹어서 음미한 후 꿀꺽 집어삼키는 과정을 반복하는 듯 보였다. 그러다가 어느 지점에 이르면 두꺼비집 퓨즈가 끊어지듯 눈을 감으며 의자 깊숙이 몸을 묻었다. 그럴 때면 마치 백 미터 달리기를 전속력으로 마친 사람처럼 거센 숨을 몰아쉬었다.

그렇게 잠시 호흡을 가다듬고 나면 다시 몸을 추슬러 앉아 플로어의 여자들 중에서 또다른 목표물을 탐색하곤 했다. 새로운 여자에게 새롭게 집중되는 그의 시선에는 어느새 가득 새로운 리비도 에너지가 차올라 있었다. 내가 그곳을 방문한 세차례 모두 그는 그곳에 있었다. 그는 늘 혼자 그곳을 찾는 듯했고, 그 의식은 그의 삶에서 중요한 부분을 차지하는 듯 보였다.

고사성어 '견물생심(見物生心)'의 그 '생심'이 곧 리비도의 생성, 향유, 분출의 싸이클이라는 사실을 그를 통해 자세히 확인한 듯하다. 프로이트적 발달단계에서, 온몸에 퍼져 있던 리비도가 성기에 모이지 않고 퇴행하여 특정 신체기관인 시선에 고착된 것을 관음증이라 한다. 유아기에 시각적으로 과다한 성적 자극을 받았기 때문에 그 기관이 영구적으로 성적인 의미를 가지게 된다는 것이다. 눈은 성적 장기가 되고, 본다는 것은 성적인 추구 행위가 된다. 그리하여 '본다는 것'은 욕망한다는 사실을 넘어 쾌락 그 자체가 된다.

비단 그 사내만이 아닐 것이다. '본다는 것'은 현대 남성들이 대놓고 자유롭게 누리는 쾌락으로 보인다. 사진이나 영화는 모두 관음증에 부응하여 발전해가고 있는 문화적 산물이 아닐까 싶다. 걸그룹에 열광하는 우리나라 삼촌 부대 역시 본다는 것의 쾌락을 즐기고 그것에 길들여지고 있는 이들일 것이다.

『히틀러의 정신분석』(*The Mind of Adolf Hitler*)은 원래 2차 세계대전 중 미국 정보기관의 의뢰를 받아 정신분석 전문가가 히틀러를 분석한 기밀문서였다. 전후 세상에 공개된 후 출판되기까지 했지만, 그 문서의 첫 의도는 적의 내면을 알고 전쟁의 미래를 예견하려는 것이었다. 그래서 히틀러의 부정적 측면을 과잉되게, 위험스럽게 노출했을 가능성이 없지 않다. 하지만 그 모든 사실을 감안하

남자와 여자가 나란히 길을 걸으며
쇼윈도우를 바라볼 때
두 사람은 각각 보는 대상이 다르다.
남자는 비록 옆에 여자가 있어도
쇼윈도우 안에 있는 점원 여성을 바라본다.

더라도 히틀러에게 관음증이 있었던 것은 사실로 보인다.

히틀러는 스트립쇼와 나체 춤 상연을 즐겨 관람했다고 하는 것으로 보아 그러했을 것이다. 더 자세히 보려고 오페라 안경을 쓰기도 했지만 그는 만족하지 못했다. 스트립쇼 배우들은 뮌헨의 브라운 하우스에서 은밀한 쇼를 자주 열었다고 했고, 히틀러는 나체를 볼 목적으로 여자들을 그의 처소로 초대했다고 한다.

그는 또 거실 벽에 여자들의 나체 사진을 걸어놓고, 한 사진작가가 그를 위해 특별히 제작한 누드 사진집을 즐겨 보았다고 한다. 그의 시선에는 특별히 리비도 에너지가 많이 담겨 있었던 듯하다. 책에는 많은 이들이 그의 '최면적인 시선'에 대해 말했다고 기록되어 있다. 어떤 사람들은 히틀러를 처음 만났을 때 그가 꿰뚫어보는 듯한 눈으로 쳐다봐서 꼼짝을 못했다고 말한다. 히틀러 역시 시선 관리에 주의했던 것 같다. 그는 "다른 사람과 눈길이 마주치면 눈을 돌려 천장을 쳐다보고는, 이야기하는 내내 시선을 천장에 두었다"고 한다.

현실에서도 가끔 시선에 더 많은 리비도 에너지가 담긴 사람들과 맞닥뜨리는 일이 있다. 어떤 사람과 시선이 마주쳤는데 가슴이 철렁 내려앉을 정도로 정서적 반응이 이는 경험이 있다. 예전이라면 아, 내가 저 사람의 어떤 매력에 반했구나 생각했을 테지만 이제는 생각이 다르다.

'아, 저 사람 시선에는 리비도 에너지가 많이 담겨 있구나.'

남자들도 달라진 것 같다. 자기네들이 쳐다보면 여자들이 좋아할 것이라고 생각했던, '나의 욕망의 대상이 된 것을 영광으로 알라'는 식의 인식에서 벗어나는 것 같다. 그런 시선이 상대를 불쾌하게 한다는 사실도 이해하는 것 같다. 예전에는 뻔뻔스러운 시선으로 여자의 가슴을 노골적으로 바라보는 남자들이 없지 않았다. 하지만 요즈음은 남자들이 시선 관리에 애쓰는 게 느껴진다. 여자와 마주 앉았을 때 시선이 상대방의 코끝 아래로 내려가지 않도록 하라는 지침을 받은 사람들처럼 시선을 추스른다. 간혹 자기도 모르게 시선이 상대의 가슴으로 흘러내리면 깜짝 놀라면서 시선을 얼굴 쪽으로 끌어올리는 장면을 목격하기도 한다.

● ●

모든 응시는 사악하다

오래 외국에 살다 온 한 남성 지인이 오랜만에 만난 한국인들에게 느낀 불편함에 대해 불평한 일이 있다.

"왜 한국 사람들은 지나가는 사람을 빤히 쳐다보지? 심지어 어떤 사람들은 시선을 위아래로 움직이면서 훑듯이 바라보기까지 하고."

나는 그의 불편을 이해할 수 있었다. 외국에는 타인을 빤히 바라보는 것을 결례로 여기는 문화가 많다. 그들은 의식적으로 타인을 유심히 보지 않으려 노력한다. 어쩌다 시선이 마주칠 때면 우연히 스쳤다는 듯 빨리 시선을 피하거나, 웃음을 띠며 '나는 당신에게 적의가 없습니다' 하는 정보를 보낸다. 우리가 자주 거리에서 만나는 것과 같은, 무뚝뚝하고 화난 듯한 눈빛으로 지나가는 사람을 노골적으로 훑어보는 일은 거의 없는 편이다. 그래서 처음에는 그의 말에 백 퍼센트 공감할 수 있었다.

하지만 그의 불평이 두번, 세번 반복되자 다른 느낌이 들었다. 그가 타인들의 시선에 대해 특별한 감정을 가지고 있는 건 아닌가 싶었다. 일종의 박해감 같은 것. 물론 그런 감정은 대체로 유아기에 만들어진 왜곡된 인식에서 비롯되는 근거 없는 것이다. 그래서 그에게 내가 가졌던 근거 없는 인식 왜곡을 설명해주었다.

"있잖아, 오래도록 나는 길 가다가 누가 나를 쳐다보면, 아, 내가 예뻐서 바라보는구나, 생각했어."

물론 지금은 아니다. 그것 역시 내가 유아기에 만들어 가진 오류이고, 정신분석을 받은 후에야 알아차린 무의식이었다. 정서가 형성되는 시기에 어떤 아기나 그렇듯 예쁘다거나 귀엽다는 말을 들었을 것이고, 그것이 내면에 고착되어 늙고 뚱뚱해진 후에도 자기가 예쁘다는 무의식 속 착오를 간직하고 있었던 셈이다. 시선에서 박해감을 느끼는 이들 역시 유아기에 만들어 가진 인지 왜곡이 지속되는 것이라고 볼 수 있다.

하지만 시선에 담긴 인지 왜곡과 견물생심의 요소를 제거하더라도 여전히 '본다는 것'에는 박해의 요소가 있다. 청소년들이 패싸움을 한 이유를 듣다보면 그들이 단순히 '쳐다봤다'거나 '기분 나쁘게 꼬나봤다'는 이유만으로 싸움을 벌인다는 것을 알게 된다. 싸움 상대를 제압할 때 가장 먼저 하는 말도 '눈 깔아'이다.

본다는 것이 본래 리비도적 요소인 것처럼, 그 속에는 본래 공격적인 요소가 있다. 에로스와 타나토스가 서로 등을 기대고 있는 한 몸이기 때문이다. 히틀러의 관음증에도 당연히 가학증, 피학증이 뒤섞여 있었다. 히틀러의 총통 관저에서 밤을 보낸 후 르네 뮐러가 차이슬러 감독에게 털어놓은 이야기이다.

그녀는 히틀러와 함께 있었고 그가 자기와 성관계를 가질 것이라 확신했다. 그들은 둘 다 옷을 벗었고, 침대로 들어갈 준비가 되었다. 그런데 갑자기 히틀러가 마룻바닥에 엎드리더니 자기를 발로 차라고 했다. 그녀는 그럴 수 없다고 했지만 그는 거듭 간청하였다. 자신을 무가치하다고 비난하고, 스스로에게 모든 종류의 죄명을 퍼붓고, 고통스럽게 기어다녔다. 그녀는 더이상 견딜 수 없어 그의 소원을 들어주기로 하고 그를 발로 찼다. 그러자 그는 매우 흥분되었다. 그는 더욱더 그렇게 해주기를 바랐으며 (…)

자끄 라깡은 응시는 본질적으로 '사악한 눈' '탐욕으로 가득 찬 눈'이라고 강조한다. 현실적으로 '선한 응시'란 존재하지 않는다. 우리가 만나는 모든 응시가 사악한 이유는 그것이 욕망하는 대상을 향하고 있기 때문이다. 시선은 욕망을 낳고, 욕망은 결핍을 낳고, 결핍은 탐욕을 낳고, 탐욕은 시기심을 낳으며, 시기심은 자기와 아무 상관이 없는 사람을 공격하는 폭력성을 낳는다.

감정을
표현하는
유일한 창구

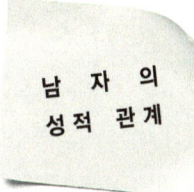

남 자 의
성 적 관 계

　　　　　　　　　　　이집트 룩소르를 여행할 때의
일이다. 카르나크 신전을 관람하고 있는데 이집트인 청년들이 다가
와 카메라를 들어 보이며 무슨 말인가를 건넸다. 사진을 찍어달라
는 요청인 줄 알고, 알았다고 하면서 카메라를 건네받을 시늉을 했
다. 그러자 청년은 그게 아니라고 손짓하면서, 나와 함께 사진을 찍
고 싶다는 보디랭귀지를 전했다.

　손가락을 내 쪽으로 가리키며 "나랑 사진을 찍자고?" 하고 물었
더니 환하게 웃으며 고개를 끄덕였다. 아직 순진해 보이는 십대들
이었다. 물론 거절했다. 사진 찍는 것을 좋아하지도 않을뿐더러, 그
사진이 어떻게 쓰일지 상상하고 싶지도 않았다.

그로부터 얼마 후 지인에게서 한 선배의 이야기를 듣게 되었다. 그 선배는 최근에 네팔 여행을 다녀왔는데, 현지인 여행 가이드에게서 어떤 이야기를 들었다고 했다. 젊은 청년인 가이드는 선배가 한국에서 왔다고 하자 사진 한장을 꺼내 보였다. 그 청년이 한국인 여성과 나란히 서서 활짝 웃고 있는 사진이었는데, 사진 속 여자는 선배도 알 만한 여성 작가였다. 청년은 사진 속 여자를 가리키며 자기 애인이라고 소개했다. 그녀와 뜨겁고 행복한 밤을 보냈다고도 했다. 선배는 네팔인 청년의 말을 믿었던 듯하다. 그러니 여행에서 돌아와 어느 자리에선가 그 이야기를 풀어놓았을 테고, 지인은 그 것을 내게 전했을 것이다.

그 얘기를 듣자 함께 사진 찍기를 청했던 이집트 청년들이 떠올랐다. 그들과 함께 사진을 찍었다면 그 역시 친구들과 한국인들에게 사진을 보여주면서 나와 함께 황홀한 밤을 보냈다고 떠벌렸을지도 모를 일이었다.

오래도록, 남자들은 왜 자기의 성 경험을 떠벌리는지 이해되지 않았다. 여성의 입장에서는 은밀하고 소중한 경험인 그것을 저열한 방식으로 떠들면서, 마치 자기 자신을 내팽개치는 듯한 태도로 까발리는지 믿을 수 없었다. 그것은 상대에 대한 최소한의 배려조차 없는 행동으로 보였다.

매일 밤, 대한민국의 모든 군인들은 밤새 여자 이야기만 한다. 그 것도 말도 안되는 상상력과 비약으로 뭉뚱그려진 이야기다. 군인들의 이야기를 종합하면 대한민국에 숫처녀는 한명도 없다. 딱 한번 만난 여자는 뜨거운 키스를 나눈 여인으로 둔갑한다. 어쩌다 커피 한잔 마신 여인은 함께 긴 밤을 보낸 여인이 된다. 그런 여인이 한두명이 아니다. 어떤 때는 내가 이틀 전에 다른 고참에게 한 이야기를 오늘 밤 또다른 졸병이 마치 자기 이야기처럼 늘어놓는다. 이렇게 서로 하는 모든 여자 이야기가 100퍼센트 B&G, 즉 '뻥 앤 구라'라는 것을 모두 뻔히 안다. 그렇지만 각자 온갖 상상력을 동원해 흥분하며 감탄한다.

위 글은 심리학자 김정운의 『나는 아내와의 결혼을 후회한다』의 한 대목이다. 저 책에 의하면 그것은 그저 남자의 본질이고 속성이라고 한다. 남자들은 그런 이야기를 할 때 무한한 해방감과 행복감을 느낀다는 것이다.

두사람 이상 모이면 여자 이야기만 하는 습성은 외국 남자들도 마찬가지인 듯하다. 이스탄불 공항에서 목격한 일이다. 출국 비행기를 기다리며 공항 안 찻집에 앉아 있는데 옆 테이블에 자리 잡고 앉은 남성들이 처음 만나 서로 이름을 밝히는 중이었다. 한사람은 터키인이었고, 또 한명은 다른 이슬람권 국가 출신이라고 했다. 두사람 모두 삼십대 중반이거나 그 이상으로 보였고 이슬람 남자들의 전통 복장이 아니라 서양식 양복을 입고 있었다.

나는 무슨 책인가에 시선을 박고 있었는데 자리가 가까워서인지 그들의 대화가 절로 귀에 들어왔다. 그들은 일상적이고 사소한 내용의 대화를 영어로 주고받았다. 그러다가 어느 순간 그들의 대화가 상당히 사적인 내용으로 접어들었다. 결혼은 했느냐, 했다, 너는? 나는 이혼 후 재혼했다…… 귀가 절로 그들 쪽으로 기울어지는데 문득 하나의 문장이 귀를 파고들었다.

"두 유 해브 어 걸프렌드?"

처음 만난 남성들이, 그것도 방금 결혼 상태에 있다고 말한 이들이, 한쪽이 다른 쪽에게 그렇게 묻고 있었다. 일부다처제 국가여서만은 아닐 것이다. 결혼한 남자들의 걸프렌드 갖기는 일부일처제에 대응하는 전세계 남자들의 유행인 듯했다. 질문받은 남성의 대답이 들리지 않았는데 좀 전에 질문한 사람의 다음 질문이 이어졌다. 그것 역시 예상치 못한 문장이었다.

"하우 매니 걸프렌즈 두 유 해브?"

질문한 남성과 질문 받은 남성 둘 다 낮게 웃는 소리가 이어졌다. 이번에는 질문 받은 남성이 두명이라고 대답하는 소리가 들렸다. 그러자 질문자는 그들이 그저 친구냐 아니면 연인이라고 할 수 있는 관계냐고 더 세밀하게 물었다. 그때 내가 호기심을 이기지 못해 고개 들고 그들을 바라본 건 실수였다. 내 시선을 의식한 후 그들은 내가 알아들을 수 없는 이슬람어로 이야기하기 시작했다.

남자들이 그들의 전체 에너지 중 어느 정도를 성과 관련된 일에 사용하는지에 관한 통계를 본 일은 없다. 그렇지만 만약 그런 종류의 설문조사를 한다면 그 결과는 우리가 예상했던 것보다 훨씬 높게 나타나지 않을까 생각한다. 언젠가 '남자의 머릿속'이라는 제목의 카툰 한 컷을 본 적 있는데, 남자의 뇌 안에 무수히 많은 나체 여자들이 뇌수 모양처럼 얽히고설켜 있는 그림이었다. 물론 과장되었으리라 생각한다. 하지만 많은 부분 진실을 담고 있을 것이다.

남자들의 에너지가 본질적으로, 많이 사용되는 곳이 성적 관계인 것은 틀림없을 것이다. 자끄 라깡은 남자의 특성을 요약하는 한 단어를 제안했다. 퍼레이드(parade), 즉 구애용 과시이다. 수컷 두꺼비가 몸을 부풀리거나 수컷 공작이 깃털을 펼쳐 보이는 행위 같은 것. 평범한 남자도 제복을 입고, 어깨에 견장을 달고, 머리에 높은 모자를 쓰고, 요란한 음악에 맞추어 과장된 걸음으로 걸으면 자기가 멋지게 느껴지고, 여자 눈에도 '있어 보인다.'

남자들이 성에 대해 그토록 과장되게 떠벌리는 첫번째 이유는 구애용 과시일 것이다. 자기와 잔 여자의 수를 부풀려 말하는 배경에는 성적 능력에 대한 불안감, 남자들끼리 느끼는 경쟁심도 작용할 것이다. 실망감을 준 섹스에 대한 보상 행위에서 환상적인 섹스를 지어 말하기도 하고, 필요할 때마다 편안하게 욕구 해결에 도움을 주지 않는 여자에 대한 복수심 같은 것도 있을 것이다.

● ●

유혹하거나 유혹당하거나

내게는 여자를 유혹하는 일이 스포츠 경기나 시시한 일상에 에너지를 소모하는 것보다 훨씬 중요하면서 강렬한 어떤 것이었다. 여자를 꼬일 때 처음부터 솔직하게 내 소개를 했다. 그 일에 자신을 걸었기 때문에 명예를 걸고 도전하였다. 젊고 아름다운 여자들의 마음을 교묘히 사로잡기 위한 장소로 곧잘 공원을 선택하곤 했다. 도시 한복판에서부터 줄곧 뒤쫓던 여자를 유혹하는 일이 실패로 돌아가면 어쩌나 하는 조바심과, 실패했을 때 혼자서 넓디넓은 도시 어딘가를 정처 없이 헤매야 할지도 모른다는 쓸쓸함에 사로잡힌 채 말이다.

위 문장은 삐에르 쌍소의 『이젠 다시 유혹하지 않으련다』(J'ai renoncé à vous séduire)의 한 대목이다. 그 책은 2002년 프랑스에서 출판되었고, 국내에는 2003년에 번역 출판되었다. 까사노바, 돈 후안을 잇는 21세기형 유혹자의 일기 같은 이 책에서 저자는 "가면 뒤에 자신을 숨기는 유혹자가 아니라 당당하게 자신을 드러내는 유혹자의 삶을 선택했다"고 천명한다.

그는 유혹을 주체적이고 상상력이 풍부한 행위라고 설명한다. 그러면서 유혹당하는 것을 온순함, 순진함, 체념의 표상으로 보는 데 동의하지 않는다. 유혹당하는 것 역시 주체적 능력이라고 주장한다. 그런 이들은 유혹하기와 유혹당하기 사이의 명예를 건 결투를 감당할 만한 민감함과 용기를 갖췄다는 것이다. 그럼에도 그는 동시대 남성들의 성생활은 마음에 들어하지 않는다. 친구들 모임에서는 자기가 다른 남자들과 어떻게 다른지 확인하며 거리감을 느낀다.

그들의 음담패설과 허풍은 나를 슬프게 한다. (…) 구미에 맞겠다 싶은 여자만 있으면 저마다 프랑스 릴레이 경주의 우승자라도 될 것처럼 악다구니들을 떨었다. 주어진 시간 내에 여섯명이 한 여자의 배 위에 올라타는 것에 엄청난 기쁨을 느끼는 것 같다.

그는 자신이 여자를 꼬드긴 동기는 좀더 고상하다고 주장한다. 한 인간에 대한 탐구심에서 그렇게 한다는 것이다.

나는 한 인간으로서의 그녀의 존재 전부, 그녀가 지금까지 살아온 내력, 그녀의 어린 시절에 관심이 있는 것이다. 대체 이 여인의 정체는 무엇일까? 그녀는 어디에 살고, 그녀의 존재를 규정하는 일상은 무엇일까 하는 것 말이다. 나는 호의적인 눈길을 보낸 여성의 집까지 동행하고 싶어했으며, 그러기 위해 그녀를 설득했다.

그토록 많은 여자를 뒤쫓아다닌 그가 궁극적으로 원한 것은 인간으로서 서로 이해받는 일이었다고 한다. 그는 친밀한 관계, 이해받고 소통하는 관계를 원하고 있었다. 하지만 여자 입장에서 보면 그는 관계를 파괴하고 떠나는 데 심혈을 기울이는 사람처럼 보인다. 그는 유혹의 모든 계곡과 해변을 거닐어본 후 책을 쓰면서 이렇게 고백한다. "이제 덧없는 유혹의 유희를 그만두련다."
저자는 그 모든 행위를 그만두고 첫사랑의 경험으로 돌아가고 싶어한다. 생의 시원으로 돌아가 다시 시작하고 싶은지도 모르겠다.

섹스는 남자들이 모든 감정과 욕구를 해결하는
단 하나의 창구이다.
그들은 섹스를 함으로써
안정감, 이해받는 느낌, 편안함을 느낀다.

그럼에도 그는 자신이 진정으로 원하는 것이 무엇인지, 그것을 얻기 위해 어떤 잘못된 방법을 사용했는지는 모르는 것 같다. 자신의 남성다움을 인정받기 위해, 자신의 능력을 스스로 확인하기 위해 그런 행위를 했다는 사실을 알아차리지 못한 듯하다. 삶으로 뛰어들어 어려움을 이겨내며 성취감을 느끼는 대신 생의 모든 에너지를 엉뚱한 곳에 흘려보냈다는 사실을 모르고 있다.

1960년대 후반에 자끄 라깡은 '성적 관계, 그런 것은 없다'는 명제를 제안했다.

성들 간의 관계에는 그 어떤 상호보완적인 요소도 없고, 단순한 역전이 관계도 없으며, 평행관계 같은 것도 없다. 오히려 각 성은 따로따로 정의되며, 오직 비관계만이 있으며, 관계의 부재만이 있을 뿐이다.

라깡처럼 어렵게 말하지 않더라도 남녀는 원래 관계 맺기 어려운 존재들이다. 그들의 무의식 속에는 유아기부터 쌓아온 애착, 결핍, 분노, 환상 등이 구분할 수 없을 정도로 뒤섞여 있다. 남녀가 관계를 맺기 시작하면 그 사이에는 아주 많은 것들이 끼어든다. 페니스나, 반대 성의 부모나, 지하 칠층보다 더 깊은 무의식까지. 성적 관계, 그런 것은 없지만, 그럼에도 우리의 열정은 집요하고 격정적으로 반대 성을 추구한다. 바로 그 이유 때문에 관계는 더 어려워진다.

그토록 절박한 섹스

나는 한달 동안 섹스 없이 지낼 수 있습니다. 뭐 그리 어려운 일은 아니죠. 내가 아는 남자들 중에는 일년 넘게 섹스를 하지 않고 지내는 총각들도 있습니다. 그들도 외로움을 느끼고 욕구를 느낄 때가 있겠지만 재앙까지는 아니죠. 섹스 없이 지내는 마땅한 이유가 있다면 말이죠. 예를 들어 아내나 아이들이 아프거나, 아이들과 한방에서 지내야 한다거나, 아내가 생리 중이거나 하는 경우 말입니다. 그래도 별문제 없습니다. 서운하기는 하지만 괜찮아요.

그러나 우리가 섹스를 해야 할 때인데도 아내가 원하지 않으면 그때는 정말 미쳐버린답니다. 긴장감이 고조되는 걸 느끼죠. 처음 며칠은 그런대로 참을 만하죠. 일주일까지도 버틸 수 있어요. 그렇지만 열흘쯤 되면 상실감, 허전함, 박탈감, 그리고 마지막에는 정말 분노까지 느끼기 시작합니다.

어떻게 아내가 이럴 수 있습니까? 그럴 수는 없어요! 아내는 나를 거부하고 몸을 사리는 겁니다. 자신이 나를 기분 좋게 만들어줄 수 있고, 나를 온전한 남자로 만들어줄 수 있다는 걸 알면서도 해주지 않으니 그녀는 정말 잔인한 여자인 거죠!

아니에요, 섹스에 대한 절박한 충동 때문만은 아니에요. 문제는 그 의미란 말입니다. 우리가 할 수 있는데도, 해야 하는데도 못하게 된다면 나는 사랑받지 못하는 존재며, 매력도 없고 관심도 끌지 못하며, 죽은 존재고 가치 없는 존재라는 생각이 들기 때문이죠. 그럴 때마다 난 오직 그녀의 손길과 열정만이 나를 되살릴 수 있다고 확신합니다.

이 인용문은 데이비드 웩슬러의 『내 남자를 위한 관계의 심리학』 (*When Good Men Behave Badly*)에 있는 한 내담자의 고백이다. 저런 종류의 글을 읽을 때면 남자가 섹스에 대해 느끼는 절박함이 잘 공감되지 않았다. 마흔살 이후, 어떤 이야기를 해도 괜찮은 나이가 되었다고 생각했을 때 남성들과 이야기할 기회가 있으면 무작위로 질문을 던져보았다.

'만약에 퇴근해서 집에 들어갔을 때, 다음 두가지 경우 중 당신은 어느 쪽이 더 좋은가? 첫째, 집 안이 깔끔하게 정리되어 있고, 식탁에는 맛난 저녁상이 차려져 있는데, 아내가 무릎 나온 트레이닝복 바지를 입은 채 부스스한 모양새를 하고 있을 경우. 둘째, 집 안은 난장판이고 물 한모금 마실 게 없지만 아내가 막 샤워를 끝낸 모습으로 향기를 풍기며 웃어주는 경우.'

질문하는 상대에 따라 수사나 과장법의 차이는 있었지만 질문 의도는 같았다. 식욕, 성욕, 안정감에 대한 욕구 등 인간의 세가지 기본 욕구 중 성욕이 차지하는 비중이 어느 정도인지 알고 싶었다. 남자들이 성욕, 성기능을 자기 정체성만큼 중요시한다는 사실은 알고 있었지만 실제로 현실에서 그것을 확인해보고 싶었다. 질문 받은 남성들은 단 한명의 예외도 없이 두번째 경우를 선택했다. 대체로 뭐 그런 당연한 것을 물어보느냐는 투였다. 특별히 나르시시스트인 사람은 내 질문을 자기에게 건네는 유혹의 언어로 오해하기도 했다.

남자들에게 성적 능력이 왜 그토록 중요한지 가끔 궁금했다. 그들에게는 왜 성적 능력과 자신감이 비례하는지, 왜 성적 능력을 사회적 역량이나 정서적 안정감과 같은 것으로 느끼는지, 성욕을 해소하지 못한 남자는 왜 로켓포처럼 위험해지는지, 왜 어떤 남자들은 성적 능력을 발휘하기 위해 공격성까지 동원하는지, 왜 성적으로 거절당한 남자는 간혹 상대를 죽이거나 자기를 죽이기까지 하는지. 한 진화심리학자는 남자의 성욕과 성기관의 작동 방식에 대해 '자연의 유일한 실수'라고 표현했다.

외국 영화를 볼 때에도 잘 이해되지 않는 대목이 있었다. 긴박하게 쫓기는 상황에서 주인공 남녀가 지하도에 마주 서서 섹스를 나눈다. 가끔은 물건을 집어던지며 피 터지게 싸우다가 문득 불타는 섹스로 돌입하기도 한다. 그런 장면을 볼 때마다 저렇게 불안하고 분노에 찬 감정으로 섹스가 가능한가, 저런 상황에서 성적 욕구가 일어날 수 있을까 궁금했다.

그런 장면을 이해하게 된 것은 그 영화가 모두 남성 감독의 작품이라는 사실을 알고 난 다음이었다. 남성들은 불안과 분노의 감정이 머리끝까지 차올랐을 때 그 위험한 감정을 처리하는 가장 안전한 방식이 섹스라고 생각한다. 그들은 일이 안 풀리면 성적 능력이 떨어지고, 승진을 하면 갑자기 성적 능력이 높아진다. 신혼여행에서는 아무런 문제가 없다가도 어머니가 옆방에서 자는 집으로 돌아오면 불능이 되기도 하고, 따로 사는 어머니를 방문하고 돌아오면 섹스가 거칠어지기도 한다.

섹스는 남자들이 모든 감정과 욕구를 해결하는 단 하나의 창구이다. 그들은 섹스를 함으로써 안정감, 이해받는 느낌, 편안함을 느낀다. 그들은 불안하고 우울할 때뿐 아니라 외로울 때, 파트너와 화해하고자 할 때, 미안하다고 말하는 대신에, 여자가 요구하는 친밀한 감정에 적절히 대응할 수 없을 때 섹스를 한다. 그토록 다양한 의미를 담아두었기 때문에 남자들에게는 성적 욕구를 해결하는 일이 절박하다. 가끔 남자들도 자신의 성기관을 불편해하는 것 같다. '불수의근'이라는 책임 회피성 이름을 붙이고 그것이 본인의 의지와 상관없이 움직인다고 발뺌하고자 한다. 그들은 감정 표출을 두려워하면서 억압하는 것과 마찬가지로 성욕에 대해서도 주체적으로 통제할 수 없다고 느끼며 두려워하는 모습을 보인다.

분노는
낮은 곳으로
흐른다

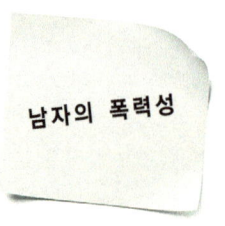

남자의 폭력성

옛날 옛적, 1980년대 초반의 일
이다. 당시 젊은이들은 어떤 이유에서인지 밤늦은 시간까지 술을
퍼마시기 일쑤였고, 그러다가 친구 집이나 누군가의 자취방으로 몰
려가 쓰러져 잠들기도 했다. 그와 그녀가 끼여 있는 친구 그룹도 마
찬가지였다. 그들은 술에 잔뜩 취한 채 그녀의 집으로 몰려갔고, 그
녀의 부모가 안방에서 잠든 동안 거실과 마루 등에 흩어져 잠들었
다. 그녀는 물론 자기 방으로 들어가 잠들었다.

그의 친구들은 그가 예전부터 그녀를 짝사랑한다는 사실을 알고
있었다. 친구 몇몇은 마치 좋은 기회를 잡은 해결사인 듯, 잠든 그
를 번쩍 들어올려 그녀의 방으로 옮겨놓았다. 술에 취해 잠든 그녀

는 잠결에 무슨 일이 일어나고 있는지 알지 못했다. 아침에 친구들이 그녀의 방문을 열었을 때 목격한 장면은 이랬다. 그는 고개 숙인 채 담배만 뻐끔뻐끔 피워대고 있었고, 그녀는 쭈그린 자세로 앉아 훌쩍이고 있었다. 밤사이 어떤 역사가 이루어졌는지는 아무도 입 밖에 내지 않았다.

그와 그녀는 결혼했다. 두 아이를 낳고 이십년 이상을 함께 지내면서 겉으로 보기에는 잘 사는 듯 보였다. 하지만 그것은 겉모습이었을 뿐, 여자의 내면은 아무도 알지 못했다. 그들 부부는 최근에 이혼했다. 그녀는 자식들이 대학에 들어갈 때까지만 그와 함께 살기로 결혼 초부터 결심했다고 말했다. 그녀는 멋모르는 채 겪은 자기 경험이 성적 폭력이라는 것을 알고 있었다. 하지만 어린 나이에 용기가 없어 그 관계를 똑바로 인식하지 못했다.

지금은 어떤지 모르지만 예전에는 그녀처럼 많은 여성들이 데이트 강간의 결과로 결혼을 했다. 남자들 사이에는 '먼저 도장 찍는 놈이 임자다'라는 속설이 있었다. 어떤 이들은 '골키퍼 있다고 골 안 들어가냐?'거나 '열번 찍어 안 넘어가는 나무 없다'고도 말한다. '여자들이 '노'라고 말하는 것은 '예스'의 다른 표현이다'라고 믿는 남자도 있다. 저 모든 표현들에 담긴 행위가 여성에 대한 폭력이라는 사실을 남자들은 지금도 잘 이해하지 못하는 듯하다.

성적 관계 바로 뒤에 이어 폭력성을 말하는 것은 남자의 성이 자주 폭력과 관계되기 때문이다. 성욕과 공격성은 동전의 양면 같은 것이어서, 성폭행처럼 함께 작동하는 경우가 많다. 이삼년쯤 전 한

지방 도시 기차역 통로에 커다랗게 걸린 플래카드를 본 일이 있다. 거기에는 이렇게 씌어 있었다.

"성폭행은 범죄입니다."

처음에는 잘못 읽었는가 싶었다. 국어 실력이 부족한 사람이 만든 게 아니라면 온 국민이 성폭행이 범죄라는 사실을 모른다는 뜻이었다. 진실은 후자였다. 우리 사회는 여자를 상대로 하는 각종 폭력이 범죄라는 사실을 이해하는 데 오래 걸리는 중이고, 그러한 사회적 합의를 이끌어낸 것도 최근의 일이다.

나는 가끔 '남자답다'는 말의 가장 큰 희생자는 남자들이 아닐까 생각한다. 남자다움 속에는 얼마간 폭력성이 내재되어 있고, 그 폭력성은 부메랑처럼 어김없이 자신에게 돌아간다. 대부분의 황혼 이혼은 남편의 폭력을 참아온 아내들의 결정이라고 한다. 그중에는 데이트 강간으로 결혼한 사람의 비중도 높다고 들었다. 무엇보다 폭력의 징후들은 자녀에게 대물림되어 자녀를 건강하지 못한 사람으로 만들 확률이 높다.

우리는 학교 다닐 때 선생님들에게 맞고 자란 세대이다. 나무 막대기로 손바닥을 맞거나, 몽둥이로 엉덩이를 맞거나, 손바닥으로 뺨을 맞았다. 책상 위에 무릎을 꿇고 앉아 의자를 들고 있기도 했고, 복도에서 길게 엎드려뻗쳐를 하기도 했다.

체벌을 가할 때 선생님들은 항상 우리가 잘못했기 때문이라고 말했다. 어떤 선생님은 그 모든 폭력이 우리를 걱정하고 염려해서 하는 체벌이라고 말했다. 심지어 우리에게 폭력을 행사한 선생님 중에는 우리가 존경하거나 짝사랑한 선생님도 있었다. 성장기에 부모에게 맞고 자라지 않더라도, 학교 체벌이 흔한 교실에서 성장기를 보낸 사람의 의식 속에는 얼마간 사랑과 폭력이 혼재되어 있을 수밖에 없었을 것이다.

그리하여 폭력과 사랑을 잘 구분하지 못한다. 집에 바래다주겠다며 줄레줄레 따라와 차 한잔만 마시자고 겨울 밤거리에서 삼십분이상 실랑이하는 남자의 행위도 자칫 사랑이라고 믿는다. 원한 적없는 사랑을 일방적으로 내밀고는 보답이 돌아오지 않는다면서 불같이 화를 내거나 자해 소동을 벌이는 남자들에 대해서도 여자들은 마음이 약해진다. '얼마나 내가 좋으면 저럴까.'

우리 사회가 '폭력에 무감각한 사회'라는 말을 들었을 때 그렇겠구나 싶었다. 심지어 '폭력에 대해 관용적인 문화'라고도 한다. 남편에게 매 맞는 아내도 남편이 꽃을 선물하며 미안하다고 말하면 그대로 용서한다. 폭력의 강도가 심할수록 선물이 비싸져서, 아내들은 그것을 또 사랑의 강도라 느낀다. 심지어 남편의 폭력과 행패를 피해 쉼터로 피신 온 여성도 하룻밤 자고 나면 퍼렇게 멍든 눈두덩을 문지르며 남편이 자기를 얼마나 사랑하는지 자랑처럼 이야기한다. 자기가 당한 폭력은 남편이 자기를 '너무 사랑해서' 그랬다고 믿는다.

2012년 겨울에 푸른역사아카데미에서 '역사와 치유'라는 주제의 강의가 진행된 적이 있다. 그중 프로파일러 배상훈 교수가 '폭력 사회, 폭력 가정'이라는 주제로 2회에 걸쳐 강의했다. 그는 수많은 범죄자를 프로파일링한 결과 모든 범죄자는 가정폭력의 피해자라는 사실을 알게 되었고, 그리하여 선과 악, 죄와 벌의 개념이 모호해지는 혼돈을 맞았다고 말했다. 강의에서 그는 여성단체에서 규정한 데이트 폭력 위험요소를 소개했다.

1. 언제나 함께 있을 것을 요구한다.
2. 질투심이 강하다. 이성 친구와 교류를 허락하지 않는다.
3. 빈번하게 전화나 문자를 하고, 바로 답하지 않으면 화를 낸다.
4. 옷이나 머리 스타일에서 자기 취향을 강요한다.
5. 데이트 내용을 전부 본인이 결정한다.
6. 손을 잡거나 팔짱을 끼거나 항상 만지고자 한다.

강의 수강자 중에는 중년 남성의 비율이 높았다. 남자들은 강의를 들으며 의아해하거나 답답한 표정을 지었다. 여자를 리드하고, 관계를 책임지고, 가족의 부양자가 되는 것을 남자다움이라 배운 세대였다. 당연히 남자가 데이트 내용을 전부 결정하고 여자를 리드해야 하는 것으로 알았다. 질투심을 보여야 여자를 사랑하는 증거가 되고, 자기 취향을 말해주어야 여자와 특별한 소통을 한다고 믿었다. 몸에 배도록 습득해온 방식들이 이제 와서 폭력 행위로 규정되다니, 손발이 묶이는 느낌인 듯했다.

"폭력은 범죄입니다"

나의 여성 지인 한사람은 자신의 자동차를 왕국처럼 치장해가지고 다닌다. 그녀의 자동차에는 한달쯤 집에 들어가지 않고도 살 수 있는 일체 생활용품이 비치되어 있다. 트렁크 수납상자에는 일주일 분량의 속옷, 겉옷, 몇켤레의 구두가 담겨 있다. 늘 복용하는 비타민 종류와 인스턴트커피, 보온병도 있다. 조수석 쪽으로 펼쳐서 사용할 수 있는 접이식 책상을 특별히 제작하여 장착했다. 노트북과 카메라, 몇권의 책도 갖추어져 있다. 그녀는 자동차를 어디든 세우고 그 자리에서 한달은 살 수 있다고 말했다. 자동차는 그녀가 가장 안락하게 여기는 자기만의 공간이어서, 음악 CD뿐 아니라 DMB 텔레비전도 갖추어져 있었다. 애착을 갖는 쿠션과 담요 역시 필수였다.

그녀의 차에 타자마자 그 공간을 가꾸기 위해 얼마나 정성을 쏟았는지 단번에 느껴졌다. 나는 왜 이렇게 자동차에 열정을 쏟는지 물어보았다.

"나는 여차하면 지갑과 자동차 키만 가지고 튀어."

'여차하면'이란 어떤 경우를 말하는 걸까 생각하는데 그녀의 다음 말이 이어졌다.

"그것도 못 챙길 때에 대비해서 자동차 키와 신용카드 한장을 옆집 아줌마한테 맡겨뒀어."

우리 사회는 여자를 상대로 하는
각종 폭력이 범죄라는 사실을 이해하는 데
오래 걸리는 중이고,
그러한 사회적 합의를 이끌어낸 것도 최근의 일이다.

그녀의 남편은 결혼 전 데이트할 때는 폭력적인 기미가 전혀 없는 사람이었다. 언제나 그녀의 의견을 물었고, 섣불리 스킨십을 시도하지 않았고, 혼전 성관계를 요구하지도 않았다. 점잖고 배려심이 많은 사람으로 사회적으로도 안정된 지위에 올라 있었다.

그러나 결혼 후 사정은 달랐다. 그는 성적으로 심한 불안감을 안고 있었다. 포르노 잡지나 야한 영화의 도움을 받아야 섹스가 가능했고, 침실에 거울을 설치하거나 욕실에 어떤 보조도구를 장치하고 싶어했다. 그런 요구들이 받아들여지지 않자 그는 서서히 폭력의 징후를 보였다. 그들은 정기적으로 부부 싸움을 했는데, 그것은 늘 해소되지 못한 남편의 성적 욕구가 극에 달했을 때였다. 그는 자기 불안을 아내에게 투사해서 아내를 두려움에 떨게 만들었다. 그의 행동은 여성단체에서 규정한 데이트 폭력 위험요소와 비슷했다.

7. 여자의 의견, 주장을 못 받아들인다.

8. 교제 상대를 자기 소유물처럼 여긴다.

9. 콘돔 사용을 꺼린다.

10. 여자의 가족을 욕한다.

11. '너 하기 나름'이라고 말하며 상대를 협박한다.

12. 주먹으로 벽을 치거나 하면서 화를 낸다.

여성단체에서는 위의 열두가지 요소 중 세가지 성향 이상이 보이면 데이트를 중단하고 헤어지라고 권유한다. 프로파일러 배상훈 교수는 위의 요소 중 한가지만 있어도 위험하며, 데이트 폭력은 결혼 후 어김없이 가정폭력으로 이어진다고 말했다. 그는 '개인의 의사에 반해서 일정정도의 강요가 들어 있는 행위'를 폭력이라고 정의했다. 폭력에는 물리적, 신체적 폭력뿐 아니라 정서적, 언어적, 성적 폭력도 포함된다.

아마 이 글을 읽는 남성들도 누구나 한가지 이상은 위와 같은 요소를 가지고 있을 것이다. 위의 요소들은 대부분의 연인들이 사랑의 징표라고 생각하는 내용이기도 하다. 그러니 남자들은 다시 궁지에 몰리는 기분이 들 것이다. 그동안 살아온 방식이 모두 부정되는 느낌이 들기도 할 것이다. 남성 문화에서 폭력은 일상적인 것이고, 간혹 폭력성이 남성성으로 미화되기도 하기 때문에 그들은 폭력이 곧 범죄라고 말하면 알아듣지 못하고 의아해하는 기색을 보인다. 그날 강의에서도 남자들이 폭력(violence)과 범죄(crime)의 차이를 이해하기 어려워하는 것을 목격했다.

강의가 끝난 후 질문 시간이 주어졌을 때 한 중년 남성이 이런 질문을 했다.

"그렇다면 범죄가 되는 폭력과 범죄가 되지 않는 폭력의 경계는 어디입니까?"

그러자 한 여성이 발끈해서 말을 받았다.

"모든 폭력이 범죄라고, 지금까지 선생님이 말씀하셨을 텐데요?"

질문한 남성은 의아하고 얼떨떨한 표정으로 여성을 바라보며 마치 어리석은 그녀를 설득하듯 말했다.

"아니, 언어폭력이나 정서적 폭력처럼 실정법상 범죄가 되지 않는 폭력에 대해 질문한 겁니다."

두 시간 동안이나 강의를 듣고도 그런 이야기를 하는 남성을 보면서 이런 종류의 플래카드도 필요하겠구나 싶었다. '폭력은 범죄입니다.' 언어폭력도, 정서 폭력도 실정법상 모두 범죄에 해당된다고 한다.

1990년대 중반 페미니즘 운동이 본격화되면서 여성 인권이 사회문제의 전면으로 나왔을 때, 여성을 성적으로 상품화하지 말라는 요구가 제기되었다. 당시 오십대 중반쯤이었던 한 사려 깊은 선생님이 이런 말을 하셨다.

"나는 여성을 상품화한다는 말이 무슨 뜻인지 이해하는 데 한참 걸렸어요."

그분은 오십 년 넘도록 당연한 것으로 여겨 온 관념을 뒤집기가 쉽지 않았다고 했다. 비슷한 시기에 한 술자리에서 두 살 위인 선배는 취한 목소리로 이렇게 말했다.

"요즈음 자꾸만 여자를 성적 대상으로 보지 말라고 하는데, 여자가 성적 대상이지, 그럼 개나 소가 성적 대상이냐?"

술자리의 남자들이 모두 웃음을 터뜨렸고 나도 그냥 웃었다. 최근에는 후배 남성이 이런 말을 한 일이 있다.

"여자들 여름옷이 얼마나 얇은지 건물을 드나들 때 속이 훤히 비치는데, 그런 걸 다 보여주면서 우리더러 어쩌라는 거냐?"

나는 그런 말들에 대응하지 않는다. 그것은 '너희들이 미니스커트를 입기 때문에 성폭행당해도 싸다'는 논리처럼 폭력적이고 책임 회피적인 발언이다. 그들에게 아무리 찬찬히 설명해준다고 해도 저 사려 깊은 선생님이 그랬던 것처럼 낡은 편견을 점검해볼 의사가 없다면 별무소득일 게 뻔하다.

남자들이 폭력과 범죄의 구분에 대해 얼마나 헛갈려할지는 짐작된다. 예전에는 늘상 했던 농담들이 까딱 잘못하면 성희롱이 되고, 예전에는 아무렇지도 않게 했던 행동들이 이제는 성추행이 되니 답답하지 않을 수 없을 것이다. 사회에서는 어떤 일을 하든 자기 집에 들어가서만은 왕처럼 대접받고 싶은데 그럴 수도 없다. 왕처럼 군림한다는 말 속에는 아내와 아이들을 시종처럼 대한다는 의미가 포함되어 있는데 그것이 모두 폭력이라고 하니, 남자들이 이해하지 못하는 것도 당연해 보인다.

남성 중심 사회가 여자들을 성적 대상으로 물화시키는 폭력성 외에도, 우리처럼 위계질서가 엄격한 나라의 여성들이 맞닥뜨리는 특별한 폭력성이 있다. 그것은 폭력이 낮은 곳으로 흐르는 현상이다. 강원도 지방 아라리에 이런 곡조가 있다.

"아범은 어멈 치고, 어멈은 아(아이) 치고, 아는 개 치고, 개는 꼬리 치고."

사랑도 폭력도 낮은 곳으로 흐른다. 처음 저 노래를 들었을 때 가슴 아팠던 대목은 '개는 꼬리 치고'였다. 폭력을 당하고도 자신의 생살여탈권을 쥐고 있는 권력자에게 꼬리를 쳐야 하다니, 그 행위에는 얼마나 많은 감정이 섞여 있을까 싶었다. 우리 사회에서 남성들이 받는 스트레스는 대체로 자기들보다 지위가 낮다고 여기는 여자에게 돌아간다. 아범은 어멈을 치는 게 당연하다고 느끼는 것이다.

실제로 아내에게 자주 화를 내는, 세살 아래인 남자에게 왜 그렇게 아내에게 화를 내느냐고 물은 적이 있다. 그가 자신의 행위를 알아차리고 그 원인을 찾아내어 개선했으면 싶어서 건넨 말이었다. 그런데 돌아온 대답이 이랬다.

"마누라한테 화 좀 낼 수도 있는 거지, 그럼 어디 가서 화를 내겠어요?"

그는 폭력의 물 흐름 현상을 깊이 체현하고 있었다.

성적 관계는
어떻습니까?

남자의 친밀감

올림포스 산에 사는 팔자 좋은
부부 제우스와 헤라가 한담을 나누고 있었다. 여자와 남자가 서로
사랑할 때 둘 중 누가 더 많이 사랑하느냐는 거였다. 당연히 제우스
는 여자가, 헤라는 남자가 더 많이 사랑한다고 주장했다. 사랑에 있
어서는 남자든 여자든, 인간이든 신이든 받기만을 바라는 이기적인
심사가 당연한 모양이다.

제우스와 헤라는 계속 입씨름을 하다가 의견을 좁힐 수 없자 테
이레시아스를 불러 물어보기로 했다. 테이레시아스는 남자의 몸으
로 태어났으나 숲길을 걷다가 서로 몸을 칭칭 감고 있는 뱀을 발견
하고는 그들을 지팡이로 떼어놓았는데 그 순간 여자가 되었다고

한다. 여성인 테이레시아스는 몇해 후 다시 숲길에서 사랑에 빠진 뱀을 발견하고 또다시 그들을 지팡이로 갈라놓았는데 그때 다시 남성으로 돌아왔다. 그의 행위나 변신에 내포된 의미가 무엇인지는 모르겠지만, 남의 성행위에 간섭해서는 안된다는 경고 하나만은 분명해 보인다. 남자로도 살아보고 여자로도 살아봤던 테이레시아스는 제우스와 헤라의 질문에 이렇게 대답했다.

"사랑에 빠지면 여자가 남자보다 아홉배쯤 더 좋아합니다."

이 대답을 들으면 많은 여자들이 낙담할 것 같다. 자신들에게 할당된 사랑의 양이 기대의 9분의 1밖에 되지 않는다니, 그 결핍감을 어디서 보상받아야 할까. 결혼 후 여성들이 점차 실망하는 이유도 바로 그 사실을 발견해나가는 충격에 있지 않을까 싶다. 헤라 역시 실망하여 들고 있던 지팡이로 테이레시아스를 가볍게 쳤고, 불쌍한 테이레시아스는 죄도 없이 장님이 되고 말았다. 그에 책임을 느낀 제우스가 테이레시아스에게 미래를 예언할 수 있는 재능을 주었다고 한다.

저 신화를 읽었을 때 나는 아홉배라는 숫자의 근거를 추정해보고자 애썼다. 헤라조차 도저히 받아들일 수 없는 아홉배라는 수를 어떤 식으로든 이해해보고 싶었다. 그리하여 남성에게 기대하는 사랑의 양을 9분의 1로 줄여야 생이 편안해지지 않을까 싶었다. 물론 삼십대 초반쯤의 생각이다.

여자가 남자보다 아홉배쯤 더 좋아하는 이유는 먼저 생물학적으로 설명할 수 있을 것 같았다. 우선 정자보다 난자의 값어치가 아홉배쯤 크기 때문이 아닐까 싶었다. 희소성의 원칙에서도 그렇고, 아기를 탄생시키는 데 담당하는 역할에 있어서도 그럴 것 같았다. 바로 그 아홉배의 차이에 의해서 여성은 생명 탄생과 양육을 책임지는 자질을 부여받았을 것이고, 그것이 연애 기간에는 남성에 대한 사랑으로 표현될 것이다.

또다른 시각으로 설명하면, 남자는 여자에게 사회적 생존 권력이기 때문에 남자가 일을 추구하고 성공에 몰두하는 강도로 여자는 남자에게 몰입하고 사랑을 쏟는 게 아닐까 싶었다. 남자가 사회적 성공을 향해 열정의 9를 쏟고 나머지 1정도를 여자에게 준다면 여자는 그 모든 노력을 오직 남자에게만 쏟는 것이다.

무엇보다 여자가 느끼는 정서적, 감정적 친밀감이 남자의 아홉배가 아닐까 싶었다. 사랑을 하기 위해 남자와 여자가 만날 때 그들이 주고받는 것은 표면적으로 대화, 선물, 이벤트, 그리고 섹스 등으로 보이지만 무의식 깊은 곳에서 원하는 것은 친밀감이다. 그들은 서로에게 깊이 이해받고 있다는 느낌, 마음 깊은 곳에서 서로 소통한다는 느낌을 원한다. 하지만 그것을 어떻게 표현할지 몰라 이런저런 행동들을 하는 것이다. 심지어 남자들은 여자들이 표현하는 감정을 부담스러워한다. 그에 대응하는 방법을 모를뿐더러 불필요한 말을 많이 한다고 느낀다. 그러니 여자가 남자보다 아홉배쯤 더 많이 사랑한다고 해서 억울해할 일은 없다. 더 많이 사랑하고, 더 많이 향유하고, 더 풍부한 감각으로 살 수 있도록 태어났다는 점에 대해 자긍심을 느끼는 게 더 낫지 않을까.

사랑의 감정은 우연히 일어나서 저절로 유지되는 것이 아니다. 호르몬의 작용이나 콤플렉스끼리의 눈먼 만남도 아니다. 병리적으로 서로를 의존하는 일도 아니다. 사랑은 사랑하고자 하는 의지이고, 용기가 필요한 노력이며, 구체적인 실천이다.

●●

남자가 털어놓지 못하는 속내

삼십대 후반 즈음, 어느 출판사 송년회 자리에서 만난 분의 이야기이다. 그분은 정년퇴직한 역사학자였는데 어느정도 술이 오르자 이런 말씀을 하셨다.

퇴직 후 여러 도시를 여행했다. 처음에는 그냥 떠났는데 나중에는 마음에 드는 도시마다 며칠씩 머물곤 했다. 어떤 도시는 풍광이 좋았고, 어떤 도시는 음식이 맛있었다. 하지만 어디를 가든 마음 한켠에 바람이 지나가는 구멍이 있는 것은 어쩔 수 없었다. 어디를 가든 그 바람구멍은 지니고 살아야 하는 모양이구나 싶었다.

그러다가 동해안의 한 해안도시에서 그녀를 만났다. 그곳 선술집에서 자기처럼 한물갔다고 느껴지는 퇴기를 만나 그녀 곁에 머물렀다. 그녀는 그가 평생 받아본 적 없는 관심, 헌신, 보살핌을 주었다. 해안도시의 그녀를 통해 마음을 주고받는 것을 배웠고, 그녀가 주는 것을 조금씩 돌려줄 수 있는 사람이 되어갔다.

아내에게 미안한 마음은 없었다. 자신이 원했던 것이 이것이었구나 하는 사실을 알아차리니 늦게라도 그것을 만난 것이 고마울 뿐이었다. 가슴속 구멍으로 드나들던 바람도 잦아들었다. 평생 시달렸던 허망하고 들뜬 마음 같은 것도 치유되는 것을 느꼈다.

그분은 그녀와의 관계에 대해 자세히 묘사하지는 않았다. 궁금한 게 많았지만 섣불리 질문하기도 어려웠다. 당시 그분의 연세는 일흔살이 넘어 있었고, 그때도 이미 십년 전 이야기를 회고조로 하고 계셨다.

"오래된 마음의 병 같은 게 있었는데, 그게 나았다는 게 신기했지. 그래도 오래 머물지는 못했어. 내 자리로 돌아와야 했으니까."

그러니까 '한물간 퇴기의 기둥서방으로 한 철을 살았다. 그 시간이 내 생의 회복기였다'는 게 그 회상의 요약이었다.

1986년 미국에서 출간된 마이클 E. 맥길의 『남성의 친밀성에 대한 보고서』(The McGill Report on Male Intimacy)는 남성의 대인관계에 대한 연구를 담은 책이다. 그는 연구를 위해 이년 동안 2천명의 남성들을 상대로 설문조사를 했다고 한다. 거기에는 이런 내용이 있다.

열명의 남성 가운데 한명만이 일, 돈, 결혼 문제를 함께 이야기하는 남자 친구를 가지고 있다. 또한 스무명 이상 중의 한명만이 자기의 감정 또는 성적 문제를 털어놓을 수 있는 친구를 가지고 있다. (…) 남자들의 친구 관계 유형 중 가장 보편적인 형태는 한 남자가 여러 '친구들'을 갖는 것이다. 그들 친구들은 그 남자의 공적 자아

중 어느 한 측면과만 관계를 맺는다. 따라서 어느 누구도 한 남자의 전체 가운데 작은 부분밖에 알지 못한다.

맥길 교수는 남자들이 자신의 속내를 온전히 드러낼 수 있는 상대는 여성일 것이라는 사실을 발견했다. 실제로 성인 남자 세 명 중 한 명은 어떤 이야기든 털어놓을 수 있다고 느끼는 아내 이외의 여성이 있다고 답했다. 그 여성이란 어머니, 여자 형제, 회사 동료, 혹은 여자 친구였다.

그는 애초에 남자끼리의 우정은 무언가 부족한 듯 보였다고 한다. 아무리 친밀한 관계라도 남자들의 화제는 업무에 관한 것이나 취미활동 범주에 한정되어 있었다. 서로 지나치게 친해지거나 과도하게 내면을 표출할 상황이 되면 남자들은 불안함을 느끼며 그 자리에 멈추어 서는 듯했다. 대신 남자들은 더 깊은 속내 이야기를 털어놓고 싶을 때 여성을 찾는데, 그는 그것이 자연스러운 현상이라고 설명하고 있었다. 세상의 모든 아들들이 최초로 자랑과 투정을 털어놓는 사람이 엄마이기 때문이라는 것이다.

맥길 교수에게도 성적 관계를 갖지 않는, 그럼에도 충분히 친밀하여 모든 이야기를 털어놓을 수 있는 여자 친구가 있었다. 물론 여자 친구의 존재는 아내의 분노를 불러일으켰고, 결과적으로 그가 감당해야 하는 재앙이 되었다. 성적 관계를 맺지 않는 남녀 간의 친밀한 관계는 현실적으로 지속되기 어려워 보이지만, 그래도 그의 결론은 그런 관계가 '필요하다'는 것이었다. 남자들은 여성을 통해서만이 안전한 곳, 내면, 치유되는 곳에 이른다고 느낀다. 그래서 그토록 절박하게 여자를 필요로 하는 것 같다.

남자는 오래도록 자기가 진짜 원하는 게 무엇인지 모르는 상태로 지낸다. 아무리 섹스를 많이 해도 행위 뒤의 허탈감을 지울 수 없고, 아무리 많은 여자를 만나도 돌아서면 적막함의 늪에 빠진다. 자기가 진짜 원하는 것이 육체적 긴장 완화 수단으로서의 섹스가 아니라는 사실을 깨닫기까지 남자는 헛된 시도를 되풀이한다. 그러다가 청춘의 휘몰아치는 리비도 에너지가 잠드는 시기에야 아무리 많은 섹스를 해도 허전한 내면을 달랠 수 없다는 것을 알아차린다. 대부분은 남성 호르몬이 현저히 줄어들어 더이상 몸의 충동에 마음이 휘둘리지 않는 시기가 와야만 그 사실을 깨닫는다. 자기가 평생 찾아온 것이 휘몰아치는 섹스가 아니라 편안한 친밀감이었음을 짐작하게 되는 것이다.

지나친 단순화, 일반화의 위험을 무릅쓰고 말한다면, 내가 보기에 결혼한 커플은 세 부류로 나뉜다. 권력을 반씩 나누어갖는 동갑내기 커플, 아버지 역할을 하는 남편과 딸 역할을 하는 아내 커플, 엄마 역할을 하는 아내와 아들 역할을 하는 남편 커플. 그들의 결혼 생활은 서로 색깔이 다르다.

동갑내기 커플은 주도권을 두고 끊이지 않는 다툼을 하기 쉽다. 서로 패권을 놓치지 않으려 버티면 그들의 결혼은 영원히 지속되는 전쟁과 평화의 악순환이 된다. 그럼에도 그들은 서로 동등하게 존중하고 배려하면서 잘 소통하는 커플이 되어 먼 길을 함께 갈 수

사랑의 감정은
우연히 일어나서
저절로 유지되는 것이 아니다.
사랑은
사랑하고자 하는 의지이고,
용기가 필요한 노력이며,
구체적인 실천이다.

있다.

　아버지 역할을 하는 남편과 딸 역할을 하는 아내 커플은 재앙을 향해 갈 확률이 높다. 남자에게 너무 큰 짐이 지워지기 때문이다. 그런 남자는 사회생활에서 받은 스트레스를 풀 틈도 없이 가정으로 돌아와 아내의 투정을 받아줘야 한다. 기대어 쉴 공간도 시간도 없다. 무엇보다도, 투정하는 아내의 내면에 있는 좋은 아버지에 대한 기대를 절대로 충족시킬 수 없기 때문에 급기야 아내의 요구가 버거워지는 날이 온다. 기대했던 사랑을 못 받은 아내의 분노와 맞닥뜨리게 될지도 모른다.

　엄마 역할을 하는 아내와 아들 역할을 하는 남편 커플 사이에서는 놀라운 일이 일어난다. 아무리 나이 먹은 남자라도 그 내면에는 아이가 있기 때문에 죽을 때까지 모성을 그리워한다. 그들이 어머니 이미지를 투사하는 여인은 말 그대로 심리적인 어머니가 되어 그에게 거듭날 기회를 제공한다. 어머니 역할을 하는 아내는 남편과 경쟁하지 않으며 웬만한 일에는 관대하게 대처한다. 여자들의 유전자에는 원래 성장을 돕고 보살피는 기능이 있기 때문에 아무리 여성성이 부족한 여자라도 남자보다는 나을 것이다. 연상연하 커플이 유행처럼 번지는 이유가 그것이 아닐까 싶다.

남자와 여자는 친구가 될 수 있을까

서른살 이후 한동안 나는 생의 에너지 중 5퍼센트 정도는 일방적으로 접근하는 남자들을 처리하는 데 사용한 것 같다. '처리'라고 표현한 것은 그들의 방식이 막무가내이고 미숙해서, 적절한 상식선에서 일을 마무리하려 해도 늘 이상한 불편함이 남곤 했기 때문이다.

더 솔직히 말하자면 나는 오래도록 그런 이들을 이해할 수 없었다. 잘 알지도 못하는 사람이 한밤에 전화해서는 집 앞에 있으니 나오라고 하면 황당했고, 본인의 직함을 길게 나열한 뒤 자기랑 술 한잔 하자고 하는 이에 대해서는 슬그머니 열이 올랐다. 어처구니없는 마음에 "제가 왜 선생님과 술을 마셔야 하지요?"라고 물으면 그는 오히려 화를 내면서 "작가라는 사람이 그런 것도 이해 못해요?"라고 야단치는 말투를 사용했다. 내가 정말 이해할 수 없었던 것은 그들이 독신인 여성 작가에 대해 가지고 있는 듯한 어떤 편견이나 선입견이었다.

나는 그런 문제들을 늘 '그들처럼' 처리했다. 무례하게 접근하는 이는 예의 같은 것 없이 무시했다. 예의를 지키며 정중하게 접근하는 이에게는 정중한 태도로 사양했고, 멈칫멈칫 다가와 암시하는 말투를 사용하는 이에게는 조심조심 행동하면서 그의 암시를 못 알아듣는 태도로 일관했다. 물론 그런 산뜻한 처리법을 체득하기까지는 시간이 좀 걸렸다.

시간이 더 지나자 그런 이들에 대해 더 많이 이해할 수 있었다. 그들이 대체로 외로운 성장기를 보낸 이들이고, 무의식에 있는 결핍감 때문에 고통받고 있으며, 속내를 털어놓을 안전한 대상을 필요로 한다는 사실을. 심지어 그들은 자기가 진짜 원하는 것이 무엇인지 모르고 있었고, 아무에게나 전화해서 이상한 요구를 하고 있다는 사실도 모르는 듯했다.

그런 사실을 이해한 후로는 가끔 술 마시자는 동년배 남성의 요청을 수락하기도 한다. 사회적 관계로 긴밀하게 엮여 있는 이들에 한해서, 무엇보다 그 자리가 즐겁고 유익할 듯 보이는 대상에 한해서 그렇게 한다. 술자리에 앉으면 그들은 대부분 자기 이야기를 털어놓는다. 아주 어릴 적 이야기부터 꺼내는 이들도 있고, 사춘기 시절의 추억과 무용담을 펼쳐 보이는 이들도 있다. 어떤 사람은 자기의 과거 여자들을 일렬로 나란히 줄 세워 보이기도 한다. 그런 이야기를 할 때 대부분의 남자들은 즐거움과 해방감이 넘실대는 낯빛을 하며, 밤새도록 이야기를 지속할 수 있을 것 같은 집중력과 에너지를 보인다.

문제는 그들이 이야기를 나누는 데서 그치지 않는다는 점이다. 그들 중에는 적절한 시간을 보낸 후 쿨하게 일어나 집으로 가는 이들도 있다. 하지만 몇몇은 그때부터 불편한 행태를 보이기 시작한다. 술자리를 2차, 3차로 길게 늘이면서 암암리에 성적 관계를 꿈꾸는 듯한 태도를 보이는 것이다. 저녁 식사 약속에 나온다는 것은 성적 관계를 전제로 하는 게 아니냐, 다 알면서 왜 그러느냐는 듯한 태도를 취하는 이도 있다. 가끔은 완력으로 길을 막는 이도 있는데, 손목이 잡힌 채 대치하면서 내 힘으로는 이 손아귀의 힘을 이겨내지 못할 거라는 생각이 들 때면 슬며시 공포심이 스치기도 한다. 물론 남자들은 내가 느끼는 두려움은 상상도 못한 채 떼쓰는 아이 같은 태도를 견지한다.

그런 이들이 진짜로 원하는 것이 친밀감이라는 사실을 이해하기까지 오랜 시간이 걸렸다. 그들이 친밀감을 표현하는 방식은 늘 성적 뉘앙스를 풍겼고, 자주 성적 욕구밖에 없는 사람들처럼 굴었고, 그것을 해소하는 게 가장 급선무인 듯 보였기 때문이다. 아니, 남자들은 성적 관계와 친밀한 관계가 서로 별개의 것이라는 개념이 없는 듯 보였다. 다시 한번 내 방식대로 표현하자면, '아무리 섹스를 많이 해도 거기서 관계가 형성되지는 않는다'는 사실을 모르는 듯했다.

남녀 공히 오이디푸스 단계를 제대로 이행하지 못한 이들은 유혹의 게임에 취약해진다. 여자들은 유난히 유혹자의 태도를 취하고 남자들은 작은 유혹의 기미에도 뿌리째 흔들린다. 그런 이들은 모든 인간관계를 호불호나 애착관계로 치환시키는 특성이 있고, 그래서 세상 사람들을 두 부류로 나눈다. 자기를 좋아하는 사람과 싫어하는 사람. 아이러니하게도 그런 이들일수록 친밀감을 나누는 애착관계를 잘 맺지 못한다는 특성이 있다.

살면서 만난 남자들 중에는 친구가 되면 좋을 이들이 참 많았다.

경험이나 지식이 풍부하면서도 관대하고, 정서가 비슷해서 부드럽게 소통되는 이들이 있었다. 하지만 남자들은 여자와 플레인한 친구가 되고 싶은 마음이 전혀 없었다. 나 역시 그들의 불장난 상대나 숨겨진 애인이 될 마음이 없었다. 그렇게 좋은 관계들이 지나가곤 했다.

남자와 여자는 친구가 될 수 없다고 줄곧 주장하는 이들은 남자들이다. 여자들은 가끔 그것이 왜 불가능한가 묻곤 한다. 내 경험에 의하면 남자는 여자와 친구가 될 수 없다. 그들의 주장은 그들의 입장에서 자명한 진실이다.

3부

남자의
위험한 감정

남자가
폭력을
휘두르는 이유

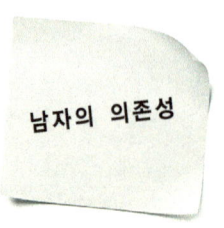

그는 중국의 한 어학연수원에서 그녀를 만났다. 그녀는 이미 중국어를 전공한 후 유학 온 터라 중국어를 처음 배우는 그를 친절하게 이끌어줄 수 있었다. 오가는 도움 속에서 그는 그녀를 사랑하게 되었고, 그녀가 원하는 것을 해주고 싶었다. 그는 고국에서 부모가 보내주는 학비를 그녀의 대학원 진학 비용으로 건네주었다. 그녀는 원하는 것을 받자 그에게 더욱 호의적으로 대하며 그를 사랑한다고 믿었다. 그는 그녀의 호의와 사랑에 감동하여 기쁘게, 충실히 그녀의 학비와 생활비를 부담했다.

그는 어떻게든 그녀가 소망을 이루도록 돕고 싶었다. 부모가 보내주는 돈이 부족해지자 그곳에서 한국 식당을 열어 그녀를 지원했다. 표면적으로 보면 그들의 관계는 열심히 일하는 머슴과 그의 노동으로 편안히 공부하는 공주님 같았다. 고국에서 날아와 아들을 방문한 어머니 눈에는 틀림없이 그렇게 보였을 것이다. 그의 어머니가 개입하여 상황을 바로잡으려 하자, 더이상 금전적 지원을 받을 수 없게 된 그녀는 그를 떠나려 했다.

그는 분노에 사로잡혀 그녀에게 폭력적인 언행을 쏟아내기 시작했다. 고함지르기, 욕설, 가학적 말투, 물건 집어던지기 등이 그가 행한 폭력이었다. 그래도 그는 자기가 폭력을 사용했다고 생각하지 않았다. 혼자 화를 냈을 뿐, 여자 몸에는 손가락 하나 대지 않았기 때문이다.

그녀가 느끼는 공포는 당연했다. 그대로 있다가는 맞아 죽을 것 같아 그가 없는 틈을 타서 야반도주했다. 그녀는 떠날 때 그의 돈을 몽땅 털어서 떠났다. 집에서 사용하던 전화기를, 말 그대로 선을 끊어서 가지고 갔다. 휴대전화 번호를 바꾸고 그와 연관된 모든 이들과 연락을 끊었다. 그러고도 오래도록 혹시라도 그가 쫓아와 폭력을 행사할지도 모른다는 두려움에 떨며 살았다.

그는 빈집에서 혼자 죽을 만큼 아팠다. 그가 아픈 것은 자신의 분노를 스스로 떠안았기 때문이었을 것이다. 그가 꼼짝도 할 수 없이 아팠던 것은 다행이었다. 그녀에게 했듯이 밖에 나가 분노를 행동화했다면 어떤 과오를 범했을지 모른다. 옆집 중국인 아주머니가 미음과 약과 침술을 동원해 죽어가는 그를 살려내었다.

그도, 그녀도 자신의 의존성을 어떻게 돌봐야 하는지 모르는 사람들이었다. 그녀는 사랑의 이름으로 타인을 착취해서는 안된다는 사실을 알지 못했다. 그는 자기가 원하는 것을 상대에게 주면서 그 댓가로 돌아오는 보살핌을 기대하는 것은 바보짓이라는 사실을 알지 못했다. 두사람 모두 자신의 의존성을 알지 못했고, 스스로를 돌보는 법을 배우지 못했다.

보살핌에 대한 무의식적 욕구는 남녀에게 모두 치명적인 취약점이다. 이십대나 삼십대 후배 여성들을 만나 이야기할 때마다 깜짝 놀라게 되는 것이 그들의 의존성이다. 그녀들은 자기뿐 아니라 자기 인생까지 짊어지고 가줄 짐꾼 배우자를 원하는 것 같았다. 심지어 그 짐꾼이 능력있고, 잘생기고, 인간성마저 좋기를 바라며, 그토록 드문 인간이 헌신적으로 자기를 사랑해주기를 바란다. 그런 그녀들이 모르는 것이 하나 있는데, 실은 남자들이 더욱 의존적인 존재라는 점이다.

대부분의 문화권에서 남자들은 식사, 옷차림, 정서적 지원, 자녀 양육의 문제를 어머니나 아내에게 의존한다. 아이를 출산, 양육하는 종족 보존의 문제도 전적으로 여자에게 달려 있다. 남자는 여자에 의해서만 보살핌을 받고, 남자다움을 확인받는다. 남자들은 여자에게 받는 것들 때문에 여자를 사랑하지만, 동시에 그런 문제들 때문에 여자에게 의존하는 일에 대해 공포를 느낀다. 공포를 느끼는 대상에게 폭력을 행사하는 일은 자연스럽다.

제드 다이아몬드의 『여자를 미치게 하는 남자들의 이상심리』(*The*

Irritable Male Syndrome)에는 다음과 같은 구절이 있다.

세계보건기구 보고서에 의하면 전세계적으로 남편이 아내에게 폭력을 휘두르는 이유는 놀랍도록 유사하다. 여자가 남자에게 복종하지 않거나 논쟁하는 일, 돈이나 여자 문제를 꼬치꼬치 캐묻는 일, 제때에 식사가 준비되지 않았을 때, 자녀를 제대로 돌보지 않는다고 오해한 경우, 여자가 섹스를 거부할 때 등이다.

위 항목들을 가만히 읽어보면 남자들이 여자에게 폭력적이 되는 것은 자기 욕구가 충족되지 않았을 때라는 사실을 알 수 있다. 몸이든 마음이든 여자가 돌봐주기를 바라는 기대가 좌절당했을 때 남자들은 폭력을 휘두른다.

남자들의 의존성이 여자들의 그것보다 더 치명적인 이유는 그들의 유전자 속에 보살피고 돌보는 기능이 없기 때문인 듯하다. 여자들의 유전자 속에서 주로 작동하는 기능은 출산과 양육, 자신과 타인을 돌보는 역량이다. 남자들의 유전자에는 경쟁하고 사냥하는 기능이 상대적으로 강하다. 사실 남자들이 그토록 긴 기간 동안 여성을 억압하고 심지어 박해해온 이유도 더 잘 의존하기 위해서였을 것이다. 자기들이 원할 때 밥상을 차리고, 요구할 때마다 침대에 누워주기를 바라기 때문에 여자들을 순종적으로 만들 필요가 있었을 것이다.

인류학자 마거릿 미드는 이렇게 말했다.

"남자들은 늘 여자들이 남자 없이 살아가게 될까봐 두려워한다."
저 말을 정신분석가의 언어로 옮기면 이런 의미가 된다.
"남자들은 여자 없이 살게 될까봐 두려워한다."

● ●

마리아와 아기

　　　　　　　　　중세 문화 유적이 많이 남아 있
는 이딸리아 도시들을 여행할 때 유난히 자주 눈에 띄는 예술작품
이 있었다. '마리아와 아기'라는 제목의 조각이나 회화 작품이었다.
성모마리아가 아기 예수를 안고 있는 모습을 형상화한 그 작품은
우선 수가 많아서 눈에 띄었다. 하지만 그 작품들에서 내가 받는 특
별한 느낌 때문에 자주 맞닥뜨린다고 느꼈는지도 모르겠다.
　'마리아와 아기'라는 예술작품은 성(聖)스럽거나 포근한 감성을
표현하고 있어야 할 것 같았다. 실제로는 그런 작품들이 주류를 이
루고 있었다. 하지만 간혹 어떤 작품들에서는 성(性)스럽거나 외설
적이라는 인상을 받곤 했다. 어떤 아기는 풍만하게 드러난 마리아
의 젖가슴을 입에 물고 있었고, 어떤 아기는 아이라고 믿을 수 없는
성인의 얼굴을 하고 있었다. 그때는 내 마음이 순수하지 못해서, 혹
은 내게 성적 억압이 있어서 멀쩡한 작품들이 왜곡되어 보이는가
싶었다. 그렇게 양보한다 해도 '마리아와 아기'가 그토록 다양한
형태로 형상화되어 있는 점은 인상적이었다.

얼마 후 한국에서 어느 예술가의 작업실을 방문했을 때 그의 소장품 중에서 '마리아와 아기'를 다시 만났다. 작업실 책상 위, 창틀, 탁자 등 곳곳에 '마리아와 아기'류의 조각품과 그림이 장식되어 있었다. 그가 외국 여행길에 수집해온 것들이며, 그때도 여전히 수집 중이라고 했다. 모든 수집가들처럼 사랑과 긍지를 듬뿍 담아 소장품을 설명하는 그의 낯빛이 행복으로 충만해 보였다. 그의 '마리아와 아기' 중에는 1960년대 시골 마을에서 만날 법한 아낙네와 아이의 모습을 담은 사진과 그림들도 섞여 있었다.

그때, 그동안 보았던 '마리아와 아기'류의 작품들이 머릿속을 한 줄로 지나가면서 의미가 새롭게 이해되었다. 그것은 우리 무의식 가장 밑바닥에 있는 엄마와 아기의 행복한 공생 시절을 형상화하고 있었다. 모든 이들이 돌아가고 싶어하는 유토피아적 환상의 원형인 그곳, 우리 의존성의 뿌리가 박혀 있는 곳에 대한 이야기였다.

남자든 여자든 우리가 왜 그토록 의존적인가에 대한 여러 해석이 있다. 인간은 포유류 중 부모에게 의존하여 살아가는 시간이 가장 긴 동물이다. 성장기 내내 부모에게 잘 의존하는 법을 주요 생존법으로 익힌다. 어른이 되어서도 아기 시절 엄마와 함께 경험한 최초의 황홀한 공생 경험을 되살리고 싶어한다. 그 시기가 안정되지 못하고 행복하지 못했을수록 의존성이 깊어진다.

'굽은 소나무가 선산 지킨다'는 속담처럼, 사랑을 덜 받았다고 느끼는 자식은 심리적으로 부모를 떠나지 못한다. 늙어서까지 부모 곁을 서성이면서, 지극히 효도하면서, 그때라도 못 받은 사랑을 받

여자는 무엇을 원하는가.
그 질문도, 답도 여자에게 의존해야 하는
남자가 만들었을 것이다.

을 수 있을까 기대한다. 하지만 '제일 사랑해서 키운 자식은 불효자 된다'는 항간의 속설처럼, 사랑을 듬뿍 받고 자란 자식은 씩씩하게 부모를 떠나 자기만의 삶을 성취해나간다. 그런 이들은 엄마에게 못 받은 것을 아내에게 기대하면서 폭력적으로 굴지 않는다.

영국에서 활동한 인도 출신 정신분석가 마수드 칸은 이렇게 썼다.

"도스또옙스끼는 아내에게 천재로 대접받기를 원했지만, 실제로는 어린애처럼 어리광을 부렸다."

그러고는 이어서 이런 문장을 남겼다.

"참을성 있게 경의를 표하면서, 까다로운 비위를 기꺼이 맞추어줄 배우자가 있었으면 좋겠다."

린다 홉킨스가 쓴 마수드 칸의 평전 『거짓 자기』(False Self)에 나오는 구절이다. 스티브 비덜프의 『남성심리학자가 남자에게 말하는 남자의 생』에는 이런 대목이 있다.

가정 폭력을 낳는 근원적인 불만 사항들이 무엇인지 알고 나면 그저 놀랍기만 하다. 그런 불만들은 어린 '아기'나 품음직한 것들인 경우가 적지 않다. '그 여자는 내 밥을 제대로 챙겨주지 않았어요.' '그 여자는 집에 나만 혼자 남겨두고 친구들과 외출하고 싶어해요.' '그 여자는 다른 사내놈과 얘기했어요.' '그 여자는 친정 엄마를 만나러 가고 싶어해요.' 이런 남자들이 자신의 결혼생활에서, 혹은 전반적인 삶의 과정에서 얼마나 두려움을 느끼며 지냈을까 생각하면 참으로 딱하고 서글픈 생각을 금할 수 없다.

남자들은 이제 갈 곳이 없다고 느끼는 것 같다. 예전에는 아내도, 애첩도, 심지어 진짜 어머니까지 그들의 심리적 엄마 노릇을 해주며 원하는 것을 들어주었다. 하지만 요즈음은 돈 받고 그런 써비스를 제공하는 상업시설만이 남았다. 달라진 환경에 맞춰야 한다지만 서글프고 딱한 마음은 쉽게 진정되지 않을 것이다.

●●

여자는 무엇을 원하는가

휴일에 젊은이들이 많이 몰리는 도심 제과점에 앉아 있었다. 주변에 보이는 이들이 모두 이십대 청춘이었는데, 그들은 저마다 커피를 앞에 놓고 스마트폰이나 노트북을 들여다보고 있었다. 등 뒤에서 친구를 기다리며 이야기 나누는 두 청년의 말소리가 들려왔다. 갓 시작한 사회생활의 고충들이 주요 화제였다.

한 친구가 서울 근교 도시로 출장을 가야 해서 직속상관인 대리와 서울 외곽 어느 지하철역에서 다음 날 오전 아홉시에 만나기로 약속했다. 그날 그는 여자를 소개해준다는 동료에게 이끌려 술집에 갔고, 술자리는 새벽 다섯시에 끝났다. 이야기를 듣던 친구가 추임새를 넣었다.

"그러면 집에 안 들어갔어야지."

"그래도 샤워하고 옷 갈아입으러 갔지."

불행하게도 그는 깜빡 잠이 들었고, 전화벨 소리에 깨었을 때는 아침 아홉시였다. 대리는 총알같이 뛰어오라고 했지만 그는 이미 많이 늦었고, 경위서를 썼고, 그 문제에 대해 불평하고 있었다.

"뭐 그딴 문제로 경위서를 쓰라고 하냐."

그러면서 그는 다른 직장을 알아봐야겠다고 덧붙였다. 그 지점에서 나는 잠시 놀랐다. 자신이 무엇을 잘못했는지에 대한 성찰은 전혀 없고, 오히려 경위서를 쓰게 한 회사에 대해 불평하는 행위가 믿어지지 않았다. 하지만 그의 이야기는 곧바로 전날 만났던 여자에게 돌아갔다. 그녀에 대해 이렇게 저렇게 묘사한 후 결론을 맺었다.

"여자들, 맞춰주기 힘들어. 뭘 원하는지도 모르겠고."

그런 이야기를 나눈 후 두 청년은 잠시 말이 없었다. 그들의 침묵 속에서 나는 잠시 혼자 웃었다. 젊은 남자들이 여자와 데이트할 때 처하는 딜레마가 짐작되었다. 도대체 몸에 배어 있지 않은 기사도 행위를 하려니 어렵고 불편하기 짝이 없을 것이다. 몸에 배지 않았을 뿐 아니라 마음에도 없는 배려를 하려니 행동마다 서투르거나 실수가 뒤따를 것이다. 아마도 남자들은 그 일을 기꺼운 마음으로, 즐거이, 자발적으로 행한다는 이미지를 연출하기가 가장 어렵지 않을까 싶었다.

프로이트는 일찍이 「여자는 무엇을 원하는가」라는 논문을 발표했다. 그 논문에 의하면 여자가 사랑할 때 무의식적으로 원하는 가장 본질적인 것은 페니스(시기심의 대상이자 권력의 상징으로서)

라고 한다. 그럼에도 여자는 그 욕구를 충족시키기를 원치 않는다. 결핍된 상태에 머물러 있을 때에야 사랑받을 수 있다고 느끼기에 늘 자신의 결핍에만 초점을 맞춘다. 실제로 여자들이 털어놓는 불평은 대체로 무엇인가 결핍되어 있다는 내용이다. '아빠가 아무것도 해주지 않는다'거나 '남자 친구가 아무것도 해주지 않는다'고 말한다. 여자들은 자신이 결핍된 상태라는 사실을 만천하에 공개함으로써 관심을 끌려고 하는 무의식이 있다.

하지만 「여자는 무엇을 원하는가」라는 논문은 다시 생각해보면 프로이트조차 여자가 진짜 원하는 것이 무엇인지 알고 싶어했다는 의미가 된다. 사실 남자들은 여자가 무엇을 원하는지 분명하게 알 수 있다면 바로 그것을 제공하고 자기들이 원하는 것을 얻을 수 있을 거라 기대한다. 돈을 벌어다주고 맛있는 밥상과 안락한 잠자리를 얻고, 보석을 선물하고 섹스를 받는다. 일상의 많은 부분을 여자에게 의존하므로 절박하게 '여자는 무엇을 원하는가'를 알고 싶었을 것이다.

가끔 거리를 지나다가 꽃집에서 장미꽃을 사는 남자들을 목격하는 때가 있다. 그럴 때면 나도 모르게 걸음을 멈추고 그의 얼굴을 유심히 바라보게 된다. 한 청년은 손에 케이크 상자를 든 채 장미 꽃다발이 포장되기를 기다리고 있었는데 어딘가 민망해하는 기색이 역력했다. 그는 장미꽃 한아름의 값이 1만원이라고 하자 미묘한 표정을 지으며 피식 웃었다. 그의 웃음을 내 멋대로 해석하자면, '고작 그 정도밖에 안하는 꽃을 여자들은 왜 그토록 원하는 거지?'

라는 의미가 담긴 듯했다.

또 한 청년은 장미꽃을 이백송이나 사고 있었는데, 운반용으로 오십송이씩 묶여 있는 꽃다발 네개를 풀어놓고 그것을 다시 예쁘게 포장하기 위해 주인 부부가 머리를 맞대고 있었다. 그동안 성장을 한 청년은 허리를 꼿꼿이 펴고 경직된 표정으로 서 있었다. 그런 이들을 볼 때마다 나는 여자들의 신데렐라콤플렉스에 부응하고자 애쓰는 남자들이 안타깝다. 떠들썩하게 공주 취급을 받고 싶어하는 여자의 내면에 있는 결핍감도, 여자를 통해 돌아오는 사랑을 기대하는 남자의 욕구도, 그런 식으로는 충족되지 않을 것이기 때문이다.

여자는 무엇을 원하는가. 그 질문도, 답도 여자에게 의존해야 하는 남자가 만들었을 것이다. 예전에 일본 여성들은 이상적인 남자 조건으로 '3고'를 꼽았다고 한다. 고신장, 고수입, 고학력이었다. 최근에는 이상적인 남자 조건이 '3C'로 바뀌었다. 편안한(comfortable), 소통이 잘되는(communicative), 협력적인(cooperative) 남자라는 뜻이다.

1960년대에 등장한 페미니즘이 어느정도 자리 잡은 미국에서는 여성들이 매사에 동등하고 자립적이기를 바란다. 미국 여자들은 남자가 보호자 역할을 하려고 하면 불쾌감을 느끼며 자기를 통제하려 한다고 여긴다. 그녀들은 '남자에 의해 인생이 좌우되지 않는다'는 말을 삶의 중요한 모토로 삼는다. 하지만 유럽 여자들은 지금도 남자가 기사처럼 행동하면서 귀부인처럼 대접해주는 것을 원한다고 한다. 실내에 들어갈 때는 문을 열어주고, 식당에서는 의자를 빼주고, 코트를 벗으면 받아주는 것을 에티켓이라 여긴다.

짧은 기간에 급속히 변화한 우리 사회에서는 여자들이 원하는 것이 더욱 복잡해 보인다. 일본 여성이 요구하는 편안하고 잘 소통되는 남자, 유럽 여자들이 원하는 기사도 정신으로 무장한 남자, 미국 여자들이 원하는 동등하게 존중해주는 남자를 모두 원하는 것 같다. 어떤 여자는 '나를 재미있게 해주는 남자'를 이상형으로 꼽고, 어떤 여자는 명품 가방을 원한다. 그러니 한국 남자들의 입장은 더욱 딱하고 서글퍼 보인다.

여자의
웃음에 약한
남자들

삼십대 초반의 여성 화가가 작업에 편리한 환경을 찾아 서울 근교 농가 주택으로 이사했다. 싱글이었던 그녀는 집을 손보고 이사하는 과정에서 마을 이장과 만나 처리해야 하는 문제가 더러 있었다. 텃세가 심하다는 시골 마을에 적응해 살기 위해 자세를 낮추고 공손하게 처신하며, 미소 띤 얼굴로 사람들을 대했다.

그녀가 이사한 후 마을 이장이라는 중년 남자가 자주 그녀의 집을 방문했다. 주민등록 이전 문제부터 쓰레기 분리수거 문제, 의료보험과 지방세 납부 문제까지, 마음만 먹으면 만들어낼 수 있는 수만가지 일거리를 들고 매일 그녀를 찾아왔다. 물론 그녀는 매번 음료수를 대접하며 웃는 얼굴로 친절하게 이장을 대했다. 언제부터인가 이장은 점점 늦은 시각에 그녀를 찾아와 더 길게 머물다 가곤 했다. 남자에게, 연장자에게 거절하거나 그만 가시라고 말하는 것을 배우지 못한 그녀는 당황했고 불편함을 느끼기 시작했다.

어느날 밤, 이장이 취한 상태로 찾아와 할 얘기가 있다고 말했다. 그녀는 문밖에 서서 무슨 말씀인지 해보시라고 했고, 그는 집 안으로 들어가서 말하자고 했다. 그냥 여기서 말씀하시라고 해도 그는 막무가내로 현관문을 밀고 들어오려 했다. 그녀는 결국 문을 닫아걸었다. 그는 닫힌 문밖에서 한동안 소란을 피우다 돌아갔다. 이튿날 그녀는 간단한 짐을 꾸려 서울로 돌아왔고, 다른 이들에게 부탁해서 이삿짐을 옮겼다. 그토록 오래 구상하고 긴 준비를 거쳐 이주한 작업실이었지만 한달도 살지 못하고 철수해야 했다.

싱글 여성들이 모인 자리에서 저 이야기를 털어놓은 후 화가 여성은 그래도 도시가 안전하고 프라이버시가 보장된다는 장점은 있다고 결론지었다. 그러자 다른 여성이 꼭 그런 것만은 아니라면서 자기 이야기를 꺼냈다.

그녀는 프리랜서 작가였다. 직업 특성상 국내나 외국으로 여행하는 일이 잦았다. 그녀가 집을 비우는 동안 우편물을 관리하고 잡무를 처리하는 일을 아파트 경비실에 부탁해야 했다. 그런 일을 부탁할 때면 상냥하게 웃으면서 청을 넣었고, 여행에서 돌아올 때면 감사의 뜻을 담아 간단한 선물을 건네곤 했다.

어느날부터 경비실 근무자 중 한사람이 자주 그녀의 초인종을 누르기 시작했다. 등기우편물을 건네주거나 무슨 전달사항이 있다는 명분이었다. 그녀는 서서히 불편해지기 시작했다. 그가 근무하는 날이면 한번은 꼭 방문해서 벨을 누르는데, 우체부가 배달하는 우편물도 중간에서 받아서 직접 들고 왔고, 안내방송으로 다 들은 전달사항을 다시 전해주겠다면서 찾아왔다. 그녀가 현관문을 열면 그는 우선 거의 본능적으로 그녀의 몸을 위에서 아래로 훑어보았고, 그녀는 그 시선에서부터 화가 났다. 그래도 오래 살아야 하는 곳이라 참아 넘기곤 했다.

어느날 아침, 버릇처럼 베란다 창문을 여는데 그가 일층에서 그녀의 베란다를 올려다보고 있었다. 허공을 사이에 두고 그녀는 그와 시선이 마주쳤다. 그녀가 당황하는 사이, 서서히 고개 돌리는 그의 얼굴에 미소가 번졌다. 며칠 후 그가 벨을 누르고 등기우편물이라면서 내민 건강보험 청구서를 본 순간 그녀는 더이상 참을 수 없다고 판단했다. 관리실에 전화를 걸어 경비실 직원 때문에 느끼는 불편을 설명했다. 관리실 직원은 그녀의 말을 잘 알아듣지 못했다. 그녀가 "참고로 말씀드리면, 제가 씽글 여성입니다"라고 덧붙이자 그제야 상황을 이해한 듯 아아, 하고 말했다. 그러더니 이렇게 답변했다.

"그런 문제라면 특히 저희가 개입하거나 뭐라고 지시할 수 있는 상황이 아닙니다. 두분이 직접 이야기를 나눠보시죠."

관리실 직원은 그것을 그저 남녀 간의 사적인 문제로 치부하는 듯했다. 그런 상황에서 여성이 겪는 불편에 대해 공감이나 이해는 커녕 짐작조차 못하는 게 틀림없어 보였다. 그녀는 관리실 직원에게 다만 이렇게 부탁했다.

"직원들 조회시간 같은 때에, 혼자 사는 여성에게 지나치게 친절하게 대하지 말라고만 지시해주세요."

이야기를 듣던 일행은 폭소를 터뜨렸다. 그날 이후 그녀는 경비실 직원이 벨을 눌러도 문을 열지 않았고, 현관을 지날 때면 그를 투명인간처럼 대했다. 그러자 그는 서서히 그런 행동을 중단했고, 얼마 후 다른 동으로 근무지가 옮겨졌다.

진화심리학적으로 남자는 여자의 유혹에 약하게 진화되어왔다. 여자들은 생존을 보장해주는 한 남자와 안정된 관계 속에서 자녀를 양육하는 데 관심이 있다면, 남자는 되도록 많은 정자를 많은 곳에 뿌리는 일에 관심이 있다. 그러기 위해서 여자는 난자를 아껴두었다가 되도록 비싼 값에 교환하고 싶어하고, 남자는 작은 유혹에도 쉽게 넘어가도록 신체적, 정서적으로 진화되어왔다. 실제로 남자들은 여자가 조금만 친절하게 대하면 자기를 좋아한다고 착각한다. 자기를 향해 웃기만 해도 벌써 그녀를 상대로 성적 판타지를 펼쳐나간다.

"웨이트리스는 당신에게 마음이 있는 게 아니다."

이 문장은 미국 저널리스트 로저 로젠블랫의 『유쾌하게 나이 드는 법』(Rules for Aging)에 소개된 오십여가지 삶의 지침 중 하나이다. 저 표제를 만났을 때 의아했던 점은, 그것이 표나게 내세울 만큼 보편적인 남자들의 행태일까 하는 것이었다. 실제로 저 제목 밑으로는 남자들이 웨이트리스가 웃기만 해도 자기를 좋아한다고 착각하여, 주문을 받은 후 멀어지는 그녀의 뒷모습을 바라보며 그녀와 사랑의 도피행을 꿈꾼다는 내용이 적혀 있었다. 실제로 까페나 식당에 가면 남자 손님들은 주문받으러 온 여종업원의 낯빛을 유심히 바라보는 것을 목격할 수 있다.

남자들이 그토록 유혹에 약한 이유는 그들이 치명적 나르시시스트이기 때문이다. 남자의 나르시시즘은 그들이 사회적으로 여자보다 더 큰 권력을 가진 첫번째 성이라는 점과 관련이 있다. 어떤 남자도 우리 사회의 두번째 성인 여자보다는 우월하다고 느낀다. 여성 나르시시스트 중에는 자신이 두번째 성이라는 사실을 받아들이지 못하는 이들이 있다. 마찬가지로 남성 나르시시스트들은 자신들이 첫번째 성이라는 사실에 대해 지나친 우월감과 자부심을 느낀다. 그런 이들은 세상의 모든 여자들이 자기를 찬양하고 특별하게 대해주어야 한다는 마음을 품고 있는 것 같다.

●●

남자를 유혹하는 쉬운 방법

이십대 후반 시절, 동년배 여성들이 모인 자리에서 한 선배가 연애 특강을 펼친 적이 있었다. 그녀는 마음을 드는 남자를 유혹하는 기제로 '세번의 시선'을 언급했다. 마음에 드는 남자가 있으면 멀리서 그를 가만히 바라본다. 그쪽에서 이상한 느낌을 감지하고 어김없이 이쪽으로 고개 돌릴 것이다. 그때 수줍은 듯 그의 시선을 피해 고개 숙인다. 잠시 후 다시 그를 바라보며 아까와 같은 행동을 반복한다. 그렇게 세차례만 남자의 시선을 끌어당기면 그가 다가와 말을 건넬 것이다.

학습 내용을 실습해보지는 않았지만 그 이야기가 인상적이었던 것은 그 정도 싸인만으로도 남자의 마음을 쉽게 움직일 수 있다는 사실이었다. 나중에야 그녀가 욕망하는 시선에 대해 직관적으로 알고 있었고 그것을 실생활에 응용하고 있었구나 싶었다. 그것이 시선의 문제가 아니라 시선에 끌려오는 남자들의 나르시시즘의 문제라는 것은 그보다 조금 나중에 이해할 수 있었다.

최근에는 삼십대 초반 여성들이 같은 주제로 이야기하는 자리에 끼여 앉게 되었다. 일행 중 비교적 자유롭게 남성과 만나는 여성에게 질문이 쏟아졌고, 그녀는 자기 경험을 토대로 남자 마음 훔치는 비법을 친구들에게 공개했다.

"마음에 드는 남자가 있으면 무슨 이유를 대든지 차나 밥 먹는 자리를 마련해. 일단 남자랑 마주 앉으면 그 사람이 세상에서 가장 멋지고 최고라는 느낌이 들게 대해줘."

다른 친구들은 그 표현이 추상적이라면서 쉽게, 구체적으로 설명해줄 것을 부탁했다. 그녀는 잠시 생각하더니 이렇게 대답했다.

"아, 방청객 마인드!"

방청객이 스타를 대하는 것과 같은 리액션을 하면 된다는 것이었다. 눈도 깜빡이지 않은 채 상대를 주시하고, 얼굴에 웃음을 띤 채 유심히 경청하고, 동의한다는 표시로 고개 끄덕여주고, 농담이 재미없더라도 손뼉 치며 크게 웃어주고 등등. 그녀의 설명에 친구들은 그야말로 방청객 마인드를 실습하듯 큰 소리로 손뼉 치며 웃었다. 그런 다음 김빠진 목소리로 한두마디씩 의견을 보탰다.

"그렇게까지 하면서 남자를 사귀어야 하는 거니?"

"언제까지 남자를 스타의 자리에 앉혀두어야 하는 건데?"

소설을 읽다보면 남자 주인공이 자기가 사랑하는 여자에 대해 이렇게 묘사하는 구절을 자주 만난다. "그녀는 나의 말을 재미있게 들어주었다." 혹은 "그녀는 나의 어설픈 농담에도 잘 웃어주었다." 어렸을 때는 저런 대목을 읽을 때마다 남자들은 그렇게 웃음이 헤픈 여자가 왜 사랑스러울까 싶었다.

데이비드 웩슬러의 『내 남자를 위한 관계의 심리학』에는 이런 대목이 있다.

남자들이 여자들에게 기대하는 사랑의 표정은 남성 심리에 가장 효과를 발휘하는 것 중 하나다. 남자들은 이 사랑의 표정을 갈망한다. 이 표정은 남자들이 자신을 소중하고, 가치있으며, 명예롭고, 필요한 존재이며, 스마트하고, 또한 섹시하다고 인식하게 하는 강력한 거울 역할을 한다.

남자들이 그토록 떠받들어주기를 원하는 이유도 그들의 나르시시즘과 관련 있다. 남자들은 자기가 우월하다는 인식이 있어야만 힘이 난다. 특히 우리나라 남자들의 나르시시즘은 남아 선호 문화와도 관계가 깊다. 태어나면서부터 특별 대접을 받으며 양육되는 남자아이들은 자기가 특별하다는 인식이 정체성의 핵심 요소가 된다. 장남이거나 외아들이면 그런 인식이 더욱 강화되고, 학창 시절 공부 잘해서 좋은 대학을 나왔다면 나르시시즘이 콘크리트처럼 굳건해진다. 사회적 성취까지 이룬다면 나르시시즘은 구제불능 수준에 이르러, 세상 모든 이들이 자기를 위해, 자기를 돕거나 사랑하기 위해 존재한다고 믿는다. 아니, 세상이 자신을 중심으로 돌아가야 한다고 믿는다. 물론 과장된 수사법이다.

좀 전에 말했던 후배 여성들은 그 자리에서 '남자들이 원하는 것 베스트 7'을 선정했다. 남자와 데이트할 때 이런 요소만 충족시켜주면 백전백승이라는 것이었다. 이해하고 공감해주는 것, 인정하고 지지해주는 것, 위로하고 격려해주는 것, 존중하고 공경하는 것, 감탄하고 찬탄하는 것, 그의 제안에 묵묵히 따르는 것, 그가 주는 것에 진심으로 감사하는 것. 저런 내용들을 정리하면서 그녀들은 자신들이 남자들에게 바로 그것을 원한다는 사실을 알아차렸다. 남자들이 그녀들에 대해 그랬던 것처럼, 그녀들 역시 남자에게 터무니없는 것을 기대해왔고, 말도 안되는 욕구가 충족되지 않았다고 불평, 분노했음을 깨달았다.

남자들이
그토록 떠받들어주기를 원하는 이유도
그들의 나르시시즘과 관련 있다.
남자들은
자기가 우월하다는 인식이 있어야만
힘이 난다.

문제를 인정하지 않는 남자들

　　　　　　　　　한 정신과 의사가 사석에서 이런 이야기를 들려주었다.

"남자들은 단 두가지 이유 때문에 정신과 병원을 방문합니다. 발기불능일 때와 정신과 치료를 받지 않기 위해서."

그 말을 들을 때 주변에 있던 사람들과 함께 웃었지만, 웃음 뒤끝에 미진함이 남았다. 실제로 정신분석 책을 읽다보면 남자들이 위기를 느끼며 정신과를 찾는 것은 섹스 문제가 순조롭게 해결되지 않을 때라는 것을 알게 된다. 그들은 다만 섹스가 잘되지 않을 뿐이지 자신들의 마음에 문제가 있다고는 생각하지 않는다.

실제로 책에서 읽었던 사례 한가지가 기억난다. 한 남자가 자주 화가 나고, 삶에서 어딘가 손해 보는 듯하고, 어떤 일을 해도 활기가 없고, 자기도 모르게 말과 행동이 거칠어졌다. 그래도 자신의 변화를 알아차리지 못했다. 아내가 그에게 왜 그렇게 자주 짜증 내고 냉소적인 말투를 하느냐고 물으면 "내가 언제 화를 냈다고 그래!" 하고 크고 강한 목소리로 되물었다. 그 공격적인 말투가 분노라는 것을 상상도 못하는 듯했다. 아내가 간곡하게 정신과 상담을 받아보라고 할 때도 그는 자신에게 아무 문제가 없다는 사실을 확인하기 위해 그 말에 동의했다.

"거봐, 의사도 내가 정상이라고 하잖아."

그는 아내와 주변 사람들에게 그 사실을 명백히 인식시키기 위해 정신과 병원을 찾았다. 수십 문항의 심리검사를 하고 자기에게 문제가 있다는 결과가 나와도 그는 동의하지 않았다. 뭔가 잘못되었을 거라 여기며 다른 의사를 찾아가 다시 심리검사를 받았다. 세군데에서 똑같은 결과가 나온 다음에도 그는 정신과 치료를 받기보다는 운동을 더 열심히 하는 쪽을 택했다.

심리치료와 관련된 글을 읽다보면 남자들은 자기에게 심리적 문제가 있다고 상상할 수조차 없어한다는 대목을 자주 만난다. 그저 성기관이 뜻대로 작동하지 않거나 정력이 떨어진 것이 문제라고 말할 뿐이다. 성기관이 남자들의 모든 감정, 욕구, 정서의 배출 창구여서 그것에 오류가 생긴다는 것은 이미 마음에 문제가 있다는 것이라고 말한다면 무슨 그런 말도 안되는 얘기를 하느냐며 무시할 게 뻔하다. 무슨 일이든 외부에 문제가 있다고 여기는 습관에 따라 아내에게 매력을 느끼지 못하기 때문이라는 핑계를 댈 것이다. 다른 여자를 만나면 모든 문제가 해결될 것이라 믿으면서 젊은 섹스 파트너를 찾아 나선다.

남자들이 심리치료를 받지 않으려는 이유는 우선 자기 내면을 보기 두려워서일 것이다. 그러나 그것보다 더 깊은 곳에 있는 치명적인 이유는 자신이 잘못되었을 리가 없다고 믿기 때문이다. 남자는 언제 어디서나 늘, 반드시, 기필코 자신이 옳다고 믿는다. 자신이 옳고 정당하다고 믿는 남자들의 나르시시즘은 인류의 역사와 뿌리를 같이한다. 그들은 에덴동산에서 원죄를 범할 때도 사악한 이브의 유혹에 넘어갔을 뿐 자기에게는 아무 잘못이 없다고 주장했다.

남자의 심리를 주제로 다루는 책을 읽을 때 자주 의문에 빠졌던 대목이 있다. 왜 남자들은 항상 '배 째라!'는 식인가 하는 것이었다. '남자는 원래 그런 종족이다'라는 식의 내용들을 나열해두고 그것으로 끝이었다. 이를테면 이런 거였다.

"남자는 원래 자기보다 강한 여자를 싫어하니, 남자를 떠나보내지 않으려면 그 앞에서 힘을 자랑하지 말라."

"남자는 원래 철이 안 드는 종족이니 영원히 아들 보살피듯 그들을 보살펴라."

"당신의 남편 혹은 남자 친구는 당신 인생에서 넘버원으로 존재하고 싶어한다. 이 사실을 명심하라."

"남자가 혼자 간직하고 싶어하는 것이 있다면 어떤 경우에도 그 부분을 집요하게 건드려서는 안된다."

내가 느끼기에 저 말투는 중세 영주가 집안 노비들에게 내리는 지침처럼 들린다. 사실 오래도록 남자는 저런 지위에서 거기에 맞는 대접을 받으며 살아왔고, 그것을 당연한 것으로 여겼을 것이다. 그들은 언제나 옳고 선하고 우월하다는 입장을 고수해왔고, 그들에게 맞추어야만 살 수 있었던 여자들은 그런 감정을 부추기고 강화시켰을 것이다.

프로이트 시대부터 정신과 병원 고객이 대체로 여성인 까닭은 여자들이 더 많은 문제를 가지고 있기 때문이 아니다. 상대적으로 여성들이 더 많은 불편을 느꼈기 때문이고, 더이상 그 불편을 감수하기 힘들었기 때문이었을 것이다. 그렇다고 해서 문제를 외부로 투사하는 남자들의 내면이 편안하고 고요한가 하면 그것은 아니다. 그들은 마음속에서 무수히 자기를 비판하고, 자기를 채찍질하고, 혼란과 파괴적 감정들을 경험하고 있다. 그런 것들이 내면 가득 고여 있기 때문에 밖으로 쏟아낼 수밖에 없는 것이다.

"대단히 사려 깊고 용기 있는 남자만이 자기에게 문제가 있다고 생각한다."

저 문장은 쓸쓸하다. 여자로서, 우리가 어울려 사는 대부분의 남자들이 저렇다는 사실은 위험스럽기까지 하다. 그럼에도 저 문장은 명백히 진실일 것이다. 나 역시 생을 통틀어 자기 내면을 토로하면서 자기에게 문제가 있다고 말하는 남자를 단 한명도 만난 적이 없다.

세대를 넘어
흘러가는
용암

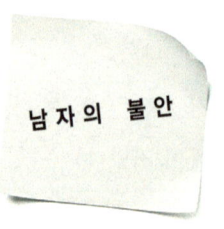

돌아가신 내 아버지는 고등학교 과학 선생님이셨다. 아버지는 성장기의 자녀에게 시계나 라디오를 분해해서 보여주셨고, 과학실의 현미경 사용법을 알려주셨고, 일상에서 활용할 수 있는 각종 과학 지식을 전수해주셨다. 그런 지식을 말씀하실 때 아버지는 자신감 있었고, 자신감에서 비롯된 자애로움이 넘쳤다.

초등학교 5학년 때, 아버지와 함께 친척 집을 방문할 일이 있었다. 아버지는 친척 집으로 가는 차 안에서, 과학 지식을 전수해주시는 것과 같은 말투로 이렇게 말씀하셨다.

"친척 아주머니에게 할 말이 있으면 서랍 같은 것을 열었다 닫거

라. 그러면 아주머니가 돌아보실 거고, 그때 네가 하고 싶은 이야기를 하면 된다.”

아버지가 들려주신 대화의 기술은 열두살짜리가 듣기에도 어딘가 이상했다. 아주머니에게 할 말이 있으면 그냥 아주머니에게 가서 말하면 되지, 왜 서랍을 열었다 닫아야 한다는 걸까. 하지만 이상하다는 느낌만 있을 뿐, 꼭 집어서 무엇이 이상한지 알 수 없었고, 이내 그 일을 잊어버렸다.

많은 시간이 지난 후 인간의 마음에 대해 이해하기 시작했을 때 까마득히 잊고 있었던 아버지의 그 말이 떠올랐다. 그 말이 이상하다고 느꼈던 이유에도 접근할 수 있었다. 동시에 이상화된 아버지 이미지가 깨어지면서 인식에 큰 전환이 일어났다. 아버지가 사회적으로 기능하는 면을 제외한 한 인간으로서 내면이 연약하고 소심한 사람이었겠구나 싶었다. 그때 처음으로 아버지의 생을 짚어보았을 것이다. 1928년생인 아버지는 식민지시대, 한국전쟁, 전후의 불안과 가난의 시기를 살아냈다. 내게 이상한 생존법을 전수해주시던 1971년에도 아버지는 그다지 행복해 보이지 않으셨다.

그 지점에서야 나는 비로소 아버지를 제대로 이해하게 된 것 같았다. 아버지는 마음 깊은 곳에서 타인과 소통하기 어려워하는 사람, 자기 욕구를 표현하기 힘들어하는 사람이었다. 그 사실을 깨달았을 때 아버지의 생이 얼마나 고통스러웠을까 짚어볼 수 있었고, 왜 그토록 술에 의존했는지 짐작할 수 있었다.

하지만 알고 보니 그것은 비단 내 아버지만의 문제가 아니었다.

아버지 세대의 모든 이들이 비슷한 시대를 살아오면서 공통적으로 비슷한 내면을 지니고 있었다.

아버지는 〔일기장〕 첫 페이지부터 외롭다고 말하고 있었어요. 아니, 페이지마다 '외롭다'는 단어가 축축이 젖어 있었습니다. 어떤 때는 울먹이고 있었고 어떤 때는 무서워서 혼자 이불을 뒤집어쓰고 있다고 했습니다. 슬프다고…… 마음이 훤하게 비었다고도 했습니다.

이게 무슨 일입니까. 왜 아버지는 그동안 우리에게 이중적인 모습을 보여주지 않았을까요? 아버지도 울 수 있는 한사람의 인간이라는 것을. 아버지도 무언가 부족하고, 무섬을 타며, 울고 싶은 한사람이라는 것을 한번도 보여준 적이 없습니다. 아버지는 홀로 울어야 했고, 가슴에 상처가 있다는 것을 우리에게 한번도 보여준 적이 없었습니다. 아버지는 그 일기장에 '사람에게는 왜 날개가 없나. 날개가 있다면 멀리멀리 날아가고 싶다'고 말하고 있었습니다. 아버지는 왜, 무엇 때문에, 그렇게 외롭고 아프고 허전하고 무서웠을까요?

신달자 선생님의 에세이 『미안해 고마워 사랑해』의 한 대목이다. 선생님은 이 글 바로 앞 대목에서 아버지가 원하는 모든 것을 가졌던 분이라고 서술하고 있다. 돈도 많고 건강하고 잘생기고 멋있었다. 공장 일꾼들은 늘 아버지에게 복종했고, 안주머니에는 돈이 가득 있어서 언제든 척척 돈을 꺼내 주셨다. 딸은 아버지를 세상에서 가장 멋지고 강한 남자라고 이상화해두고 아버지 같은 남자와 결혼하겠다는 꿈을 품고 있었다. 그러다가 슬픔과 고통이 가득한 아버지의 일기장을 보고 충격 받았다.

"아버지가 그렇게 약한 남자라는 것은 너무나 두려운 일이었습니다. 아버지는 늘 큰소리치고, 당당했으며 적군이라도 쳐부술 남자였으니까요."

저 대목을 읽으면서 내 아버지가 일기를 쓰셨다면 아마도 저런 내용이 아니었을까 생각했다. 내 아버지는 신달자 선생님 아버님처럼 겉으로 큰소리치지도 않으셨다. 가끔 술에 취해 큰 소리로 노래 부를 때를 제외하고 아버지가 우리에게 고함친 기억도 없는 것을 보면 아버지는 겉으로도 그렇게 강한 척한 적은 없는 것 같다.

헤르만 에만의 『남자를 두렵게 하는 것들』(Männerängste)은 남자가 느끼는 두려움에 대해 고찰한 책이다. 독일 전역에서 실시한 광범위한 현장조사와 방대한 연구를 기반으로 했다. 그는 남자들의 두려움이 한결 세밀하고 훨씬 강력하다고 말한다. 그 책 서문에는 이런 대목이 있다.

21세기에 접어든 오늘날까지 현대 남성들이 정말로 두려워하는 것이 무엇인지에 관한 경험적인 연구는 전무한 실정이다. 그리 놀라운 일은 아니다. 심리학은 남성들이 압도적인 우위를 점하고 있는 고상한 학문이기 때문이다. 이런 마당에 동족인 남성들을 학문적으로 까발려서 웃음거리로 만들고 싶어할 학자가 어디 있겠는가?

"아버지가
그렇게 약한 남자라는 것은
너무나 두려운 일이었습니다.
아버지는 늘 큰소리치고,
당당했으며
적군이라도 쳐부술
남자였으니까요."

그런 다음 저자는 책 한권에 걸쳐 사정없이 남자들의 두려움을 파헤친다. 남자답지 못한 게 아닐까 하는 두려움, 성적 능력과 성적 정체성에 대한 두려움, 여성과의 관계에서 느끼는 두려움, 버림받는 것에 대한 두려움, 권위에 복종하면서 자기를 상실할지도 모른다는 두려움, 질병과 노화에 대한 두려움, 신과 악마에 대한 두려움 등등. 그는 남자들이 이 책 때문에 웃음거리가 되어서는 안된다고 덧붙인다. 그 역시 동료 남성의 저항이 염려되었던 모양이다.

위와 같이 남자들이 일반적으로 느끼는 불안 외에도 우리 사회에만 만연한 특별한 두려움이 있다. 1930년대 한국문학을 통해 여성의 삶을 연구하는 문학평론가에게서 들은 이야기로는, 식민지 시대 남편 살해율이 세계 최고였다는 기록이 있다고 한다. 그 말을 들었을 때 처음 든 생각은, 그렇다면 남편들이 아내에게 가한 폭력은 그것을 훨씬 능가했을 거라는 점이었다. 아내가 남편을 살해한 것은 남편의 폭력을 참고 참다가, 혹은 자식을 지키기 위해 마지막으로 선택한 방법이었을 것이다.

그것은 또한 식민지 사회에서 남자들이 느꼈을 불안, 분노, 좌절감 등이 극단까지 차올라 있었다는 반증이기도 하다. 남자들은 스스로도 어떻게 해볼 수 없는 그런 감정들을 수시로 아내를 향해 표출했을 것이다. 식민지와 전쟁 경험이 우리 국민의 정서에 어떤 영향을 미쳤는지 밝힌 글을 본 적은 없다. 하지만 우리 사회를 보고 있으면 그때 화산처럼 폭발한 불안과 분노의 감정이 흘러내려 지금도 용암처럼 범람하고 있는 게 아닌가 싶어진다.

지금 60세 이상의 연배인 이들은 대체로 전쟁 전후에 태어났거나 유년기를 보낸 이들이다. 그들에게서 가끔 목격하는 특별한 현상이 있다. 풍부한 재능을 가지고도 빨리 생이 지나가기만을 바라는 듯 지내는 사람, 사회적으로 더 큰 역할을 할 수 있을 텐데 술만 마시는 사람들이 있다. 후배들에게 어른 노릇을 해야 할 나이인데도 이기적 욕심에 갇혀 있는 사람, 죽을 때까지 안락하게 살 수 있는 재산을 두고서도 걸인에게 동전 한닢 인색한 사람도 있다.

그런 이들은 성격이 형성되는 유년기에 사회적 불안도 함께 성격의 일부로 받아들인 것처럼 보인다. 전철에 앉아 피곤한 기색으로 졸고 있는 청년의 다리를 발끝으로 툭툭 차면서 일어나 자리를 양보하라고 강요하는 노인을 볼 때, 이제는 그들을 이해할 것 같다. 그들은 불행한 시대를 살아내느라 타인에 대한 배려나 이해, 관대함이 없다는 것을. 내면에는 다양한 형태의 불안, 분노, 결핍감만 가득하리라는 것을.

●●

불안의 대물림

한 친구가 있었다. 대학 시절 그는 그리스 조각상처럼 아름다운 청년이었다. 외모뿐 아니라 문학적 재능, 이미 이뤄낸 성취까지 동급생 중에서 눈에 띄게 빼어났다.

성품도 선하고 온화했다. 늘 웃음 띤 얼굴을 한 채 누구에게도 큰 소리를 내지 않았고 갈등을 빚지 않았다. 가끔 냉소적인 말투를 사용한 적은 있었지만 그것은 세상을 날카롭게 바라보는 지성의 산물로 보였다.

그의 미래는 대리석 위에 카펫이 깔린 길처럼 엄연하고 명백해 보였다. 그에게서 사회적 성공, 아름다운 아내, 행복한 가정이라는 빛나는 미래 이외의 삶은 예측하기 어려웠다. 대학 졸업 후 그러나 그는 예상과 다른 길을 가기 시작했다. 술을 많이 마셨고, 회사를 거듭 옮겼고, 재능을 스스로 파괴해갔다. 결혼 후에도 가장으로서의 책임을 이행하지 않았고, 그를 대신해 가정을 이끄는 아내가 그를 참아주고 있는 동안에도 아내를 원망했다. 과음으로 몸이 망가져 수술한 후에도 습관화된 자기파괴 행위를 멈추지 않았다. 병원으로 문병 갈 때면 그가 왜 자기 삶을 그토록 어둡고 후미진 곳으로 몰고 가는지 이해하지 못해 답답했다.

그가 자신을 모조리 파괴하고 이른 나이에 세상을 버린 후에야 그에게 전쟁 때 단신으로 월남한 아버지가 있었다는 사실을 알았다. 그의 아버지는 불안하여 사랑에 인색하고, 분노 때문에 자녀에게 냉담하고, 자신의 절망감을 투사하여 아들을 무기력하게 만들었던 듯하다. 물론 내 친구가 아까워서 해본 가정일 뿐이다. 그래도 아버지 정체를 알고 난 후에야 친구를 많이 이해할 수 있었다.

전쟁 세대 부모를 둔 자녀들은 지금 대체로 삼십대에서 사십대 사이에 걸쳐 있다. 함께 독서 모임을 하는 여성 중에는 전쟁 세대

부모를 둔 이들이 유독 많다. 그들을 통해 전해듣는 전쟁 세대 부모의 부적절한 양육 방식은 종류가 다양하다. 그중 물리적인 폭력이 단연 으뜸이다. 몽둥이나 주먹으로 때리는 행위뿐 아니라 겨울밤에 아이를 발가벗겨 내쫓는 경우도 있다. 돈을 감추어두고 자녀에게 학비를 대주지 않은 인색한 아버지, 늙어 의지할 장남만 소중히 여기고 나머지 자식들은 '찌끄러기'라 부르며 박해한 아버지도 있다.

그 아버지들은 내면의 불안과 접촉하지도, 인식하지도 않은 채 그것을 모두 자식에게 쏟아낸다. 그들은 자기가 자식들에게 무엇을 건네주고 있는지 모른다. 그들도 받은 게 없기 때문에 자녀를 어떻게 사랑해야 하는지 모르고, 고통 속에서 방황하는 자녀에게 어떻게 위로의 손길을 건네야 하는지 모른다. 그들 세대가 지금 무력감과 우울증으로 고생하는 삼십대, 사십대를 만들었고, 그들의 자녀가 지금 등교를 거부하는 15만 청소년이 되어 있다.

청소년 자살률 세계 1위, 청년실업 100만이라는 현실은 아직 세상을 제대로 살아보지도 않은 그 젊은이들의 잘못이 아니다. 그들을 불안하고 자기파괴적으로 만든 부모의 문제이며, 그 해결의 열쇠 역시 부모의 태도 변화에 달려 있다. 텔레비전에서 부모의 양육 방식과 자녀의 심리 형성에 대해 설명해주는 텔레비전 프로그램을 본 후 한 어머니는 딸에게 이렇게 말했다고 한다.

"우리 때는 몰라서 그랬다. 미안하다. 너희는 이제 알았으니 너희 자식들은 잘 키우도록 해라."

그 말을 전하는 딸은 눈물을 보였다. 하지만 아버지들의 태도는 좀 달랐다.

"이제 와서 다 지난 얘기 끄집어내서 어쩌자는 거냐? 그런다고 뭐가 달라지냐?" 또 어떤 아버지는 이렇게 말한다. "고생고생해서 키워놨더니, 이제 별 이상한 소리를 다 한다." "왜 우리나라만 심리에 대해 어쩌고저쩌고 말이 많냐? 다른 나라는 그런 얘기가 없지 않냐?" 그런 아버지들은 여전히 불안해서 자신의 문제를 인식하지도 못하고, 자기 행위에 대해 책임질 줄도 모른다.

● ●

폭력이 자살을 낳는다

아버지는 그지없이 다정하고 좋은 분이셨습니다. 그는 내게 세상의 전부였어요. 그래서 그를 기쁘게 하는 것이 내게는 가장 중요한 일이었죠. 어렸을 땐 자다가 한밤중에 깨어나 '아버지가 돌아가시면 난 살 수가 없어' 하면서 공포에 떨었던 기억이 있습니다. 그런데 지금 그 아버지가 돌아가시려 하고 있습니다. 나는 어떤 일에도 집중할 수가 없습니다. 이제 어떻게 해야 하나요? 스스로도 한심합니다. 서른네살이고, 꽤 능력 있고, 사람들도 좋아하고, 훌륭한 시민인데 말입니다.

아버지는 복합적이었죠. 그는 매우 비판적이고 까다로운 분이었어요. 그는 감정을 다스릴 줄 모르고 '나는 알고 싶지 않다'는 폐쇄적 태도를 취했습니다. 그는 사람들을 별로 좋아하지 않았습니다.

이 세상 사람들이 다 개자식들이라고 생각하죠. 아버지는 늘 '가족 이외에는 아무도 필요 없어!'라고 말합니다. 저도 그렇게 살아왔죠. 이제 그는 죽어가고 있고 내게는 아버지 말고는 아무도 없습니다.

다른 사람과 관계를 맺게 되면, 예를 들어 여자를 사귀면, 내가 얼마나 불안정한 사람인지 그녀가 알지 못하도록 하는 데 온 힘을 쏟습니다. 겉으로는 사내다워 보이겠지만 내면에서는 전혀 그렇게 느낄 수 없습니다. 늘 두려워요. 나를 지탱해주는 것은 오직 부모님께 달려가 기분 좋은 척하면서 사랑과 애정을 얻는 것입니다. 이런 내 모습을 바꾸고 싶지 않은 거죠.

데이비드 웩슬러의 『내 남자를 위한 관계의 심리학』에 나오는 사례이다. 저자는 이 인물이 감수성 예민하고 사려 깊은 좋은 남자임이 틀림없지만, 진정으로 성장하지 못한 전형적인 상태라고 말한다. 그는 불안한 아버지가 자신을 필요로 한다는 점을 알고 있었기에 생활 전부를 아버지에 대한 애착을 지속하는 데 바쳤다. 아버지에게 여자 친구의 존재도 숨길 정도였다. 자기만의 애착관계를 가지면 아버지가 상심하고 분노할까봐 전전긍긍하면서 자기만의 삶을 만들어나가는 데 실패했다. 불안하고 가학적인 아버지가 어떻게 자식을 어른이 되지 못하도록 하는가를 잘 보여주는 사례이다.

거세불안을 넘어서지 못한 남자들은 권위자를 대하는 데 어려움을 느낀다. 상사가 말만 걸어와도 긴장하고, 상사에게 보고할 사안이 있어 그에게 다가갈 때도 두려움을 느낀다. 그런 남자들의 내면에는 가학적이고 난폭한 아버지 이미지가 생생하게 살아 있다. 희화적으로 과장해서 표현하면, 남자들은 그런 일들 앞에서 '고추가 떨어질지도 모르는' 불안을 느끼는 것이다. 아이들이 분리불안을 넘어서게 하기 위해 숨바꼭질 놀이가 고안되었다면, 거세불안을 넘어서게 하기 위해 예전에 할머니들은 그렇게도 사내아이만 보면 '고추 따먹자'고 덤볐던 것 같다. 후루룩 쩝쩝 맛나게도 고추를 따먹던 할머니들을 떠올리면 그 앞에 서 있던 꼬마들의 마음이 어땠을까 짐작해보게 된다.

자살에 대해 이십년 동안 연구한 미국의 한 심리학자는 자살하는 사람들은 세가지 요소가 일치할 때 자살을 감행한다는 연구 결과를 발표했다. 공동체에 대한 소속감 결여, 주변 사람에 대한 부채감, 폭력에 대한 내성. 세 조건 중 한가지만 충족되지 않아도 자살까지는 가지 않는다고 한다.

그제야 이해되는 사실이 하나 있었다. 이십대 내내 나는 자살 충동을 주머니 속 동전처럼 만지작거리며 살았다. 그러나 구체적으로 그 행위를 생각해보면 잔인하고 끔찍해서 나 자신에게 그런 행위를 할 엄두가 나지 않았다. 그때는 '나는 비겁해서 자살도 못하는구나' 생각하며 거듭 절망했다. 하지만 위 연구 결과를 접하고서야 진짜 이유를 알게 되었다. 나는 성장기에 양육자들로부터 폭력을 경험한 일이 없었다. 폭력에 대한 내성이 전혀 없어서 그런 행위를 상상하는 것만으로도 겁먹곤 했다. 절망 속에서도 나를 파괴하지 않았던 이유가 거기 있었다.

요즈음 우리 청소년들의 자살률이 높다고 한다. 그것은 어디선가 불안하고 폭력적인 부모 세대가 자녀들에게 폭력을 행사하고 있다는 뜻이 틀림없을 것이다. 아버지가 아들을 패면 그 아들은 돌아서서 동생을 패거나 밖에 나가서 후배들을 팬다. 그것도 하지 못하는 아이는 자기 자신을 죽인다. 육체에 폭력의 경험이 전혀 없다면 그 어린 청소년들이 자기 몸에 대해 그토록 가혹한 행위를 하지 않을 것이다.

짧은 소견이지만, 우리 청소년 문제를 해결하는 단 하나의 황금 열쇠가 있다면 그것은 부모 세대가 먼저 달라지는 것이다. 부모 세대가 자신의 불안, 분노를 더이상 자녀에게 집어던지지 않는 일이다. 자녀를 끌고 가서 상담실에 밀어넣을 게 아니라 부모가 먼저 상담실을 방문해서 자기 내면의 불안과 분노를 알아차려야 할 것이다.

남자는
두려운 대상을
비난한다

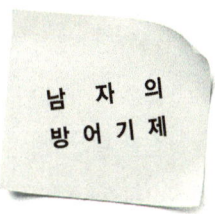

『외면일기』(*Journal Extime*)는
프랑스 작가 미셸 뚜르니에의 산문집이다. 작가는 오랜 기간 시골
마을에 살면서 여기저기를 오가고, 변화하는 하늘의 모습을 눈여겨
관찰하고, 남의 집을 방문하거나 손님을 맞이하면서 메모, 삽화 등
을 기록해두었다가 책으로 출간했다. 그 책의 서문에는 이런 대목
이 있다.

밖에서 마주친 사물들, 동물들, 사람들이 내게는 나 자신을 비추
는 거울보다 항상 더 흥미롭게 느껴졌다. '너 자신을 알라'고 한 소
크라테스의 저 유명한 말이 내게는 아무런 의미도 없는 명령으로

만 느껴졌다. 나는 나의 창문을 열고 문밖으로 나설 때 비로소 영감을 얻는다. 현실은 나의 상상력의 밑천을 훨씬 상회하는 것이어서 끊임없이 내게 경이와 찬미를 자아낸다.

이 글을 읽으면서 혼자 슬그머니 웃었다. 자기 내면을 보지 않으려 하는 남자들의 속성을 저토록 극명하게 표현한 문장을 만나다니, 미셸 뚜르니에의 표현대로 경이와 찬미가 나오려 했다.

남자들은 자기 내면의 불안과 맞닥뜨리지 않기 위해 감정 전체를 콘크리트로 밀봉해놓고 지낸다. 감정을 드러내지 않을수록 성숙한 사회인이라 생각한다. 어쩌다 감정을 표현하면 그것을 나약함이라 인식하거나 심지어 패배감으로 느끼기도 한다. 미셸 뚜르니에의 책 서문에도 감정을 표현하는 일을 '징징거리는 행위'라고 서술하고 있다.

'외면일기'라는 제목을 붙였지만 그 책에는 실수처럼 내면 묘사가 많이 들어 있다. 심지어 미국에서 여행 온 조카들을 빠리로 데려가 음식을 사주면서 이런 말을 하는 대목이 있다.

"애들아, 뚜르니에 집안의 모든 사람들은 뇌에 종양이 있다는 것을 알아둬라. 너희들도 뚜르니에 집안이니 너희들 역시 미치광이들이란다. 그런데 나로 말하면 집안 전체에서 가장 행동이 얌전한 사람이다. 왜냐하면 나는 뇌 속에 있는 모든 광기들을 내 책들 속에다 전부 다 비웠기 때문이다."

저 대목은 그가 내면을 들여다보지 않는 이유를 잘 설명해준다. 그는 내면에 잠복해 있는 광기와 맞닥뜨릴까봐 두려워 내면과의 접촉을 피한다. 그럼에도 '뇌 속의 모든 광기'를 글쓰기라는 승화적 방식으로 표현한 다행스러운 경우로 보인다. 사람들은 누구나 내면의 불안과 맞닥뜨리지 않기 위해 유아기에 만들어 가진 생존법이 있다. 그것을 방어기제라고 하는데, 승화는 가장 온건한 형태의 방어기제이다.

●●

밖으로 집어던진 감정

저스틴 A. 프랭크의 『부시의 정신분석』(Bush on the Couch)을 읽어보면 조지 부시 전 미국 대통령은 불안한 인물의 대표 격으로 보인다. 그는 불안감으로부터 달아나기 위해 알코올, 약물, 종교 등에 차례로 매달린다. 그는 아내가 곁을 지켜주기를 간절히 바란 것으로도 유명하다. 1988년 아버지의 대통령 선거 유세 기간에 이틀 이상 부인 로라와 떨어져 지내는 것을 거부했을 정도였다.

두려움이 얼마나 강한지 부시는 두려움과 제대로 대면하지 못한다. 9·11사태가 일어난 지 채 2주일도 지나지 않았을 때 그가 미국

인들에게 한 악명 높은 충고를 보라. 당시 그는 '전처럼 쇼핑도 하
고 여행도 하라'고 얘기함으로써 국가적 위기에 대응해서 자신이
취한 과격한 조처들을 명백히 부인했다. 그의 처신은 줄리아니 뉴
욕 시장의 대응과 대비된다. 줄리아니는 두려움과 대면하면서 팔을
걷어붙이고 자신의 소임을 다했으며 그것은 시민들에게 큰 안도감
을 주었다.

조지 부시는 자기 내면의 공포를 외부 탓으로 돌리기 위해 외부
에 적을 만들어낸다. 다른 사람들을 괴롭히고 시민들의 마음에 두
려움을 주입한다. 겁이 난다는 사실을 겁내고, 또 겁이 난 것처럼
남에게 보이는 것을 겁낸다. 저자는 부시가 미국인 중에서 가장 겁
이 많은 사람 가운데 하나일 거라 말하면서 그를 '불안을 외부로
투사하는 싸디스트'라고 정의한다.

미국을 전쟁으로 몰고 가기 한참 전부터 조지 부시는 파괴욕을
드러냈다. 어릴 때 부시는 개구리들의 몸속에 폭죽을 쑤셔박고 도
화선에 불을 붙여 몸통을 박살냈다. 예일대 재학 시절 비밀 동아리
회장으로 있을 때 신입회원들에게 불에 달군 철사로 낙인을 찍었
다. 텍사스 주 주지사 시절에는 능글맞은 웃음을 지으며 사형수들
의 처형을 지켜보았다.

조지 부시는 예기치 않은 상황에서 느끼는 불안감을 최소화하

기 위해 일상생활을 규칙적으로 운용한다. 엄격한 수면시간과 규칙적인 운동은 그가 안정감을 얻기 위해 사용하는 장치들이다. 그는 9·11사태 1주기 무렵에 이례적으로 『러너의 세계』(*Runner's World*)라는 잡지와 인터뷰했는데, 거기에는 그가 당시 가장 신경 쓰고 있는 게 무엇인지 잘 드러나 있다.

좀더 오래 달리고 싶은데 여기 백악관 주변의 실외 트랙에서 뛰기는 어렵다. 좀더 오래 달릴 수 없어서 슬프다. 그게 대통령직을 수행하면서 겪을 수밖에 없는 가장 슬픈 일 가운데 하나다.

2004년 1월 1일에는 기자들로부터 새해 결심이 무엇이냐는 질문을 받았다. 그때는 13만명의 미군 병사들이 이라크에 주둔해 있었고 미국에는 오렌지 경보가 내려져 있었으며 이란에서는 비극적 지진으로 4만명이 숨진 상황이었다. 그때 부시 미국 대통령의 마음을 사로잡고 있던 위기는 따로 있었다. 무릎을 다쳐 조깅을 줄일 수밖에 없게 됐다는 것이었다. "올해 나의 새해 결심은 일하는 것, 몸을 달릴 수 있는 상태로 만드는 것"이라고 그는 말했다.

미셸 뚜르니에처럼 승화적으로 내면 감정을 표현하는 길을 찾지 못한 많은 남성들은 대체로 조지 부시처럼 자기 감정을 처리한다. 내면 감정과 접촉하지도, 그것을 인식하지도 않은 채 통째로 외부로 집어던지는 것이다. 투사는 남자들이 가장 많이 사용하는 방어기제이다. 그들은 자신의 내면을 보는 대신 늘 가족, 회사, 국가, 민족을 판단하고 평가한다. 그러면서 내면에 억압해둔 것이 타인에게서 보일 때 가차없이 그들을 공격한다. 약하거나 슬픈 모습을 보이는 이를 경멸하고, 타인의 잘못에 대해 냉혹하게 비난한다.

헤르만 에만은 남자들의 불안감을 연구한 책 『남자를 두렵게 하는 것들』에서 이렇게 말한다.

남성들은 흔히 그들이 두려워하는 대상을 헐뜯는다. 혹시 이런 사실을 알고 있는가. 서양 기독교 역사 전체가 그런 예들로 가득 차 있다. 아우구스티누스("여자, 너는 순수한 우연의 산물, 창조주의 실수다"), 토마스 폰 아퀴나스("여자는 부차적이고 우연한 존재") 혹은 테르툴리아누스 같은 고위 성직자들이 남긴 말만 생각해보아도 알 수 있다. 특히 테르툴리아누스는 이런 말을 한 것으로 유명하다. "여자여, 너는 지옥으로 향하는 문이다." 중세에 벌어진 마녀사냥은 또 어땠는가? 그처럼 끔찍한 만행을 불러일으킨 유발 인자는 바로 남성들의 두려움이었다.

그 책에는 또한 1902년에 프리드리히 니체가 했다는 말이 인용되어 있다.

여자란 반드시 열쇠를 채워 보관해야 할 소유물이자, 시중을 드는 용도로 창조된 존재이자, 예속을 통해서만 비로소 완성에 이를 수 있는 존재이다. 남자들이여, 여자를 찾아갈 때면 채찍을 가져가

남자든 여자든,
정치인이나 연예인을 욕하는 대신
'그 일은 내가 잘못했다'고 말할 수 있으면
그는 발전할 것이다.

니체는 여성 혐오주의자였다고 한다. 저자는 그가 일생 동안 무시무시하고 끔찍한 어머니 이미지에 의해 고통받았을지도 모르고, 유년기에 겪은 심리적 상처를 투사할 대상이 필요했을지도 모른다고 말한다. 그리고 결론짓는다. "여성을 비난하는 남성들은 잠재의식 속에서 자신의 성생활에 대해 두려움을 느끼는 사람들이다."

사실 전세계 모든 전쟁이 불안의 투사물이다. 두려운 마음 때문에 외부에 적을 만들어두고 그것을 공격한다. 종교전쟁이든, 이념전쟁이든, 경제적 이유가 배면에 깔린 전쟁이든 모든 전쟁은 자기가 인정하지 못한 부정적 감정들을 외부에서 보면서 그 대상을 적으로 간주한 결과이다. 악마나 사탄은 전형적인 심리적 투사 현상이다. 그들은 상대방을 진짜 악으로 간주한다. 부시 대통령은 몇몇 나라를 '악의 축'이라 명명했다.

물론 여성들도 불안하고 방어적이다. 내면의 불안과 닿지 않기 위해 쇼핑하고, 수다 떨고, 폭식한다. 내면의 불안을 억압하는 어떤 여자들은 주변에 콘크리트 장벽을 세운 듯 살아가고, 어떤 여자들은 자기를 방어하기 위해 소극적 공격을 사용한다. 그들과 이야기를 나누려 하면 이런 반응이 온다.

"키가 몇 센티세요?"

"그런 건 왜 물어요?"

또는 이런 경우이다.

"휴가 언제 가세요?"

"남이야 휴가를 가든 말든 무슨 상관?"

누가 무슨 말을 건네든 일단 "아니, 그게 아니라……"라는 서두를 꺼내며 반대를 위한 반대를 하는 듯 보이는 여성도 있다. 그런 이들은 외부에서 오는 어떤 말도 공격처럼 받아들여 반격하듯 대답한다. 그들은 무의식적으로 세상이 온통 자신을 공격하는 나쁜 대상으로 가득 차 있다고 느낀다. 그런 이들일수록 겉으로는 얌전하고 온순한 태도를 만들어 가지고 있다. 분노를 깊이깊이, 필사적으로 억압하면서.

하지만 나는 여성들이 보이는 방어적 태도에 대해 2백 퍼센트 공감하는 쪽이다. 여성들과 속내 이야기를 나누다보면 거의 대부분의 여성들이 아버지, 오빠, 남편뿐 아니라 연장자나 동년배 남성들에게 받은 피해의 경험을 가지고 있다. 그것은 유아기 경험이어서 무의식이 되어 있기도 하고, 바로 전날 경험이어서 생생하게 피가 흐르기도 한다.

남자든 여자든, 정치인이나 연예인을 욕하는 대신 '그 일은 내가 잘못했다'고 말할 수 있으면 그는 발전할 것이다. 아내를 비난하는 대신 '내가 아내에게 너무 많이 의존하고 있다'고 인정하면 좋은 관계를 맺을 것이다. 아이들이 공부 안하고 놀기만 한다고 화를 내는 대신 '내가 아이들의 미래를 불안해하는구나' 인정한다면 마음의 평화를 얻을 수 있을 것이다.

감정을 모르는 남자

탐은 파탄 난 결혼생활에 대해 이야기하다가 문득 이런 이야기를 꺼냈다.

"한번은 아홉살 난 아들이 내 자전거를 타고 공중에서 뛰어내려 널빤지 위로 착륙하는 자전거 묘기를 해야 했던 적이 있었습니다. 하지만 아이는 겁을 먹어 해내지 못했죠. 정말 화가 났어요. '너는 겁쟁이야. 약해 빠진 놈. 자전거도 뺏어버릴 거야!' 나는 그애가 늘 실망시킨다는 생각뿐이었습니다. 나를 존경하지 않는 것 같았어요."

그가 이 말을 했을 때는 사건 당시보다 한결 나은 판단력을 가지고 있었다. 하지만 그 당시에는 아이가 엄마의 과잉보호 품안에 영원히 갇혀버리지 않도록 아버지가 강하게 키워야 한다고 확신하고 있었다.

"그런데 내가 바보였어요. 사실은 나 자신의 문제였죠. 아들이 겁쟁이면 아버지인 내가 패배자라고 생각했던 겁니다. 아들이 도전 앞에서 몸 사리고 물러나는 것을 그냥 지켜본다면, 그런 나를 보면서 아버지는 내게 무슨 말을 할까. 온통 그 생각뿐이었죠. 아이가 아니라 내가 문제였어요. 그렇지 않습니까? 나는 과거에서 벗어나지 못하고 있어 내 아이가 겁먹는 것을 봐줄 수 없었던 겁니다. 아들이 내게 바란 것은 무엇보다도 자기를 이해해달라는 것이었는데 말이죠."

이 이야기도 데이비드 웩슬러의 『내 남자를 위한 관계의 심리학』 에서 인용한 것이다. 자기가 인정하지 못하는 내면의 겁쟁이를 어떻게 외부로 투사해서 아들에게 잔혹하게 굴었는가를 비로소 알아차린 저 아버지의 목소리를 읽을 때 나는 감동했다. 또 부러웠다. 우리 아버지들도 최소한 자기 마음이 어떻게 작동하는지만 알면 좋을 텐데 싶었다.

그 책에는 이런 내용도 있다.

어린 시절에 받은 상처 때문에 마음이 굳어져버린 남자를 생각할 때면 맨 먼저 떠오르는 사람이 수년 전 라디오 토크쇼에 전화를 걸었던 남자이다. 12월이었고 그 쇼의 주제는 크리스마스 선물이었다. 그 남자는 고래고래 소리를 질러대며, 선물받을 자격이 있는 일을 하지 않았는데도 아이들에게 유아 시절부터 크리스마스 선물을 받게 하는 데서 자기도취적인 우리 사회의 문제가 시작된다고 불평을 늘어놓았다.

그 말을 들으며 그는 성장하는 동안 누구에게 상처를 받았을까 생각했다. 무슨 원한이 맺혀 크리스마스 선물을 비난하는 철학을 갖게 되었을까. 그는 정신적 충격을 부정하면서 자기가 겪은 고통을 합리화하는 인생철학을 만들어 가지고 있었다. 그가 상처에 고착되어 더 나은 인생철학을 발전시키지 못한 것은 서글픈 일이었다.

내면의 위험한 감정을 방어하는 이들이 투사 다음으로 자주 사용하는 기법은 통제와 합리화이다. 위의 사례 중 자기 감정을 아들에게 투사해서 아들을 이렇게 저렇게 하도록 휘두르고 또 비난하는 아버지는 통제라는 방어기제도 함께 사용한다. 크리스마스 선물 유해론을 펼친 아버지는 합리화 방어기제를 사용한다. 그런 이들은 타인을 대할 때 주로 판단, 평가, 비판, 지시, 충고하기를 좋아한다. 자기 내면에서 해결해야 하는 감정들을 타인에게서 발견하고, 타인들에게 그런 점들을 해결하라고 소리 지른다.

　부부 싸움은 대체로 남편의 저런 말투에서 비롯된다. 아내가 무슨 이야기를 꺼내면 남편들은 언제나 심판관의 자리에서 그 이야기를 듣는다. "그것은 당신이 잘못했구먼." 아내는 그저 일과를 이야기할 뿐인데 남편은 판관으로서 해법을 제시한다. "다음부터는 이러저러하게 하라고." 아내가 재미있는 이야기를 해도 남편은 그 이야기가 재미있는 이유를 설명하려 한다. 심지어 자기가 아는 더 재미있는 이야기를 꺼내놓는다. 때로는 아내 이야기의 진위를 의심하듯 반문한다. "정말이야? 진짜 그런 일이 있었어?"

　아내들은 저런 말투를 가진 남편들과 맞추어 살기 위해 그냥 입을 다물고 만다. 실상을 얘기해봐야 무슨 말인지 알아듣지도 못하고, 감정을 표현하면 오히려 화를 내고, 자기가 옳다는 완고한 입장에서 같은 주장만 되풀이할 테니 한 귀로 듣고 다른 귀로 내보낸다. 묵묵히 참고 사는 게 가정 평화를 유지하는 길이라 믿는다. 하지만 몇몇 다혈질인 아내들이 입을 다물지 않아 평범하게 시작된 대화가 커다란 부부 싸움으로 번진다.

언젠가 텔레비전에서 갈등 많은 부부에게 대화의 기술을 가르치는 장면을 본 일이 있다. 강사는 남편들에게 아내와 대화할 때 사용할 언어를 알려주면서 따라 하라고 지시했다. 그 문장은 이런 것이었다.

"아아, 그랬구나."

"그래서 어떻게 됐어?"

강사는 충분히 이해하고 공감한다는 의미를 담은 뉘앙스까지 설명하면서 아내가 어떤 말을 하든 남편은 저 대사를 말하도록 교육시키고 있었다. 판단, 평가, 해석, 지시, 충고의 언어밖에 말할 줄 모르는 남편들은 그런 바보 같은 말하기가 왜 필요한지 이해할 수 없어하는 눈빛이었다. 자기 내면의 감정과 닿지 못하므로 아내의 감정에 공감하지 못해 그저 강사가 시키는 대로 추임새를 넣을 뿐이었다.

오래도록 나 역시 저런 말투를 사용하는 남자 앞에서 입 다물고 조용히 들어주는 생존법을 사용했다. 하지만 나이 들어 점점 인내심이 부족해지는지 저런 말을 듣고 있기 어려워진다. 남자라는 이유만으로 우위에 선 듯 지시하고, 나이가 많다는 이유만으로 함부로 남의 인생에 충고하는 이를 만나면 속이 불편하다. 최근에는 진짜 실수를 범한 일도 있다. 사소한 일상 이야기를 나누는 자리에서 계속 내 말에 대해 판단하고 해석하는 내용의 말을 건네는 선배에게 기어이 한마디 하고 말았다.

"지금 그걸 몰라서 하는 얘기가 아니잖아요!"

그는 아주 당황하는 기색이었다. 하지만 버릇처럼 감정을 억누르고, 체면상 그 사실을 언급하지 않았다. 대신 그는 더이상 나와 이야기 나누는 자리를 마련하지 않는 것으로 문제를 해결한 것으로 보인다.

진화심리학자들에 의하면 남자가 여자보다 훨씬 방어적이라고 한다. 남성들의 유전자 속에는 항상 주위 사방을 경계하는 특성이 만들어져 있다. 남녀가 함께 호텔에 들어갔을 때 판이하게 다른 두 성의 반응에 대한 연구 결과가 있다. 여자는 욕실을 점검하고 침대에 걸터앉아 탄력을 느끼며 실내의 안락함에 심취한다. 남자는 복도의 비상구를 확인하고, 객실 창을 열어 바깥을 살피며 퇴로를 생각하고, 산책을 나가면 호텔 주변을 한바퀴 돌며 사위를 경계한다. 그들은 마음으로만이 아니라 물리적으로도 늘 방어 상태에 있는 듯하다.

눈알이
빨간 괴물

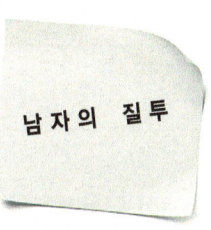

앞서 언급한 『여자에게』라는 책에는 '아내가 직업을 가진 후에'라는 제목의 글이 있다. 유대교 랍비가 쓴 글이다. 그는 자녀들이 모두 대학생이 된 후 아내에게 직업을 갖도록 권했다. 경제적인 이유도 있었지만 아내의 재능을 살릴 기회를 주고 싶었다. 그는 아내가 이십이년 동안 가족을 위해 헌신적으로 일해왔음을 알고 있었다. 수천번에 이르는 쇼핑과 요리를 하고, 수백만 마일에 이르는 자동차 운전을 하고, 늘 가정을 지켰다. 남편의 직업상 필요한 사교 모임에서는 항상 웃는 얼굴로 옆자리에 있었다. 그는 더 늦기 전에 아내가 능력을 펼치도록 해주고 싶었다.

그러나 아내가 증권회사 딜러로 일하기 시작한 후 그는 전혀 예상치 못한 세상을 만났다. 그것은 단지 슈퍼마켓, 세탁소, 은행 등에 직접 들러야 하는 생활의 불편함만이 아니었다. "불안과 의심, 또는 가볍다고 할 수 없는 마음의 고통을 동반한 질투나 분노의 감정"이 자주 내면에서 올라왔다. 그것이 고스란히 얼굴에 나타나 아내의 말을 듣기가 어려웠다.

"오늘은 말이죠, 직장 동료인 톰하고 조지, 스티브와 함께 점심을 먹었어요. 아주 훌륭한 식당에 갔죠. 그 자리에서 조지가 말이죠, 우리가 함께 일하면 멋진 팀이 될 수 있다고 했어요. 그 말을 듣자 스티브가요, 톰이요, 조지가요……"

그는 아내가 이야기하는 핵심이 무엇인지 알 수 없었다. 그의 귀에 들리는 것은 온통 남자들 이름뿐이었고, 눈에 보이는 것은 아내 인생에 새로 나타난 남자들뿐이었다. 회사 동료나 파트너, 친구, 고객 그 모두가 남자들이고, 모두가 공격적이고, 아내에게 갖가지 요구를 할 권리를 가진 듯했다. 그는 두 귀를 막고서 아무 말도 들리지 않는 척하려고 했지만 그것 역시 쉽지 않았다. 아내의 말에 대꾸하면 아내의 대답은 늘 그를 화나게 하는 내용이었다.

"오늘 찰스가 나한테 뭐라고 했는지 아세요? 만약 고객이 강제로 유혹을 하는데, 나에게는 그럴 마음이 전혀 없는 경우에 어떻게 하겠느냐고 물었어요. 나는 충격적이었어요."

그는 위장이 수축되는 고통을 느꼈다고 말한다. 마치 사타구니를 느닷없이 발로 차였을 때처럼 통증이 일어나고, 마음속에서 어떤 의혹이 조용히 머리를 치켜들었다. 그리고 혼자 생각한다. 유혹을 그렇게 직접적으로 하는 일은 결코 없을 것이다. 악마는 반드시 천사의 옷을 입고 나타난다고 하지 않는가. 그 목소리는 달콤하고, 정결하며, 천진난만하게 느껴진다고 하지 않는가.

물론 그는 자신의 의구심과 불안을 웃음으로 날려버렸다. 하지만 그때 처음으로 아내의 입장에서 생각해보게 되었다. 그동안 자신이 여행이나 회의, 강연으로 낯선 도시를 방문해 호텔 방에 혼자 있을 때 아내의 마음은 어땠을까? 지금 누구를 만나고 있을까 궁금했을까, 일시적으로 마음을 흔드는 의심에 시달렸을까. 그는 불과 한달도 그런 의혹과 불안을 견딜 수 없는데 어떻게 아내는 그토록 오래 참아왔을까 싶었다.

나는 지금 남자로서의 이미지도, 한 가족의 주인으로서의 이미지도, 아버지로서의 이미지도, 성공한 한 인간으로서의 이미지도 모든 것을 다 잃어버린 채 알몸이 된 내 몰골이 보인다. 아무것도 숨길 것은 없다. 솔직히 말하자. 우리는 한집안에서 돈을 벌어들일 사람은 남자라고 배워왔다. 남편의 요구는 항상 최우선적으로 고려되어야 할 사항이었다. 남편은 생활할 식량을 벌고, 가족을 지키고, 한 집안의 주인이 되기 위해 존재하는 것이라고 생각했다. 남편은 사장이고 아내는 사원이었다. 그러나 그러한 낡은 사고방식에 이미 장막이 드리워지고 그것이 지금 고통을 동반한 극심한 혼란을 일으키고 있는 것이다.

그는 일일이 입 밖에 내어 말할 수 없었지만 마음속에서 무수히 많은 것들과 싸워야 했다. 아내가 자기 요청보다 상사의 명령을 우선 처리할 때 가슴에 추가 얹히는 듯했다. 아내가 없는 집에 혼자 들어갈 때마다 절망감이 무겁게 가슴을 짓눌렀다.

위 글의 필자는 점잖게 얘기하지만 실제로 주변 여성들이 삶 속에서 만나는 남편의 질투는 일상적이다. 어떤 남편은 한시간 단위로 아내에게 전화하여 어디서 무엇을 하고 있는지 체크한다. 어떤 남편은 신혼 초기에 아내를 집에 가둔 채 밖에서 문을 잠그고 출근했다. 첫아이가 태어나고 나서야 그런 행동을 중단했다. 어떤 남자는 친정 가족이나 친구들을 만나지 못하게 한다. 그런 이들은 다른 남자들이 자기 아내를 꾀어갈지도 모른다는 두려움을 갖고 있다.

질투는 남녀 관계에서 서로를 견제하고 끌어당기는 도구로 사용된다. 실제로 연인들이 자주 하는 '밀당' 역시 애정의 양과 질투의 감정을 바탕으로 하는 경쟁 행위이다. 경쟁을 기본 원칙으로 살아가는 남자들의 상상 속에는 자기 파트너를 두고 경쟁하는 상대가 늘 존재하는 것 같다. 그것은 위험한 환상이지만 실체나 대상이 없는 감정이기 때문에 망상에 가깝다. 망상에 사로잡히면 어떤 현실도 바로 보이지 않는다. 위 글의 필자도 질투에 휩싸일 때 아내의 성품, 헌신, 그들의 결속력에 대해 바른 인식을 하지 못한다. 오직 의심, 망상, 질투만 있을 뿐이다.

●●
그 남자의 집요한 시선

　　　　　　　　　　알랭 로브그리예의 소설 『질
투』(*La Jalousie*)는 1957년 프랑스에서 발표된, 누보로망으로 분류
되는 작품이다. 이 소설은 프랑스 식민지 중 한곳에 위치한 열대 바
나나 농장을 배경으로 한다. 소설은 화자의 시선이 바라보는 사물
과 인물들을 집요하게 묘사하는 것으로 일관한다. 그의 시선에 잡
히는 주요 대상은 아내 A…와 이웃에 사는 프랭크이다. 화자는 A…
와 프랭크의 일상을 따라가면서 그들의 행동을 치밀하게 묘사한다.
　프랭크는 종종 화자의 집에 들러 A…와 차를 마시고 이야기를 나
눈다. 가끔은 책을 빌려주기도 하고, 시내에 볼일이 있을 때 함께
가기도 한다. 누보로망 소설들이 그러하듯 특별한 서사가 등장하지
는 않는다. 다만 소설 전편에 걸쳐 치밀하고 집요하게, 카메라 렌즈
처럼, 두사람의 행동을 지켜보는 눈이 있다. 그 눈이 의심과 질투로
빨갛게 충혈되어 있다.

　야행성 동물의 날카로운 울음소리가 가까이, 집의 모퉁이 동남쪽
정원에서 들리자 프랭크는 서둘러 일어서서 그쪽으로 성큼성큼 걸
어간다. 고무 밑창을 덧댄 신발은 타일 위에서 아무 소리도 내지 않
는다. 잠시 후 하얀 셔츠는 어둠속으로 완전히 사라졌다.
　프랭크가 좀처럼 돌아오지 않자 A…는 그가 무언가를 발견했다

225

고 생각한 모양이다. 유연한 몸놀림으로 조용히 일어나서 같은 방
향으로 멀어진다. 이번에는 그녀의 드레스가 역시 컴컴한 밤 속으
로 빨려들어간다. 꽤 오랜 시간이 지났는데도 아무런 말소리도 들
리지 않는다. 십 미터 떨어진 곳에서도 들릴 만큼 큰 목소리로 이야
기하는 그의 목소리가 말이다. 이미 저쪽에는 아무도 없는지도 모
른다.

프랭크는 지금 떠났다. A…는 자기 방에 들어갔다. 방 안에 불이
켜져 있지만 블라인드는 완전히 내려져 있다. 블라인드 나무 살 사
이로 희미한 불빛이 새어나올 뿐이다.

소설이 진행되고 묘사가 세밀해지면서 화자의 감정도 점점 더 많
이 드러난다. 그 감정은 점점 왜곡되어간다. 의혹은 의심이 되고,
의심은 콘크리트처럼 견고하게 굳어간다. 화자는 아내 A…가 볼일
이 있어 프랭크와 함께 외출하는 광경을 보며 이렇게 말한다.

시내에 가서 하루를 보내기 위해 그가 짠 시간표는 너무나 치밀
해서, 오히려 누군가의 질문을 받아 대답한 것이라고 하면 더 자연
스러워 보였을 것이다. 그러나 오늘은 아무도 그가 새 트럭을 구입
하는 일에 관심을 보이지 않는다. 조금이라도 질문을 받는다면 그
는 큰 소리로, 상당히 커다란 소리로 어디 가서 누구를 만나는지,
일 미터마다 또 일분마다의 소소한 일정을 그 필요성과 함께 떠들
어댈 것이다. 반대로 A…는 자기의 볼일에 대해 조금도 설명하지

않는다. 어차피 전체적인 시간은 똑같을 테니까 말이다.

  화자는 몇차례에 걸쳐 자신이 본 것을 되새기고, 비교하고, 의심
하면서 사실을 조금씩 변질시킨다. 그는 상상 속에서 A…가 프랭크
와 함께 시내에 나가서 하룻밤 자고 온 장면을 거듭 떠올린다. 그때
마다 의심은 망상이 되고, 망상은 다시 현실을 왜곡시키며 질투의
색깔을 선명하게 덧칠한다.

  남자들은 자신감이 없어질수록 아내를 더욱 단속한다고 한다. 아
내에게 의존적인 남자, 아내를 통제하는 남자는 자신의 남성적, 사
회적, 경제적 능력 부족으로 인해 아내가 떠날까봐 두려워하는 것
이다. 화자는 건장한 노동자인 프랭크에 비해 소심하고 섬약해 보
이는 캐릭터이다. 한마디로 약한 사람이다.

  지금 들리는 소리는 트럭의 소리가 아니다. 큰길에서 집 쪽으로
난 샛길을 내려오는 쎄단 소리다. 식당의 첫번째 창문, 젖힌 왼쪽
날개의 가운데 유리 중앙에 푸른색 자동차가 안뜰 한복판에 와 서
는 모습이 비친다. A…와 프랭크가 동시에 차의 양쪽 앞문으로 내
린다. A…는 한쪽 손에 형태가 불분명한 작은 꾸러미를 하나 들고
있다.

  두 인물은 자동차 보닛 앞에서 서로에게 다가간다. 덩치가 큰 프
랭크의 쎌루엣이 같은 선상의 뒤쪽에 있는 A…의 쎌루엣을 완전히
가린다. 프랭크의 고개가 숙여진다. 유리가 고르지 못해 자세한 동

질투는 남녀 관계에서 서로를 견제하고 끌어당기는 도구로 사용된다.
실제로 연인들이 자주 하는 '밀당' 역시
애정의 양과 질투의 감정을 바탕으로 하는 경쟁 행위이다.

작은 알 수 없다. 응접실 창문에서 보면 이 광경을 보다 편안한 각도에서 똑똑히 볼 수 있을 것이다. 두사람이 나란히 있는 모습 말이다. 그러나 그들은 이미 떨어져서 집의 출입문 쪽을 향해 안뜰의 자갈길을 나란히 걸어온다. 두사람은 적어도 일 미터는 떨어져 있다. 정오의 높이 솟은 태양은 두사람의 발밑에 그림자를 만들지 않는다. 문이 열리자 두사람은 동시에 똑같이 미소 짓는다.

어떤 남성 독자는 저 소설을 읽기가 고통스럽다고 고백한다. 아내를 의심하는 시선으로 바라본 적이 없는 독자만이 저 소설을 편하게 읽을 수 있을 것이다. 어떤 독자는 저 소설을 읽으면 두려움이 느껴진다고 한다. 집요하게 바라보는 시선, 무섭도록 치밀한 시선, 거듭 망상을 증식시키는 시선이 공포스럽다는 것이다. 나르시시즘이 현실감 없는 왜곡된 인식의 산물이듯, 질투 역시 현실감 없는 인식의 오류이다. 그런 오류는 자기 불안의 투사이고, 성적 자신감 없음의 산물이다.

●●

'의심하면서도 열렬히 사랑한다'

　　　　　남자의 질투를 이야기할 때 가장 대표 격으로 떠오르는 인물은 오셀로이다. 셰익스피어의 희곡 『오셀로』(*Othello*)는 그가 가장 불행한 시절에 쓴 작품이라고 한다.

작가의 불행감이 작품에 배어 있는 까닭인지 그의 인물 오셀로는 불안과 의심으로 인해 극단까지 고통받는다.

오셀로는 전쟁에서 무수히 공을 세운 중년의 흑인 장군이다. 베니스 공국 원로원 의원인 브라반쇼의 딸 데스데모나는 오셀로의 모험담을 듣고 그를 동경하고 사랑하게 된다. 마침내 오셀로를 만난 데스데모나는 아버지의 뜻을 거역하고 관습에 어긋나는 결혼식을 올린다. 그후 투르크 함대가 싸이프러스 섬으로 다가오고 있다는 보고를 받고 오셀로는 변방 수비를 맡아 떠난다. 신혼인 데스데모나도 남편을 따라 나선다.

오셀로의 기수 이아고는 그토록 바라왔던 부관 자리를 카시오에게 빼앗기고 승진에서 제외되자 복수를 결심한다. 싸이프러스에 도착한 첫날 술을 좋아하는 카시오에게 일부러 술을 먹여 난동을 부리도록 해서 부관직에서 파면당하게 만든다. 그런 다음 카시오에게 다가가 오셀로 부인에게 복직을 부탁해보겠다고 말한다. 이아고는 카시오와 데스데모나의 만남을 주선하고, 오셀로가 그 장면을 목격하도록 꾸민다. 심지어 오셀로에게 그들 두사람이 보통 사이가 아니라는 암시를 준다. 아내가 부하와 불륜 관계일지도 모른다는 의심 속에서 오셀로는 조금씩 판단력을 잃어간다.

이아고는 데스데모나의 하녀이자 자신의 아내인 에밀리아를 시켜 오셀로가 데스데모나에게 결혼 선물로 준 손수건을 훔쳐내 카시오 방에 흘려두도록 한다. 손수건을 본 오셀로는 질투와 분노로 이성을 잃는다. 그는 진실을 확인해볼 겨를도 없이 몰락의 길을 걷고 만다.

오셀로는 아내를 믿지 못했다. 데스데모나가 그를 사랑한다고 말하는 순간에도 아내가 다른 남자와 놀아났을지도 모른다는 생각을 떨칠 수 없었다. 그의 이성은 휘몰아치는 망상에 의해 마비되어 바른 판단을 할 수 없었다.

"깊이 사랑하지만 의구심이 가시지 않고, 의심하면서도 열렬히 사랑한다."

그렇게 탄식하면서 그는 계속 미쳐가고, 감정 조절 능력을 상실한다. 아내가 자기를 속이지나 않을까, 아내가 다른 남자를 좋아하지 않을까 하는 의심과 질투에 눈이 멀어버린다. 그의 의심과 질투는 불안감과 낮은 자존감의 산물이다. 마침내 그는 침실에서 아내의 목을 조르고 만다.

이미 아내가 다른 남자 품에 안겨 있다는 망상을 떨칠 수 없을 때 질투는 폭력 행위를 동반한다. 오셀로가 조금 더 자존감이 높은 사람이거나, 자기 지위에 대한 불안감이 없었더라면 아내를 살해하지 않았을지도 모른다. 최소한 성적으로 자신감이 있었더라도 그처럼 극단적으로까지 가지 않았을 것이다. 하지만 오셀로 역시 셰익스피어의 다른 인물들처럼 불필요하게 생각이 많고, 우유부단하고, 작은 일에도 크게 고뇌하는 타입이어서, 질투 역시 그렇게 대했을 것이다.

나이가 들어 성욕이 약해질수록 남자들은 더 많이 의심하고 질투한다. 폭력 남편을 피해 쉼터로 피신한 여성들은 예외 없이 남편의 질투에 대해 이야기한다. 사실 질투는 남편이 아내에게 폭력을 휘두르는 중요한 이유이며, 아내 살해의 주요 동기이다. 남자들은 여자가 이별을 통보하면 그 행위를 즉각 '다른 남자에게 가는 것'으로 이해한다. 이별에 따르는 각종 폭력 행위는 '내가 아니면 누구도 그녀를 소유할 수 없다'는 주장이 담긴 행동이다. 그리하여 여성은 친밀한 상대의 손에 목숨을 잃을 가능성이 낯선 사람에게 살해당할 위험보다 세배나 높다고 한다. 배우자에 의한 살해는 아홉배라고 한다.

물론 남자만이 질투하고 스토킹하는 것은 아니다. 에이드리언 라인 감독의 「위험한 정사」(*Fatal Attraction*)는 여성의 질투, 집착, 스토킹, 복수가 절정으로 어우러진 영화이다. 성공한 변호사 댄은 출판사 부편집장 알렉스를 만나 하룻밤 열정적인 외도를 경험한다. 그의 행위는 처음부터 가벼운 외도였지만 그녀에게는 치명적인 사랑이었다. 그녀가 그에게 집착하자 그는 결혼생활을 지키기 위해 그녀와 헤어지려 한다.

그때부터 알렉스의 스토킹과 복수가 시작된다. 댄의 집 주차장에 나타나 유령처럼 서 있고, 자동차 안에 자기 목소리가 녹음된 테이프를 넣어두고, 가족과 함께 단란한 시간을 보내는 집 안을 훔쳐본다. 댄은 알렉스를 설득하려 하지만 그녀는 그가 자신을 사랑한다는 망상을 조금도 의심하지 않는다.

상황이 절정으로 치달으면서 알렉스의 행위는 더욱 기괴하고 폭력적으로 변한다. 댄 가족의 애완동물인 토끼를 냄비에 넣어 끓이고, 댄의 딸을 납치했다가 풀어준다. 그들의 집 안에 숨어들어 커다란 부엌칼을 휘두르기도 한다. 그녀의 폭력이 얼마나 집요하고 치명적이었는지, 이 영화가 개봉되었을 때 일시적으로 남자들의 외도 행위가 줄어들었다는 통계가 있다고 한다.

여자들은 성적 자율성이 침해당할 때 분노하거나 좌절한다. 남편이 원치 않는 섹스를 강요할 때, 성적으로 놀림당하거나 무시당한다고 느껴질 때 상대에 대해 분노를 느낀다. 남편들은 아내가 성적 요구를 거절할 때 더 많이 화를 낸다. 늘 바깥에서 일하고 돈을 벌어다주며 그토록 노력을 기울이는데 그에 상응하는 댓가를 받지 못한다고 느낀다. 그럴 때 남편들의 분노에는 아내가 자기에게 주지 않은 성적 관계를 다른 남자에게는 허용할지도 모른다는 무의식적 질투도 포함되어 있다.

남자가
숨겨둔
마지막 진실

남자의 거짓말

       지금은 그 도시를 떠나왔지만, 얼마 전까지는 서울 근교 도시에 살았다. 그곳은 문인을 비롯한 예술가들이 많이 사는 곳이었다. 당시 반경 이삼 킬로미터 범위에 사는 동문 선후배가 가볍게 만나는 자리가 있었다. 대체로 홀로 면벽하고 작업하는 직업을 가진 이들인지라 가끔 번개처럼 만나 점심을 먹고 헤어지곤 했다. 볕이 좋은 날은 야외 테이블에 앉아 아이스크림을 먹으며 해바라기를 하고, 길 가는 젊은이들의 아름다운 모습들을 감탄의 눈으로 바라보기도 했다. 아니, 오히려 지나가는 젊은이들이 대낮 거리에서 아이스크림을 먹으며 시시덕거리는 중년 아줌마 아저씨들을 유심한 시선으로 구경했던 것도 같다.

그런 번개 모임이 한번은 휴일에 있었다. 출퇴근하는 직업을 가진 선배가 휴일에 시간을 내어 합류했고, 오랜만에 본다는 이유로 아이스크림이 아닌 술자리로 이어졌다. 술자리는 2차를 거치면서 저녁 식사 자리로, 다시 술자리로 자연스럽게 늘어졌다. 선배에게 전화가 온 것은 저녁 일곱시 무렵이었다. 그는 술자리 좌중을 조용히 시킨 다음 목청을 가다듬고 전화를 받았다.

"응, 일이 방금 끝났어. 이제 퇴근할 거야. 아, 피곤하다······"

선배는 능청스럽게 통화를 끝낸 후 아무 일 없었다는 듯, 아무런 설명 없이 다시 술자리에 집중했다. 그는 휴일 외출에 대해 아내에게 회사에 잔업이 있어 특근을 해야 한다는 핑계를 댄 듯했다. 술자리 일행 역시 그의 전화통화와 휴일 근무에 대해 일언반구 없이 이전 화제로 되돌아갔다.

선배에게 다시 전화가 온 것은 사십분쯤 후였다. 그는 전화기를 잠시 바라본 다음 심호흡을 하고 전화를 받았다. 일행은 저마다 알아서 대화를 중단한 채 침묵을 지켰다. 선배는 최대한 다정하게, 그러면서도 피로감이 묻어나는 목소리로 말했다.

"응, 지금 전철역이야. 막 퇴근하려는데 팩스가 하나 들어와서, 그거 처리하고 나오느라고 좀 늦었어. 곧 갈게."

통화를 끝낸 후 그는 곧바로 다시 술자리에 집중했고, 일행 역시 덤덤한 태도로 분위기를 이어갔다. 무슨 중요한 용건이나 긴히 주고받아야 하는 화제가 있었던 것은 아니다. 편안한 사람끼리 편안하게 긴장을 푸는 자리였을 뿐이다. 선배의 전화가 세번째 울렸을 때 그것은 마치 경고 같았다. 두번째 통화 후 오십분쯤 경과한 다음에 전화가 왔는데, 아마도 지하철 하차 시간과 엇비슷한 시간이 아닐까 싶었다. 전화기 저쪽에서는 거의 도착했는지 묻는 듯했다.

"아직. 지하철에 무슨 사고가 있었나봐. 전철이 안 와서 한참 기다렸어. 십분쯤 전에 출발했으니 그렇게 알고 있어."

내가 선배의 통화에 감탄하면서 특별한 관심을 갖게 된 것은 그즈음이었을 것이다. 핑계를 대도 어쩌면 그토록 창의적인 솜씨로 디테일하게 처리하는지, 역시 예술가구나 싶었다. 한두번 해본 솜씨도 아닌 듯했다. 하지만 그는 자신이 보인 묘기에는 아랑곳없이 금세 술자리 화제로 되돌아갔다. 자신의 묘기뿐 아니라 전화에 대해서도, 전화기 저편에 있는 사람에게도 관심이 없어 보였다. 참으로 초연한 태도였다.

그의 지하철 하차 시간이 되었을 즈음 어김없이 다음 전화벨이 울렸다. 그는 전화를 받아 이제 전철에서 내렸다고 말했다. 피곤하다는 말도 덧붙였다. 전화를 끊은 후 술자리에서 일어나 집을 향해 걸어가기만 하면, 휴일 특근을 마치고 지하철로 퇴근하여 집에 도착한 가장의 모습을 한치도 빈틈없이 연출할 수 있었다. 그것은 그가 평소에 많이 사용해온 기법이었던 듯 보였고, 애초의 의도도 그것이었던 듯했다.

하지만 낮부터 마신 술이 좀 과했던 것 같았다. 지하철에서 내린 후에도 그는 계속 술자리에 앉아 있었다. 그리고 다음부터는 전화를 받지 않았다. 그가 더이상 전화를 받지 않을 때부터 나는 그를 대신해서 창의적인 평계를 상상해보았다. 지하철에서 내려 집으로 가는 길에 친구를 만나고, 이야기가 길어지는 바람에 식당에 들어갔고, 반주를 한잔 하게 되었다. 그러면 거짓말을 현실로 연결시키는 또 한번의 빛나는 묘기를 펼칠 수 있을 것이다. 그런 생각을 이어갔던 것은 그의 전화기가 거듭 울리고 있었기 때문이었다.

남자의 거짓말도 그가 사용하는 방어기제이다. 남자들은 상대방과 자신을 보호하기 위해 거짓말을 한다. 연인을 두고 다른 여성을 만날 때, 아내가 싫어하는 지인과 등산이나 골프를 하러 갈 때 남자들은 사실을 말하지 않는다. 사실을 말하면 연인은 떠나겠다고 협박할 것이고, 아내는 폭풍 잔소리를 해댈 것이다.

'싸우거나 도망치거나(fight or flight)'는 경쟁을 기본 원칙으로 살아가는 남자들이 중요하게 사용하는 생존법이다. 딱 봐서 상대가 만만해 보이면 한판 붙고, 게임이 안된다 싶으면 재빨리 도망쳤기 때문에 지금까지 살아남은 인간 유전자는 그 방식을 최고의 생존법으로 인식하고 있다.

21세기에도 '파이트 오어 플라이트'는 대부분의 남자들이 모든 상황에서 사용하는 생존법으로 보인다. 아내가 잔소리를 시작하면 남편들은 신속히 그 자리를 빠져나가는 '플라이트' 기법을 사용한다. 가끔 남편들은 아내의 잔소리에 대해 자기도 모르게 '파이트' 하듯 대응하게 될까봐, 그러니까 아내에게 폭력을 휘두르게 될까봐 두려워한다.

하지만 연인이나 아내 입장에서는 남자의 플라이트가 가장 속 터지는 태도가 아닐까 싶다. 불안한 아내들은 사실을 알고 싶어하는데, 남편들은 이야기가 심각해진다 싶으면 재빨리 자리를 뜨거나 끝까지 진실을 내놓지 않는다. 거짓말, 핑계 대기, 침묵 등은 남자들이 사용하는 심리적 플라이트 방식이다.

사실 여성들은 남자의 사소한 거짓말을 대체로 알고 있다. 남자들의 거짓말 창작 능력에 대응해서 여자들이 발전시켜온 능력이 있다면 거짓말을 간파하는 직관이다. 언젠가 몇몇 여성들이 모여 이야기 나누는 자리에서, 한 여성이 남자들이 늘어놓는 사소한 거짓말에 대해 불편한 속내를 털어놓은 일이 있다. 그녀는 남자들이 왜 아무것도 아닌 일에 거짓말을 하는지, 사실을 말하면 이해하고 넘어갈 텐데도 지레 상대방을 이상한 사람으로 만드는지 알 수 없어했다. 그때 연배 높은 선배가 이렇게 말했다.

"남자가 거짓말을 하면 그냥 속아줘. 그건 너에게 잘 보이고 싶고, 관계를 지속하고 싶다는 뜻이잖아."

불평을 늘어놓던 여성은 놀란 듯 보였다. 그녀는 고개를 갸웃하면서 질문했다.

"관계를 유지하고 싶지 않다면 어떻게 행동하는데요?"

"그러면 솔직하게 말하겠지. 다른 여자를 만났다고, 룸살롱에 갔다고."

그 자리에 있는 대부분의 후배 여성들이 놀란 표정을 지었지만 선배의 말을 곰곰이 생각해보는 것 같았다.

물론 여자들도 거짓말을 한다. 여자들이 남자 친구나 남편을 속이는 대목은 주로 쇼핑에 관한 것이다. 어떤 여자는 쇼핑한 물건을 이웃집에 맡겨놓고 필요할 때만 가져다 사용하고, 어떤 여성은 물건값을 속여 말한다. 남자들은 모르겠지만, 여자들이 물건값을 적게 말할 때는 20퍼센트나 30퍼센트를 낮추는 것이 아니라 거의 90퍼센트에 가깝게 값을 줄여서 말한다. 30만원짜리 물건을 3만원짜리라고 말하는 식이다. 어쨌거나 그것 역시 가정의 평화를 유지하기 위한 일이니, 피장파장인 셈이다.

● ●

거짓된 이미지로 사랑받기

우리의 대학 시절은 느슨하고 여유가 있었다. 휴강도 많았고, 결강도 많이 했다. 수업을 듣지 않는 시간을 특별히 의미있게 보낸 것 같지는 않다. 학우들은 대낮부터 막걸리를 마시거나 취한 채 잔디밭에 누워 있거나 했다. 찻집에 앉아 무겁고 답답한 마음을 담배 연기에 실어 날려보내기도 했다. 어디에 처박혀 있는지 학교에 며칠씩 모습을 나타내지 않는 일도 다반사였다.

그 친구도 그랬다. 강의실보다는 강의실 바깥에서 주로 지냈고, 학교에 모습을 나타내지 않는 일도 자주 있었다. 한번은 그 친구가 일주일이나 이주일쯤 등교하지 않은 시기가 있었다. 한참 만에 다시 등교했을 때 그는 검은 양복을 입고 가슴에 작고 하얀 리본을 달고 있었다. 부친상을 당해 고향에 가서 장례를 치르고 왔다고 했다. 그는 예전보다 어깨를 더욱 깊숙이 웅크리고 다녔고, 걸음걸이도 허깨비처럼 허청허청 힘없어 보였다. 우리는 그 나이에 아버지를 잃는다는 것은 어떤 느낌일까 생각하면서 마음 아파했다. 심지어 얇디얇은 주머니를 털어 빈약한 부조금 봉투를 건네기도 했다.

부친상과 관련된 일련의 에피소드가 모두 거짓말이었다는 사실을 안 것은 그 학기가 거의 끝나던 무렵이었다. 처음에는 그것이 거짓말이라는 사실이 믿기지 않았고, 사실을 받아들이게 되었을 때는 그가 왜 그런 일을 했을까 궁금했다. 그때 내가 짐작하기로는 자기를 멋지게 꾸며 보이기 위해서 그렇게 했던 게 아닌가 싶었다.

우리는 누구나 얼마간 자기 이미지를 만들어간다. 이상화된 자기 이미지를 만들어놓고 거기에 맞추기 위해 노력한다. 옳고 바르고 착한 이미지에 맞추기 위해 그런 행동을 선택한다. 그때 그 친구는 특별한 예술가라는 자기 이미지를 연출했던 듯하다. 편한 캐주얼 복장을 한 학생들 사이에서 그 친구의 검은 양복은 단연 눈에 띄었다. 가슴에 단 하얀 리본마저 그를 돋보이게 하는 장식품 같았다. 그런 옷차림을 한 채 어깨를 웅크리고 천천히 걸으면 음울하고 세기말적인 예술가 분위기가 풍겼다.

나중에 한 친구가 그에게 솔직하게 물어보았다. 왜 그런 농담을 하게 되었는지. 직접 들은 말이 아니라 정확한 문장은 아니지만, 그 친구의 대답은 대충 이런 맥락이었다.

'사람들이 내 거짓말에 속아넘어가는 모습을 보는 게 즐겁다.'

사실 여성들은
남자의 사소한 거짓말을
대체로 알고 있다.
남자들의 거짓말 창작 능력에 대응해서
여자들이 발전시켜온 능력이 있다면
거짓말을 간파하는 직관이다.

남자들의 거짓말 중에는 저런 종류의 것들이 상당수 있다. 그들은 자기를 멋지게 꾸민 다음 의도대로 상대를 조종하거나 유혹하기 위해 거짓말을 사용한다. 적극적 거짓말일 수도 있고, 두꺼비가 몸을 부풀리듯 허황된 과장의 언어일 때도 있다. 부유하게 보이기 위해, 많은 힘을 가진 듯 보이기 위해 사실과 다른 언어, 행동, 사물들을 사용한다. 가끔은 실패를 숨기기 위해, 초라한 속내를 숨기기 위해 자기를 거짓으로 꾸미기도 한다.

남자들의 그런 허황된 말에 실제로 어떤 여성들은 유혹당한다. 지금은 이것밖에 못 주지만 나중에 무엇을 해주겠다는 약속을 믿고 결혼한다. 더 큰 집, 알 굵은 반지, 멋진 크루즈 여행 등등. 남성들의 거짓 약속과 관계를 맺는 여성 역시 똑같은 정도의 의존성과 미숙함을 가지고 있는 듯 보인다. 그런 관계는 재앙의 불씨를 품고 시작하는 셈이다.

물론 여성들도 자기를 멋지게 꾸미기 위한 거짓말을 한다. 베일은 여성이 사용하는 대표적 거짓말이다. 패션이나 화장도 마찬가지이다. 실제와 다른 자기 모습, 사랑받을 만하다고 생각되는 모습을 연출한 뒤 그런 모습으로 상대에게 접근한다. 여성들의 거짓 꾸미기는 얼마나 치밀한지 남자들은 헤어지는 순간까지 상대의 실체를 알지 못한다. 결혼한 여성들은 그 노력을 행복한 가정처럼 보이기 위해 집 안을 꾸미는 데 사용한다. 어떤 부부는 집에서는 부부 싸움을 했을지라도 밖에 나가서는 행복한 부부의 모습을 연출하는 데 공모하기도 한다.

약한 남자의 생존법

루쏘의 『고백록』(*Les Confessions*)에는 그가 스스로에게 하는 자성예언 같은 게 있다. 그는 나무에 돌멩이를 던져 나무를 맞히면 지금부터 그의 삶이 다 잘되어갈 거라고 스스로에게 말한다. 하지만 돌멩이는 빗나간다. 그는 속으로 그것을 워밍업이었다고 생각하고 다시 돌멩이를 주워든 다음 나무 쪽으로 몇걸음 다가간다. 이번이 진짜야, 생각하며 돌을 던지지만 돌멩이는 또 빗나가고 만다. 다시 그것을 연습 게임이었다고 생각하고 나무 쪽으로 몇걸음 다가간다. 이번이 진짜야, 하면서 나무를 향해 돌멩이를 던지지만 이번에도 맞히지 못한다. 그는 그것을 마지막 워밍업이었다 생각하면서 이번에는 확실히 하기 위해 나무 바로 앞까지 걸어간다. 나무에서 한발자국도 떨어지지 않은 곳, 팔을 뻗으면 나무를 만질 수 있는 곳에 선다. 그곳에서 천천히 돌을 던져 정확하게 나무 둥치에 맞힌다. 그리고 속으로 말한다.

"성공했어. 이제부터 내 삶은 과거 어느 때보다 나아질 거야."

나는 저 이야기를 미국 작가 폴 오스터의 장편소설 『우연의 음악』에서 읽었다. 폴 오스터는 소설 속에 저 대목을 길게 인용해놓고 이렇게 덧붙였다.

나쉬는 그 구절이 재미있다고 생각했지만, 그렇더라도 너무 황당

243

해서 웃고 싶은 생각은 들지 않았다. 그 솔직함에는 어딘가 모르게 섬뜩한 구석이 있었다. 루쏘가 자신이 했던 그런 엉터리없는 짓을 털어놓고 그처럼 적나라한 자기기만을 고백할 용기를 어디서 찾아냈는지 모를 일이었다.

나는 저 대목을 읽으며 두번 웃었다. 내게도 루쏘가 했던 것과 같은 경험이 있었다. 스스로에게 자성예언 같은 것을 해두고 원하는 결과가 나올 때까지 수를 세거나, 아카시아 나뭇잎을 따거나 했던 어린 시절이 기억났다. 나중에는 원하는 패가 나올 때까지 반복해서 화투장을 뒤집기도 했다.

처음에는 루쏘에게 공감해서 웃었지만 나중에는 폴 오스터가 만든 인물 나쉬의 내면을 짐작하면서 웃었다. 나쉬는 솔직함을 경멸하는 유형의 사람인 듯했다. 솔직함을 사회적 미숙함이나 어리석은 태도라고 생각하는 듯했다. 그의 생각은 곧 많은 현대인들의 의견이기도 한 것으로 보인다.

남자들은 경쟁 사회에서 자기의 솔직한 속내를 털어놓는 것을 전장에서 갑옷과 투구를 벗는 행위쯤으로 생각한다. 자기가 털어놓은 비밀이나 사생활이 언젠가는 경쟁자에 의해 자신을 공격하는 도구로 사용될지도 모른다고 두려워한다. 무난한 사회생활을 하려면 자기를 보호하기 위한 거짓말이 필요하고, 타인의 거짓말을 적절히 눈감아주는 아량도 발휘할 줄 알아야 한다고 생각한다.

예전에 한 남성 지인으로부터 앞뒤 없이 이런 질문을 받은 일이 있다.

"솔직하다는 게 장점이라고 생각해요?"

내가 어떤 대답을 했는지는 기억나지 않지만, 그의 질문을 받았을 때 내면에서 몇가지 생각이 스쳤던 것은 기억하고 있다. 그가 나를 지나치게 솔직한 사람이라고 생각하고 있구나 하는 게 첫 마음이었다. 그는 나의 솔직함이 언젠가 내 삶의 장애로 작용할지도 모른다고 우려하는 듯했다. 내가 솔직한 만큼 상대에도 솔직함을 요구한다면 관계가 어렵지 않겠느냐. 순식간에 그런 생각을 했다는 것은 거짓말에 대한 나의 자의식을 드러내는 척도 같아 보이기도 한다.

사실 거짓말은 약자의 생존법이다. 솔직하게 사실을 말했다가 오히려 된통 야단을 맞은 성장기 에피소드를 누구나 한두가지는 가지고 있다. 그 시절에 사로잡혀 있는 무의식이 우리에게 거짓말을 하게 만들고, 거짓말을 완성시키기 위해 연쇄적인 거짓말의 철로를 이어간다.

방어기제로 사용하는 생존법들은 우리를 취약하게 만든다. 생의 주도권이 상대에게 있다고 믿는 태도이고, 상대를 조종하여 자기가 원하는 것을 얻으려는 미숙한 태도이다. 스스로 변화하고 성장하여 자신의 삶을 이끌어갈 힘이 없다고 느끼는 자의 방식이다. 관점과 태도를 바꾸지 않는 한 그들의 내면은 계속 불안하고 불편할 수밖에 없을 것이다. 루쏘는 정직해서 루쏘가 되었을 것이다.

4부

남자의
삶과 변화

남자,
당신은
누구십니까

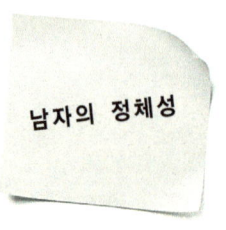

남자의 정체성

그는 겉보기에 나무랄 데 없이 성공한 중년 변호사였다. 그가 정신과 의사를 찾은 이유는 표면적으로 아내와의 갈등, 자기파괴 충동, 성 불능의 문제 때문이었다. 하지만 분석가와 함께 내면을 성찰해들어갔을 때 그는 자신이 한 번도 자기 자신으로 산 적이 없다는 것을 알았다.

초등학교에 들어가 처음 사귄 친구를 그의 어머니는 만나지 못하게 했다. 흑인이라는 이유에서였다. 중학교에 들어가 그림에 흥미를 보였을 때 어머니는 또 반대했다. 불안정한 예술가의 삶을 살게 할 수는 없다는 이유에서였다. 고등학교 시절 농구에 몰두했을 때는 법대에 진학하여 가업을 잇도록 입시 공부를 열심히 할 것을 주문했다.

대학에 진학하여 여자 친구를 사귀었을 때는 가문에 어울리지 않는 여성이라는 이유로 헤어질 것을 요구했다. 그의 어머니는 여자 친구와 헤어지는 조건으로 유럽 여행을 제안했다. 한번도 어머니의 요구를 거부하고 자기가 원하는 것을 해본 적이 없는 그는 여자 친구와 유럽 여행을 맞바꾸었다. 결국 그는 부모가 원하는 대로 변호사가 되었고, 좋은 조건의 여성과 결혼해 누가 보기에도 성공적인 삶을 살았다.

하지만 우리 삶의 이야기는 그렇게 단순하지 않다. 겉보기에 화려하고 행복해 보이는 삶을 살았지만 그의 내면은 늘 공허했다. 행복감이나 성취감도 느낄 수 없었고 아내와의 관계는 냉담하기 짝이 없었다. 그는 자신이 삶을 통해 무엇을 잃어왔는지 알아차리지조차 못하고 있었다.

그가 삶의 역사에서 잃은 것들은 비단 좋아하던 사람이나 취미가 아니었다. 친구를 잃었다는 것은 친구와 애착을 나누고 동일시하면서 성장할 기회를 잃은 거였다. 그림을 그만둔 것은 좋아하는 일에 도전하여 성취감을 맛보고 작은 실패를 이겨내는 용기를 얻을 기회를 놓친 셈이었다. 농구를 못한 것은 몸과 마음을 건강하게 유지하고 스트레스를 해소하는 방법을 배울 기회를 잃은 거였다. 여자 친구와 헤어진 것은 사랑을 통해 내적으로 새롭게 태어나면서 생의 충만감을 누릴 기회를 잃은 셈이었다. 그것은 결국 자기 자신을 만들어갈 기회를 거듭 잃었다는 뜻이었다.

대신 그의 내면에는 상실감과 박탈감, 돌보지 못한 슬픔과 분노만 쌓여갔다. 그는 자신이 누구인지, 무엇을 위해 살아야 하는지, 어떻게 삶을 꾸려가야 하는지에 대한 자기만의 생각을 만들 수 없었다. 이 사례는 '자기 정체성'이라는 개념을 처음 제안한 정신분석가 에릭 에릭슨이 그 개념을 설명하기 위해 제시한 사례이다.

대부분의 사람들은 '당신은 누구십니까?'라는 질문에 선뜻 답하기 어려워한다. 어떤 이들은 아버지의 아들, 아내의 남편, 자식들의 아버지, 상사의 부하직원, 후배들의 선배 등으로 자기를 규정한다. 역할을 자기 자신이라고 믿는 오류이다. 또 어떤 이들은 타인들의 정의를 나열한다. 우리 엄마가 그러는데 나는 고집이 센 사람이래요, 주변 사람들은 나를 언제 어디로 튈지 모르는 사람이라고 말해요 등등.

자기 정체성은 사춘기부터 청년기에 이르기까지 만들어지는 개념이다. 그 시기에는 이전까지 부모와 동일시하고 부모에게 적응하며 만들어 가진 성격과 생존법을 버리고 자기만의 세계를 만들어 간다. 그때부터는 친구를 자기를 비추는 거울로 삼으며 친구와 동일시한다. 부모를 떠나 자기만의 애착관계를 맺고, 삶의 목표를 세우고 모험과 도전을 시도한다.

학파마다 용어는 다르지만 정신분석학에서 공통적으로 중요시하는 개념이 있다. 부모로부터 심리적으로 독립하여 자기 자신이 되는 것, 주체적이고 자율적인 사람으로 새롭게 태어나는 일이다. 대상관계 학파에서는 '분리개별화', 융 학파에서는 '개성화 단계',

자끄 라깡은 '주체화', 자기심리학 분야에서는 '참 자기'라는 용어로 설명하는데 그것이 모두 자기 정체성을 형성하는 일과 관련된 개념이다.

자기 정체성 개념을 처음 만들어낸 에릭 에릭슨도 평생 자신이 누구인가에 대한 의문을 품었을 것으로 보인다. 그는 1902년 덴마크인 부모에게서 태어났다. 그의 부모는 그가 태어나기 전에 이혼했고, 어머니의 재혼으로 그는 독일인 새아버지 밑에서 자랐다. 청년기에 집을 떠난 그는 빈에서 프로이트 학파 직계 제자들에게 정신분석 훈련을 받았다. 프로이트 학파 분석가로 활동하면서 다시 한번 양아들이 된 셈이다. 1933년에 그는 미국으로 건너갔다. 미국에서 마거릿 미드 같은 문화인류학자들과 만남으로써 다시 한번 새로운 학문의 양자가 되었다. 사실 그의 성 에릭슨도 본인이 직접 만든 것이며, '에릭의 아들(Erick's son)'이라는 의미가 있다는 설이 있다.

예전에는 공동체가 남자들의 정체성을 규정해주었다. 어떤 공동체에 소속되어 어떤 일을 하는가가 한사람을 설명하는 핵심 언어가 되었다. 어느 집안 무슨 파 몇대 손이거나, 어느 대학 무슨 학과 몇 학번 등으로 규정할 수 있었다. 공동체가 남자들에게 삶의 의미와 목표도 부과해주었다. 가문의 영광을 위해 살거나 국가와 민족의 번영을 위해 살면 되었다.

공동체가 해체된 현대사회에서 남자들은 직장을 따라 떠도는 도시 유목민이 되었다. 그들은 자기가 누구인지 규정하기 어려워졌고, 무엇을 위해 사는지도 알 수 없게 되었다. 기껏해야 부모의 꿈을 실현시켜주기 위해 살거나, 자기 결핍을 충족시키기 위해 살아간다. 가끔씩 이게 삶의 전부인가? 자문하면서.

●●

괴로워하는 카멜레온

대니얼은 쉰세살의 성공한 변호사이다. 그는 "사람들은 내게 매혹되지만 나는 그들에게 휘말려들지 않는다"고 말한다. 처음부터 그 사실에 자부심을 드러냈고, 그와 같은 자부심 덕분에 일에서 더욱 성공한다고 믿었다.

일에 관한 한 나는 동료와 고객, 심지어 조수와 비서진의 칭송을 받을 수 있어요. 내게 주변 사람들을 즐겁게 해주는 재주가 있대요. 물론 나 자신도 기분이 좋죠. 난 언제나 성공했고, 다른 사람들은 2등을 할 수밖에 없었어요. 내가 늘 하는 말은 최고가 아니면 사람들의 기억에서 잊혀진다는 것입니다.

대니얼은 자신을 일하는 기계라고 표현했고, 만사를 통제하는 것이 더 좋고, 감정으로부터 회피하고, 타인들과 감정적으로 얽히지 않을 만큼 안전거리를 유지하기 위해 공부에만 전념했다. 그는 일 중독자이며, 감정을 느끼지 않는 데 중독되었다. 그는 "내가 대단한 존재라는 느낌을 주지 않는 일은 상상할 수 없다"고 말한다. 그는 아내조차 자기 이미지를 돋보이게 하는 부속물이었고, 그를 존경하거나 받들지 않으면 벌컥 화를 내곤 했다. 때로는 2주 이상 그녀가 옆에 없는 것처럼 행동하며 그녀의 존재를 무시하기도 했다. 세 자녀들에게도 그런 식이었다. 아내는 결국 그와 이혼했고, 성장한 아이들도 집을 떠나 사실상 그와 절연하다시피 했다.

그는 하루 이십사시간 관중이 필요했다. 여자들과의 관계에서도 그는 자기가 간절히 원하고 또 충분히 받을 만하다고 생각될 때 여자들의 인정이 없으면 화를 내고 온몸에서 힘이 쭉 빠지며 우울해졌다. 그는 새 여자를 사귀는 방식에 대해 "그 여자에게 관심이 있는 척한다"고 털어놓았다.

그러나 더 중요한 것은 여자들이 내가 말하고 싶어하는 것에 대해 관심이 있어야 하고, 성관계도 잘 합의가 되어야 합니다. 원할 때 섹스를 못하면, 나는 아무짝에도 쓸모없다는 기분이 들어요. 어떤 일에서건 내가 최고라는 느낌이 들지 않으면 대화든 섹스든 모두 흥미를 잃어버리죠.

이 사례는 제임스 F. 매스터슨의 『참 자기』(Search For The Real Self)에 나오는 내용이다. 저자는 자기심리학 분야의 정신분석학자로서, 그전까지는 치유가 어렵다고 정의된 자기애적 성격장애나 경계선적 성격장애자를 '자기'가 심하게 훼손된 경우로 보고 치료해 나갔다. 그는 자기가 훼손된 상태를 거짓 자기, 과대 자기, 위축된

현대사회에서 남자들은
자기가 누구인지 규정하기 어려워졌고,
무엇을 위해 사는지도
알 수 없게 되었다.

자기 등으로 정의한다. 이 책에는 거짓 자기를 만들어 살아가는 젊은 경영인의 말도 인용되어 있다.

나는 내가 하고 싶은 대로 하지 않아요. 다른 사람이 바라는 것 앞에서 내 소망을 꺾는 경우가 많아요. 일하는 방식, 사고방식, 옷 입는 방식, 심지어 취미생활과 여자들과의 관계가 모두 그래요. 나는 다른 사람의 환심을 사기 위해서 그들이 원하는 것을 줍니다. 물론 끔찍한 댓가가 따른다는 생각이 들어요. 생활방식을 바꿔보았지만 아무 소용이 없어요. 난 카멜레온 같아요. 환경에 맞추고, 다른 사람에게 맞추고, 모든 곳에 적응합니다. 일생 동안 덫에 갇힌 듯 고통스러운 내면으로부터 자유로워지기를 갈망하며 질식해가고 있어요.

물론 정체성을 형성하지 못할 위험은 여성 쪽에도 똑같이 존재한다. 폭력적이고 강압적으로 통제하는 부모에게 적응하느라 위축된 자기를 가진 삼십대 여성을 만난 적이 있다. 그녀의 생존법은 상대방에게 잘 보이도록 행동하는 것, 상대의 마음에 들도록 좋은 모습을 꾸미는 것이었다. 그녀는 그 행동이 잘못되었다는 것조차 모르는 채 이렇게 말했다.

"그게 왜 거짓말인지 모르겠어요."

그녀는 자기가 하는 거짓말에 대해서도 다만 상대가 화낼까봐 사실과 다르게 말했을 뿐이고, 상대가 기분 나쁘지 않도록 돌려 말했을 뿐이라고 믿었다. 그러면서 내면에서는 늘 주변 사람들에 대해 박해감을 느끼며 불안해하고 있었다. 심리상담가를 찾아가 상담실 의자에 앉아서도 오래도록 꾸며낸 좋은 모습밖에 보이지 않았다. 그렇게 이년이 흐른 후에야 그녀는 거짓된 삶을 꾸리는 데 시간, 돈, 열정을 낭비해왔다는 사실을 알아차렸다. 이유는 하나였다. 타인의 환심을 사기 위해서, 사랑받기 위해서였다. 그녀는 자기 삶이 거짓투성이였다는 사실을 인정한 후 이렇게 말했다.

"어떤 게 진짜 내 모습인지 모르겠어요."

비로소 자기 정체성에 대해 생각해보게 되었다는 뜻이었다. 이어지는 독백은 이랬다.

"이제 어떻게 살아야 할지 모르겠어요."

그녀는 부모와 만들어 가진 상호의존적 생존법을 알아차리고 거기서 벗어나기 시작했다. 이제부터는 자기만의 정체성, 삶의 방식, 목표를 세워나가야 할 것이다.

그녀와 같은 사람을 주변에서 많이 만난다. 가정에서는 부모님, 학교에서는 선생님, 직장에서는 부장님 말씀을 잘 듣는 훌륭한 사람으로 살다가 서른살이 넘어서야 문득 "이제 어떻게 살아야 할지 모르겠다"고 말하는 삼십대 여성이 있다. 리포트 과제 앞에서 "교수님이 원하는 게 무엇인지 모르겠다"고 말하는 대학원생도 있다. "친구들이 제게 글을 써보라고 하는데, 글을 쓰려면 어떻게 해야 하나요?"라고 묻는 중년 여성도 있다.

그들은 그동안 부모와의 관계에서 만들어 가진 삶의 방식을 그대로 답습하며 살아왔다. 외부에 있는 힘있는 타인의 마음에 들기 위해, 권위자의 인정을 받기 위해 살아간다. 스물아홉, 서른다섯살이 될 때까지 부모의 사랑을 받는 것이 생의 가장 중요한 목표가 되어서는 안된다는 것을 알지 못한다. 타인의 감탄이나 찬사를 받는 것이 생의 목표가 아니라는 것을 알지 못한다.

자기 정체성에 대해 의문을 품는 젊은이들에게 가끔 드는 비유가 있다. '도토리에는 상수리나무가 될 정보가 온전히 들어 있다.' 그동안 힘있는 외부 어른들의 요구와 통제에 응하느라 그들은 자기 내면의 욕구, 가능성, 역량을 제대로 알아차려본 적이 없는 것이다. 부모의 교육은 어쩌면 자녀를 분재처럼 만들었을지도 모른다.

자기를 알기 위해서는 부모를 포함한 위 세대의 역사를 아는 것도 중요하다. 부모 세대가 물려준 것들을 알아볼 수 있으면 불필요한 고통, 헛된 노력을 줄일 수 있다. "알고 보니 내 불안감의 절반은 엄마한테서 온 거였어요"라거나, "아빠의 결핍이 내 꿈이 되었다는 것을 알고 나니 어깨가 가벼워졌어요"라고 말할 수 있다. 그때부터는 진짜 자기 생을 살아갈 수 있을 것이다.

● ●

취미 없는 취미활동

그는 직장생활을 제외한 모든 시간을 각종 취미활동에 쏟아붓는 중년 남자였다. 그가 열정을 쏟왔던 취미활동은 수영, 마라톤, 배드민턴, 성악, 합창, 피아노 연주, 복싱, 탁구, 와인 쏘믈리에 등이었다. 최근에는 탱고에 몰입하고 있는데, 탱고의 본고장에서 배울 기회가 올지도 모른다는 기대로 스페인어 공부도 시작했다. 아무도 몰래 발레도 배우고 있었다.

가족들은 그의 취미활동 때문에 고통받고 있었다. 함께 가족여행을 가본 적이 없었고, 간직할 만한 가족사진 한장 찍은 적이 없었다. 자녀들은 아빠와 진지하게 대화를 나누어본 적이 없으며, 아내는 늘 혼자 집 안에 머물렀다. 초등학생 딸은 오히려 아빠의 탱고 연습 파트너가 되어주는 일이 피곤하다고 말했고, 고등학생 아들은 대학 진학을 보장할 수 없다고 말했다.

위 이야기는 시청자들의 고민을 두고 토론하는 텔레비전 프로그램에서 본 사례이다. 방청석에 앉아 가족들의 하소연을 듣는 남자는 그것이 왜 문제인지 도대체 이해할 수 없다는 표정을 짓고 있었다. 남편이나 아버지로서 가족에게 해야 하는 역할이 있다는 사실을 알지 못하는 듯 보였다. 삶의 모든 시간과 열정을 오직 자기 자신에게만 투자하는 것은 미숙하고 이기적인 태도라는 것을 모르는 듯했다.

누군가 그에게 왜 그토록 취미생활을 하는지 물어보지는 않았다. 아마도 질문을 받았다면 그는 성장기에 좌절당한 욕구에 대해 이야기하거나, 그렇게 하면 보다 나은 사람이 될 거라 기대한다는 답을 했을 것이다.

나의 지인 중에도 저 남자 같은 여성이 한명 있다. 그녀도 갖가지 취미생활로 자기 시간과 에너지를 탕진하고 있었는데, 그 목록은 다음과 같다. 춤, 요가, 수영, 스키, 저글링, 제빵 제과, 봄나물 요리 특강, 피아노, 십자수, 도자기 공예, 서예 및 사군자, 서양화, 문학창작 등. 요즈음은 골프를 배우고 있다. 그녀에게 왜 그토록 다양한 것들을 섭렵하듯 배우고 다니느냐고 물었다.

"그렇게 하면 우아하고 교양 있는 전인적 중년 여성이 될 거라고 생각했어요."

그 답을 함께 듣던 여성들은 모두 웃었고 그녀도 함께 웃었다. 그녀는 자기가 누구이며, 무엇을 위해 살며, 어떻게 살아야 하는지를 모르는 앞서 언급한 사람들과 비슷한 문제를 갖고 있었다. 그래도 그녀는 자기에 대해 한가지 통찰해낸 사실이 있었다. 그녀가 취미 활동을 하러 가는 곳에 권위 있는 어른, 부모 역할을 투사할 대상이 있었다는 점이었다. 그녀는 언론에 소개된, 존경할 만한 선생님이 발견되면 그 선생님을 찾아가서 그의 문하생이 되곤 했다.

누군가 그녀에게, 그래서 우아하고 교양 있는 전인적 중년 여성이 된 것 같으냐고 물었을 것이다. 그녀는 왜 그런지 자신이 꿈꾸던 곳에 도달하지 못하고 있으며, 그 이유를 알고 싶어했다. 참고로 그녀의 어머니 역시 노래, 화술, 요리, 패션 등을 배우러 다닌 적이 있었다.

텔레비전에 출연했던 중년 남자도, 마흔살이 넘은 지인 여성도 어떻게 살아야 하는지 모르는 사람들이라고 할 수 있다. 그들은 더 성장하고 싶고, 더 나은 사람이 되고 싶은데 옳은 방법을 모르는 셈이다. 아직 더 성장해야 한다고 느끼는 사람은 여전히 자기 자신에게만 에너지를 투자한다. 내면에 결핍된 것이 있다고 느끼는 사람은 우선 자기가 충족되어야 한다고 믿는다. 성인이 되어서도 유아기 인식에 사로잡힌 채 어떻게 살아야 하는지 모른다는 뜻이기도 하다.

우리가 어떻게 살아야 하는가에 대한 가장 의미있는 답은 신화학자 조지프 캠벨의 제안이 아닐까 싶다. 전세계 신화를 연구한 그는 모든 영웅신화는 동일한 플롯을 가지고 있으며 우리 삶도 그와 동일한 과정을 밟는다고 주장한다. 영웅은 뜻을 세우고, 공동체를 떠나, 시련을 통과한 다음, 성배를 찾아 가지고 자신의 공동체로 돌아온다. 그는 자신이 찾아온 성배(보물이든, 새로운 지혜든, 혹은 물질 그 자체이든)를 공동체에 유익하게 사용함으로써 영웅적 삶을 성취한다.

정체성 형성에 문제가 있는 사람은 직업과 관련해서 세가지 곤란을 느낀다고 한다. 첫째, 자기가 인생에서 무엇을 원하는지 모른다. 하고 싶은 일도, 마음에 드는 것도 없이 모든 게 막막하다고 느낀다. 둘째, 일도 잘하고 나름대로 성공적이라고 느끼지만 거기서 성취감이나 만족감을 느끼지 못한다. 그런 이들은 평생 자기가 진짜 원하는 일은 다른 것이라는 생각을 품고 산다. 셋째, 하고 싶은 일도 있고, 그 일을 하면 만족감과 즐거움이 따를 거라는 사실을 알지만 행동하지 않는다. 그렇게까지 하면서 살아야 하는 이유를 알지 못하고, 실패에 대한 두려움을 깊이 감추고 있다.

요즘 젊은이들은 직장을 자주 옮길 뿐 아니라, 조금만 어려운 일을 만나도 쉽게 직장을 그만두곤 한다고 들었다. 우리 젊은이들도 정체성 형성과 관련된 어려움을 느끼고 있는 게 아닌지 모르겠다.

남자는
어떻게
어른이 되는가

남 자 의
통 과 의 례

　　　　　　　　　노먼은 아내와 두 아이를 사랑
하고 가정을 소중히 여기는 삼십대 후반의 남자였다. 자주 다른 여
자와 심심풀이 연애를 하면서도 자신은 매우 가정적이고 책임감
있는 남편이자 아버지라고 여겼다. 그는 다른 여자들에게 많은 에
너지를 쏟는다는 사실을 알고 있었지만, 그럼에도 아내와 가족 없
이 지내는 것을 상상조차 하지 못했다.

　"결혼 첫해가 지나자 아내는 나와 섹스하는 것을 싫어하기 시작
했습니다. 이년 전에는 더이상 섹스를 하고 싶지 않다고 했어요. 출
장길에 호텔방에서 아내와 아이들에게 안부를 전하기 위해 전화를
걸었습니다. 그때 내 옆에는 한 여자가 있었죠. 전화기 저편에서 아

내가 말했어요. 집으로 돌아오라고. 나는 모든 일을 제쳐놓고 곧장 집으로 날아갔습니다. 아내는 더이상 나와 섹스를 하지 않겠다고 말했어요. 그때부터 모든 것이 달라졌습니다."

노먼은 다른 여자들과 만나는 것을 중단했다. 비행기에서 만난 스튜어디스와 코네티컷의 바에서 만난 여자만 빼놓고. 그는 섹스에 관한 책을 읽으며 노력했지만 아내의 태도는 변하지 않았다. 그가 정신과 의사를 찾은 것은 일년 전부터 아내가 다른 남자를 만나기 시작했기 때문이었다. 상대는 그들 부부의 친구인 보리스였는데, 이상한 낌새를 채고 아내를 추궁했더니 그녀는 완강히 부인했다.

"얼마 전 보리스가 아내에게 보낸 러브레터들을 발견했습니다. 하지만 그 사실을 아내에게 말할 수 없었어요. 내가 몰래 그녀의 물건을 뒤졌다는 것을 알면 그녀가 무섭게 화를 낼 테니까요. 아무튼 나는 아내도 종종 재미를 볼 권리가 있다고 생각합니다. 그럼에도 불구하고 질투가 났습니다. 이제 내 문제예요."

노먼은 몇달 동안 아내와 보리스를 미행했다. 그들의 전화통화를 엿듣기 위해 정원 나무 뒤에 숨어 있었다. 그런 짓을 한다는 것이 부끄러웠지만 중단할 수 없었다. 그들 두사람이 어떤 일을 할지 상상하면 돌덩이가 위장을 짓누르는 듯 아팠다. 그는 우울, 불안, 자기연민과 죄책감 등 모든 감정의 혼란 속에서 무기력한 상태로 지냈다. 자주 울었고, 잠을 잘 수도 먹을 수도 없었다.

위 이야기는 융 학파 정신분석학자 대릴 샤프가 쓴 책『융, 중년을 말하다』(*The Survival Papers*)에 나오는 사례이다. 저자는 노먼의 상담 사례를 중심으로 융 학파 정신분석 이론과 기법을 쉽게 설명해나간다. 노먼의 문제는 마더 콤플렉스였다. 내면에 있는 무섭고 강한 어머니에 대한 분노와 공포심이 문제였다. 그런 감정을 억압해놓은 채 어머니와 친밀하고 밀착된 관계를 유지하고 있었다.

강하고 무서운 어머니로부터 분리되지 못한 노먼의 내면 아이는 아내에게 어머니 이미지를 투사해놓고 마치 아기가 엄마를 대하듯 아내를 대했다. 외도 행위를 통해 아내를 공격했고, 막상 아내가 외도하자 그 문제와 정면으로 맞서지 못했다. 노먼은 평소에도 아내에게 자기 요구를 하지 못했다. 그들 부부는 싸움도 하지 않았다. 오히려 주변 사람들에게 완벽한 부부처럼 보이도록 자신들을 꾸몄다. 노먼은 그토록 고통스러우면서도 아내 곁을 서성이며 관심을 되돌리기를 원하고 있었다. 모든 문제가 잘 해결되어 아내의 사랑을 받던 과거로 돌아가고 싶어했다.

세계의 모든 신화와 동화는 대체로 아이가 부모의 집을 떠나는 것으로 이야기가 시작된다. 그것은 안락한 어머니 세계에서 떨어져나가는 것을 의미한다. 세계의 모든 통과의례에도 동일한 단계가 있다. 성인식을 집행하는 어른들은 소년을 어머니에게서 데리고 나와 숲이나 황야로 데려간다. 그곳에서 나이 든 어른들은 소년에게 새로운 경험을 선사한다. 그것은 남성들의 세계, 야생의 세계, 무엇보다 그들이 성스럽고 소중한 존재라는 사실을 일깨워주고 어른들의 삶으로 안내하는 경험이다.

'어머니로부터 분리되기'는 남자가 어른이 되기 위해 성취해야

하는 첫번째 도전이다. 융은 남자는 성장하기 위해서 자신이 받았
던 사랑을 배신해야 한다고 말했다. 성장하기 위해서 어머니를 잊
고, 생애 첫 사랑을 포기하는 아픔을 견뎌야 한다. 노먼 문제의 해
결책도 아내의 사랑을 되돌리는 게 아니었다. 그가 내면에서 집착
하고 있는 어머니 이미지를 떠나보내는 것이었다. 비록 그것이 현
실에서 어머니 이미지를 투사해놓고 있는 아내와 이혼하는 일이
될지라도.

자녀만 부모에게 집착하는 건 아니다. 불안한 현대의 부모는 자
녀와 심각한 상호의존 관계에 있어 결코 자식을 떠나보내려 하지
않는다. 농담이겠지만, 자식을 결혼시키지 않고 끝까지 데리고 살
겠다고 말하는 이들을 가끔 만난다. 그런 이들에게 부모 역할은 자
녀를 잘 키워서 잘 떠나보내는 것이라고 말하면 문득 눈을 흘기며
나를 바라본다. 아이를 낳아 키워보지 않았으니까 그런 말을 하는
게 아니냐는 눈빛이 확연하다.

● ●

무쇠 한스 이야기

그림 형제가 채록한 동화 「무
쇠 한스」 이야기는 한 소년이 털북숭이 거인의 어깨에 목말을 타고
집을 떠나는 것으로 시작된다. 소년은 왕자인데, 아버지인 왕이 생
포해 감옥에 가두어둔 털북숭이 거인에게 열쇠를 훔쳐다준다. 소년

을 숲으로 데려간 털북숭이 거인은 그를 땅 위에 내려놓고 말한다.

"이제 너는 부모를 영원토록 볼 수 없을 것이다. 하지만 내가 너를 보살펴주마. 너는 나를 풀어주었으니까. 내 말대로 하면 걱정 없단다. 나는 이 세상 누구보다도 부자인 무쇠 한스니까."

거인은 소년이 누워 잘 수 있도록 이끼 침대를 만들어주고, 아침이 되자 샘으로 데려가 샘을 지키도록 한다. 그 샘은 황금 샘이었다. 사흘 동안 샘을 지키며 소년은 손가락, 머리카락 한올, 마지막에는 머리카락 전체를 샘에 빠뜨린다. 샘에 빠진 신체는 황금빛으로 변해버린다. 무쇠 한스는 소년에게 더이상 숲에 머물 수 없다고 말한다.

"이제 세상으로 나가거라. 가난이 무엇인지 배우게 될 거다. 그렇다고 내가 너를 나쁘게 하려고 하는 것은 아니다. 오히려 네가 잘되기를 바란다. 한가지 약속하마. 어려울 때마다 숲으로 와서 '무쇠 한스, 무쇠 한스!' 하고 부르거라. 네가 부를 때마다 내가 가서 도와주겠다."

소년은 숲을 떠나 큰 도시에 이르러 일거리를 찾는다. 황금 머리카락을 모자 속에 숨긴 채 성에 들어가 요리사로, 정원사로 일하게 된다. 호기심 많은 공주의 관심을 받고 설레기도 한다. 얼마 후 나라가 전쟁에 휘말리자, 왕은 군대를 불러모은다. 소년은 자기도 이제는 컸으니 전쟁에 나가겠다고 말한다. 사람들은 비웃으며 소년을 남겨두고 전쟁터로 떠난다. 소년은 마구간에 남은 절름발이 말을 타고 숲으로 가서 크게 소리친다.

"무쇠 한스, 무쇠 한스!"

약속대로 무쇠 한스가 나타나자 소년은 힘센 싸움말이 필요하다고 말한다. 무쇠 한스는 싸움말 한필과 무수히 많은 신비의 전사들을 소년에게 보내준다. 소년은 신비의 전사들을 이끌고 전쟁터로 나가 위기에 처한 왕을 구한다. 전쟁을 승리로 이끈 후 숲으로 돌아가 무쇠 한스에게 말과 군사들을 돌려주고 본래의 절름발이 말을 타고 성으로 돌아간다.

전쟁에 이긴 왕은 사흘 동안 성대한 축제를 연다. 공주는 축제에서 황금 사과를 던지기로 하고, 전쟁을 승리로 이끈 신비의 기사가 나타나 그 황금 사과를 잡을 것을 기대한다. 소년은 다시 숲으로 가서 무쇠 한스를 부른다. 무쇠 한스는 첫날 붉은 갑옷과 붉은 말을, 둘째 날 흰 갑옷과 흰말을, 셋째 날 검은 갑옷과 검은 말을 준다. 소년은 무쇠 한스의 도움으로 공주가 던진 모든 황금 사과를 받고 자신이 신비의 기사임을 밝힌다. 소년은 공주와 결혼하고, 소년의 부모도 아들의 결혼식에 초대받는다. 그 자리에 무쇠 한스가 등장한다. 그는 멋진 왕의 모습으로 나타나 젊은 신랑을 포옹하며 이렇게 말한다.

"내가 마법에 걸려 털북숭이 거인으로 변한 무쇠 한스라오. 당신은 나를 마법에서 풀어주었소. 내가 가진 모든 재산은 이제부터 당신 것이오."

미국 시인 로버트 블라이는 독일 전래동화 「무쇠 한스」를 융 학파 심리학의 관점으로 해석하여 남자의 성장과 통과의례에 대한 책을 썼다. 1990년에 발간된 그의 책 『무쇠 한스 이야기』(Iron John)는 큰 화제를 일으켜 우리나라에서도 번역 출판되었다.

무쇠 한스 이야기는 성인식의 두번째 단계에 대한 은유이다. 소년을 집에서 데리고 나온 남자 어른들은 숲이나 사막으로 가서 소년에게 새로운 삶의 비전을 전수해준다. 가면과 춤, 의식, 마법적 가르침, 토템의 사용 등은 젊은이에게 강한 자부심과 소속감을 심어준다. 진정한 남자의 세계, 아버지의 세계로 진입하는 일이다.

어느 문화에서든 아이의 성장을 돕는 통과의례를 주도하는 어른이 있다. 그들의 보호와 도움 아래서 아이들은 어른이 되는 과정을 밟는다. 어른이 먼저 사랑, 인내, 용기, 관대함 등을 갖추고 있어야 하며, 그래서 아이의 미숙함을 수용해줄 수 있어야 한다. 아이들의 성장을 돕는 어른들은 아이를 자기 뜻대로 만들려 하지 말고, 아이가 자기 뜻대로 하려는 시도를 지켜봐주어야 한다. 아이가 도움을 요청할 때에는 기꺼이 손을 내밀어주어야 한다. 그렇게 어른들의 도움으로 세상의 법칙을 배운 아이는 '무쇠 한스'가 되어 다음 세대를 도와줄 수 있다.

로버트 블라이는 현대사회에는 바로 '무쇠 한스'가 존재하지 않는다고 진단한다. 아이의 성장을 돕는 조력자가 없다. 그것을 '아버지 결핍증'이라고 부른다.

남자들은 누구나 강하면서도 부드럽고, 야성적이면서도 자상하고, 유머러스하면서도 지혜로운 남성적인 요소들과 접촉하고 싶은 깊은 생물학적 욕구를 느낀다. 역경 속에서도 함께 웃고 분투하면

인간은 오직 도전과 모험,
그에 따르는 시행착오와 고통을 통해서만
성장한다.
성장하기 위해서는
고통을 경험해야 한다.

서 자신감 있는 사람이 되는 일에 긴 시간을 투자하고 싶은 욕구가 있다. 세상사에 대해 잘 알고, 삶의 기술을 기꺼이 나누어주고 싶어 하는 욕구가 있다고 남성학 저자들은 입 모아 말한다. 하지만 그 일을 이끌어줄 연장자 어른, 무쇠 한스가 존재하지 않는다고 걱정한다.

● ●

고통과 마주하기

호머의 서사시 『일리아드』(*Iliad*)는 다양한 형태의 도전과 모험을 통해 오디세우스가 강하고 지혜로운 남자로 성장해가는 기록이다. 강인해진 오디세우스는 트로이 전쟁에 참전해 승리를 거둔다. 호머의 또다른 서사시 『오디세이』(*Odyssey*)는 오디세우스가 전쟁 영웅이 된 후 집으로 돌아가는 십여 년의 여정을 그리고 있다. 오디세우스는 그 과정에서도 여러가지 고난을 겪으며 거듭 자기를 발견하고 변화, 성숙해간다.

마녀 키르케는 오디세우스가 귀갓길에 만난 유혹적이고 사악한 힘을 가진 마녀이다. 어떤 남자라도 주문을 걸어 유혹할 수 있는 힘을 가진 그녀는 오디세우스의 부하들을 섬으로 불러들여 환대하고 쾌락을 안긴 후 돼지로 변신시킨다. 그러나 오디세우스에게 사랑을 느껴 일년 동안 그를 섬에 붙들어두고 유희를 즐긴다. 오디세우스가 다시 길을 떠나야 할 시간이 되었을 때 그녀는 그에게 선물을 하나 준다. 다음에 만날 섬인 세이렌에 대한 경고이자 부하들의 생명을 구할 선물이었다.

키르케처럼 세이렌 섬의 요정 세이렌도 남자들을 유혹하는 힘을 가졌다. 세이렌의 고혹적인 노래가 들리면 남자들은 그쪽으로 이끌려가지 않을 수 없었다. 새의 몸과 여자의 머리를 한 세이렌들은 노랫소리에 홀려 다가온 남자들의 몸을 갈기갈기 찢어버렸다.

오디세우스는 키르케의 충고에 따라 세이렌 섬이 가까워졌을 때 부하들이 소리를 듣지 못하도록 밀랍으로 귀를 막게 했다. 그러나 야심 찬 모험가인 오디세우스는 그 소리를 들어보고 싶었다. 귀를 막지 않은 채 유혹을 견딜 수 있도록 부하들을 시켜 자신의 몸을 돛대에 묶게 했다. 아무리 절절하게 울고불고 사정하더라도, 아무리 위협적으로 협박하더라도 절대 자신을 풀어주지 말 것을 단단히 일러두었다. 그렇게 준비한 오디세우스 일행은 여정을 계속했다. 부하들은 밧줄에서 벗어나려고 몸부림치는 오디세우스를 보면서도 명령을 지켜 세이렌의 노랫소리가 들리지 않을 때까지 계속 노를 저었다. 절망에 빠진 세이렌은 자살하고 말았다.

저런 이야기를 읽으면 오디세우스가 왜 영웅인지 이해하게 된다. 그는 어려움과 정면으로 맞서 고통받으며 그것을 넘어선다. 밀랍으로 귀를 막거나 뱃길을 우회하면서 도전을 회피하지 않는다. 그는 고통받고 그것을 이겨낼 힘이 있었다. 신화학자 미르체아 엘리아데는 성인식의 핵심에 대해 이렇게 말한다.

소년을 성인식으로 이끈 나이 든 남자들은 그곳에서 소년에게 중요한 한가지 일을 행한다. 그것은 소년에게 어떤 종류의 부상을 입히는 일이다. 피부에 상처를 내거나 이빨 하나를 부러뜨리는 일 등이 그것이다. 성인식을 주도하는 비법 전수자들은 자신이 주는 상처가 무의미한 고통이 아니라 풍요로운 의미의 원천이 되도록 잘 안내한다. 남자가 부상을 입을 때 그의 창조적 재능은 솟아날 것이다.

앞서 인용한 『융, 중년을 말하다』의 저자 대릴 샤프는 노먼과의 면담 후 이렇게 메모한다.

나는 노먼이 원하는 해결책을 줄 수 없지만 그가 어떤 태도로 자신의 문제를 풀어가야 하는지는 알고 있었다. 그는 미처 몰랐던 자신의 본성을 고통스럽게 깨달아야 하고 새로운 인생에 적응하기 위해 태도를 조정해야 한다. 근본적인 해결책은 오로지 고통스러운 자기탐색 과정에서 나온다. 단순히 고통당하는 것만으로는 부족하다. 고통을 해결하기 위해 기꺼이 무언가를 해야 한다.

정신분석에 '고통받을 수 있는 능력'이라는 개념이 있다. 신경증은 고통을 회피한 결과이며, 치유란 외면해둔 고통을 다시 체험하는 과정이다.

실제로 독서 모임을 하는 여성들은 내면을 알아가면서 변화해가는 도중에 힘들어 죽을 것 같다고 느끼는 고비를 몇차례 경험한다. 첫번째 고비는 나르시시즘적 자기 이미지가 깨어지는 고통이다. 자기가 꽤 잘해왔고, 괜찮은 사람이라는 이미지를 깨뜨려야 할 때 필사적으로 저항하며 고통스러워한다. 다음으로는 억압해둔 내면 감정이 휘몰아치듯 터져나올 때 고통을 느낀다. 자기 내면의 괴물 같은 분노, 누군가를 죽이고 싶을 만큼의 시기심, 세상을 한입에 삼키고 싶은 탐욕 등의 감정을 세밀하게 느끼는 것 자체가 온몸을 탈진하게 할 정도로 힘든 과정이 된다.

개별 감정이 아니라 어떤 증상이 그대로 경험되는 듯한 고통의 시기도 지나간다. 그것이 유아기 불안이나 신경증이 아닐까 싶게 어쩔 줄 몰라하는 시기도 지나가고, 유아 우울증을 체험하는 듯 무기력하고 졸음이 쏟아지는 시간을 보내기도 한다. 그러다가 가장 마지막에 느끼는 고통은 이런 것이다. '아, 내가 인생을 통째로 헛살았구나.' '바보처럼 생을 낭비했구나.'

인간은 오직 도전과 모험, 그에 따르는 시행착오와 고통을 통해서만 성장한다. 성장하기 위해서는 고통을 경험해야 한다. 고통은 우리를 더 빨리 의식적으로 만든다. 고통을 받아들일 수 있도록 성격을 확장시키고, 그 경험을 끌어안기 위해 내면 공간을 넓힌다. 군복무 경험, 이별 경험, 가족 해체나 경제적 몰락이 한사람을 문득 어른으로 만드는 경우를 자주 목격한다.

언제부턴가 젊은이들을 만나면 언제 어른이 되었다고 느꼈는지 물어본다. 질문을 받으면 대부분의 후배들은 놀라는 표정을 짓는다. "어른이 되었다고 느낀 순간은 없었어요. 그 질문을 받고 생각해보니 나는 아직 어른이 아닌 것 같아요." 삼십대 중반 남자의 대답이다. 어떤 남자는 이렇게 대답했다. "어른이 별건가요, 나이 들면 어른인 거지." 한 여성은 이렇게 말했다. "이혼 후에 이제 어른이 되어야 하는구나 생각했어요." 우리는 어른이라는 단어의 의미나, 그 속에 함축된 사회적 함의에 대해서 생각해본 적이 없는 게 아닌가 싶다.

중년 남자가
도달해야
하는 곳

그는 뉴욕의 메이저급 잡지사의 유능한 편집장이었다. 정기적인 마감 스트레스와 실적 위주의 회사생활을 견뎌내던 중, 사십세가 되던 날 회사에 사표를 냈다. 아내에게도 이혼해줄 것을 부탁하여 살던 집과 모든 재산을 아내에게 넘겨주었다. 그러고는 20달러짜리로 구두 상자 하나를 채울 정도의 현금만을 지참하고 미국 서부 해안도시로 이주했다. 그곳에서 그토록 꿈꾸던 고요하고 한적한 삶을 살아간다.

그가 하는 주된 일은 '비치코밍(beachcombing)'이다. 아침이면 바닷가를 천천히 걸으며 밤새 파도에 밀려온 물건들을 줍는다. 해변에서 주운 물건들을 활용하여 생활에 필요한 거의 모든 생활용품을 만든다. 바다가 선물한 기묘한 사물들은 그의 감수성을 자극하여, 그는 어린 시절부터 꿈꾸던 자기만의 글쓰기를 시작한다. 낮에는 책을 읽거나 글을 쓰고 저녁이면 다시 바닷가를 산책하는 나날을 보낸다. 그는 평화롭고 만족스러웠다.

그런 생활이 한두해쯤 지났을 때, 그의 글들을 모은 책이 출간되었다. 그 책은 1996년에 출간된 리처드 보드의 『넓고 넓은 바닷가에』(*Beachcombing at Miramar*)이다. 그 책은 국내에도 번역 출간될 만큼 미국에서 크게 화제를 일으켰다. 그 책이 많은 독자들에게 공감을 일으킨 배경에는 사십세, 중년의 위기, 삶의 변환 등의 키워드가 있었다.

많은 이들이 삼십대 후반에서 사십세를 넘어서는 고비에서 삶의 허망함에 사로잡힌다. 어렸을 때부터 꿈꾸던 것을 이룬 이들은 그들대로 허무하고, 이제는 결코 꿈을 이룰 수 없게 된 이들도 그 앞에서 좌절한다. 중년 여성들의 '빈 둥지 증후군'도 비슷한 심리적 현상이다. 남편과 자녀에게 자기 생을 온통 투자했다고 생각하는 여성들은 자녀들이 성장해 떠나면 거부당했다는 느낌을 받는다. 중년 남자들도 자기 생이 억울하다고 느낀다. 술에 취한 채 잠들었다가 술이 깨면서 잠에서 깨는 새벽 서너시쯤, 부엌에서 물 한잔 찾아마신 후 거실에 앉아 있으면 두통과 함께 이런 생각에 사로잡힌다.

'내 인생은 대체 무엇인가. 나는 가족에게 돈 벌어다주는 기계인가?'

그는 가족을 위해 헌신적으로 일하지만 그에 따른 보상이 없다고 느낀다. 그토록 힘들게 일하고 돌아와도 집에는 위안이 없다. 반찬은 입에 맞지 않고, 아내는 잠자리를 거부하고, 아이들은 제멋대로 군다.

그렇게 불면의 밤을 통과할 때면 내면에서 아우성치는 소리가 더욱 커진다. 집안 형편 때문에 펼치지 못한 예술적 감수성에 대해, 부모의 뜻에 따르느라 포기한 꿈에 대해, 아깝게 놓친 사랑에 대해 할 말이 많은 듯 느껴진다. 다른 사람이 되어 다른 삶을 살 수 있었던 선택들이 마음을 어지럽힌다. 지금이라도 훌쩍, 이 모든 것을 털어버리고 다른 삶을 찾아 떠나고 싶은 충동이 끓어오른다.

중년의 위기는 그렇게 마술이 풀린 듯 찾아온다. 화려한 경력, 아름다운 아내, 평화로운 가정이 한순간 눈앞에서 사라진다. 삶에 의미가 없어지고 삶에서 진정으로 원했던 것이 이것이었나 자문한다. 무기력해지고, 창의성이 고갈되고, 삶의 가능성이 축소되어 보인다.

삶이 무거워진 중년 남성들은 이렇게 생각한다. 예전에는 마누라가 콧소리 내는 게 애교스러웠는데 이제는 그것이 부담된다. 징징거리면서 요구하기만 하는 아내가 버겁다. 중년 여성들도 마찬가지다. 그녀들은 남편이 집에 들어와 힘들다고 징징거리는 소리가 듣기 싫어진다. 예전에는 자기 멋대로 집안을 이끌고 가려는 태도가 싫었는데, 중년이 되면 제발 예전처럼 자신있게 해줬으면 싶은 마음이다.

인간 발달단계를 나눌 때, 심리적으로는 중년을 35세부터 55세나 60세까지로 본다. 그중 중년의 위기, 혹은 중년의 전환기라 불리는 심리적 격변을 경험하는 나이는 대체로 38세부터 43세 정도라고 한다. 그 시기에는 쉽게 우울해 보이거나 병든 듯 무력해 보인다. 자기 삶에 의문을 갖고, 삶을 수정하고 싶어한다.

중년의 위기라면 나도 꽤나 혹독하게 치러낸 편이다. 서른일곱, 서른여덟살 무렵에 무력감이 찾아왔다. 나름 열심히 살아왔는데 문득 막다른 곳에 도달했다는 것을 알았다. 더이상 어떻게 살아야 할지 모르겠다는 느낌이었다. 인생을 다 산 것 같기도 하고, 전혀 살지 않은 듯도 했다. 글쓰기에서도 저항감이 일면서 글을 쓸 때마다 답답함을 느꼈다. 솔직한 속맘은 이랬다.

'왜 글을 이렇게밖에 못 쓰지? 틀림없이 이보다는 더 잘 쓸 수 있을 텐데……'

그게 어디서 오는 소리인지는 모르지만 내면에서는 틀림없이 그런 생각이 올라왔다. 생의 여러 가능성을 떠올려보기도 했다. 공부를 더 할까, 결혼을 하고 아이를 낳을까, 멀리 조용한 곳으로 떠날까? 그런 일들 중 한가지를 섣불리 선택하지 않은 건 다행이었다. 대신 정신분석을 받았고, 그것은 두고두고 내가 인생에서 가장 잘한 선택이라고 여기고 있다. 그 과정을 통해, 억압해둔 반대 감정 꺼내기, 내면 갈등 견뎌내기, 고통 경험하기 등을 지나왔다. 내가 진정 원했던 것이 성장하고자 하는 욕구였다는 것도 알게 되었다.

프로이트 학파 정신분석학에서는 중년 위기를 유아 신경증과 관련시킨다. 잠복된 유아 신경증은 사춘기 때 1차로 표출되면서 조절될 기회를 가진다. 사춘기의 휘몰아치는 반항 행위는 유아 신경증을 치료하는 소중한 기회가 된다. 중년에 찾아오는 위기는 사춘기에도 제대로 해소하지 못한 내면 문제의 폭발이라고 본다. 중년기에 폭발하는 유아 신경증은 그때라도 내면을 돌보면서 성장하라는 신호이다. 특히 내면을 억압, 회피한 채 살아온 남자들에게 중년의 위기는 더욱 폭발력을 가질 수 있다.

어떤 사람은 중년을 무사히 넘기는데, 어떤 사람은 더 심하게 겪는다. 그 이유에 대해 융은 내면에 제대로 발휘되지 않은 잠재력, 충실히 사용하지 못한 열정이 남아 있다고 느끼기 때문이라고 설명한다.

개인의 심혼은 그 한계와 가능성을 알고 있다. 만약 그가 자신의 한계를 넘어서거나, 아니면 가능성을 실현시키지 못할 때 신경증이 발생한다. 심혼이 잘못된 상황을 바로잡기 위해 활동하는 것이다.

에릭슨은 중년기를 생성감과 침체감이 엇갈리는 발달단계로 보았다. 중년을 지나면서 새롭게 생의 활력과 비전을 확보할 것인가, 이전 방식을 고수하면서 침체의 길로 접어들 것인가가 갈린다. 다른 분야는 모르겠지만 예술 영역에서는 에릭슨의 통찰이 맞아떨어지는 것 같다. 내가 보기에 예술가에는 두 부류가 있는 것 같다. 청춘기에 천재성을 분출한 후 중년 이후 침체의 길을 걷는 사람과, 중년의 위기와 고통을 통과한 후 말년까지 창작활동을 이어가는 사람. 그런 이의 작품은 중년 이전과 이후의 색채가 확연히 다르다.

중년의 열정이 향하는 곳

중년의 전환기에서 삶의 판을 뒤엎고 자기 인생을 찾아 멀리 떠나는 것보다 더 많은 이들이 사용하는 온건한 해결책은 열정을 쏟을 새로운 대상을 찾아내는 일이다. 많은 남자들이 중년이 되면 뒤늦게 취미생활에 몰두한다. 고가의 오디오와 이미자 음악에 심취하거나 등산, 낚시에 몰두한다. 어떤 이는 뒤늦게 공부를 시작하고, 어떤 이는 주말 답사 여행을 따라나선다.

주변 지인 중에, 중년이 되자 열정을 쏟을 특정한 대상에 몰두한 사례로 목조주택 짓는 법을 배우기 시작한 이가 있다. 목조주택 학교에 등록하여 집 짓는 법을 배우고 있다고 말하면서 그는 얼굴 가득 기대에 부푼 웃음을 띠었다. '저 푸른 초원 위에 그림 같은 집을 짓고' 사는 꿈이야 성장기에 누구나 한번쯤 꾸는 것이지만 건축 실무는 전문가에게 맡기는 게 관례일 텐데 직접 톱과 대패를 집어들다니, 나는 그에게 저능아처럼 물었다.

"집을 어떻게 짓지?"

그는 간결하고 자신만만하게 대답했다.

"코사인만 풀 줄 알면 돼요."

코사인이라니, 참으로 신선하기는 했다.

또다른 지인은 집보다 조금 작은 대상에 열정을 쏟았다. 그는 마혼살 무렵부터 목공예를 시작해 조각품이나 가구를 직접 디자인하여 제작했다. 자신의 작품을 주변 지인들에게 선물하곤 해서 나도 나무판에 새긴 달마도를 선물받은 일이 있다. 몇년 후에는 나뭇결이 살아 있는 차 테이블도 받았다. 최근에는 목재 문갑을 만드는 중이라고 한다. 그는 직장에서 보내는 시간 이외의 대부분의 시간을 목공예 작업실에 처박혀 보내고 있다. 다행히도 그의 아내는 직장생활을 하느라 바빠 그에게 함께 시간을 보내달라고 잔소리하지 않는다.

중년의 위기에서 열정을 다시 한번 불태우고자 할 때 남자들이 추구하는 가장 보편적인 방법은 실은 외도이다. 그 사례는 흔하고 흔해서 여기서까지 언급할 필요는 없다고 생각된다. 사실 성적 능력이 감퇴되는 징조만큼 중년 남자를 두렵게 하는 것은 없다. 그들은 젊은 여자와 함께라면 젊은 시절의 짜릿한 감성을 되살리고 활기찬 삶을 꽃피울 수 있으리라 기대하면서 새로운 연애를 시작한다. 실제로 한 세대쯤 나이 차이가 나는 여자는 중년 남자에게 원하는 것을 준다. 그를 존경하고, 그가 주는 것에 감사하며, 그가 되찾고 싶어하는 젊음의 장소로 데려간다. 중년 남자는 젊은 애인과 함께 시간을 보내면서 삶이 회생하는 듯한 느낌을 갖는다. 새로운 성적 충동에 눈뜨고, 막강한 성적 역량이 샘솟는 듯 느낀다.

하지만 외도는 가장 보편적이면서 파괴적인 방법이다. 남편이 젊은 여자와 바람났다는 사실을 알게 된 아내들은 그때부터 지옥을 경험한다. 그들은 아무에게도 할 수 없는 이야기를 털어놓으려 정

중년의 위기에서 필요한 것은
외부에서 해결책을 찾는 게 아니라
자기 내면에서 문제를 찾는 일이다.
삶이란 유아기의 욕망과
결핍을 추구하는 것이
아니라는 것을 알아차려야 한다.

신과 의사를 찾아간다. 『여자를 미치게 하는 남자들의 이상심리』의 저자 제드 다이아몬드는 중년 아내들에게 이런 설명을 해준다고 한다.

"당신 남편은 지금 당신이 싫어서 다른 여자를 만나는 게 아닙니다. 당신을 사랑하는 것과는 별개로 그는 자기에게 해결해야 하는 문제가 있다고 느끼고 있습니다. 그 문제를 풀기 위해 젊은 여자의 도움이 필요하다고 생각하는 거지요."

아내들은 눈을 동그랗게 뜨고 믿을 수 없다는 표정을 짓는다. 그만큼 믿을 수 없는 또 한가지 사실은 외도하는 남성들이 죄의식이나 미안함을 거의 느끼지 않는다는 점이다. 그들은 자기의 성적 능력을 되살리는 일이 너무 다급해서 다른 사람의 입장이나 여타 감정을 돌아볼 겨를이 없다.

중년이 되면 섹스는 더이상 불편한 감정을 해소하는 통로가 되어서는 안된다. 섹스를 통해 남성다움을 증명하고 인정받고자 해서는 안된다. 그때가 되면 일원화해둔 욕구와 감정들의 창구를 다원화해야 한다. 섹스가 아닌 대화로 감정을 표현하고, 섹스가 아닌 운동이나 취미생활에서 모험심을 추구하고, 섹스가 아닌 업무 영역에서 성취감을 느끼도록 해야 한다.

중년이 되면 섹스는 오히려 친밀감을 나누는 도구가 될 수 있다. 다급한 긴장 완화로서의 섹스가 아닌, 진정한 성적 친밀감을 느끼는 섹스가 가능해진다. 섹스 횟수는 줄어도 만족감은 더 커진다. 만족감을 최우선으로 여겼던 젊은 시절과는 달리, 오래 지속된 관계를 소중히 여기는 법을 배운다. 그때부터 진정한 관계 맺기, 소통하는 방식으로서의 섹스를 경험하게 된다.

내면의 타나토스와 화해하기

　　　　　　　　아버지는 전형적이고 완고한 성격으로 가족을 부양하기 위해 개인적인 즐거움은 모두 포기하신 분입니다. 우리가 정말 필요했던 것은 강하고 긍정적인 남성상이 되어줄 역할 모델이었지만 불행하게도 아버지는 그렇지 못하셨어요. 저녁에 집에 돌아오면 항상 화를 내시면서 우리가 화를 돋운다고 몰아세우시곤 했죠.

　다 같이 가족여행을 할 때도 이런 식이었습니다. "3월 3일에 14일 동안 유럽 여행을 간다"고 아버지가 통보하시죠. 그러면 나머지 가족들은 그저 새벽 6시에 일어나 자동차를 타고 "이제 빠리로 향하고 있구나" 생각할 뿐이었습니다. 도무지 여행 같지 않았고 그저 의무감에 따라가는 것 같았습니다.

　이 글은 제드 다이아몬드의 『여자를 미치게 하는 남자들의 이상심리』에 실려 있는 내용이다. 위 사례의 주인공 폴 리치스는 통신회사 컨설턴트로 일하는 중년 남자이다. 그는 가족 모두 화를 잘 내고 심하게 심술부리는 환경에서 자랐다. 위에 묘사되어 있는 폴의 아버지는 세상의 모든 아버지들과 별로 달라 보이지 않는다.

그런 아버지를 둔 폴은 중년기에 이르러 결혼생활이 파탄으로 치닫기 시작했다. 주변 사람들에게서 인간쓰레기라는 말을 들었고, 기어이 회사 일을 망친 후 심리치료를 받기 시작했다.

나는 아버지처럼 변해가고 있습니다. 아내와의 관계가 심각하게 악화되었다는 사실도 알구요. 나는 나 자신이 점점 더 예민하게 굴고 화를 내고 험악하게 인상 쓴다는 것을 느낍니다. 아주 사소한 일에도 아내에게 냉정하게 쏘아붙이는데, 나도 내가 왜 그러는지 모르겠어요. 다른 사람들과의 관계에서도 그래요. 내가 수강하고 있는 어느 강좌에서 강사는 나를 심술 씨라고 부릅니다. 머리 위에 늘 따라다니는 먹구름에서 벼락이 떨어지는 것처럼 가끔씩 작은 일에도 폭발하고 맙니다.

이건 정말 인정하고 싶지 않지만, 사실 회사에서도 성질머리 때문에 어려움을 많이 겪습니다. 최근에 어느 대기업의 합병과 관련해서 컨설팅 의뢰를 받은 적이 있는데, 내가 맡기로 했던 일이 갑자기 취소되었어요. 동료 몇사람과 사석에서 이야기를 나누다가 이유를 알게 됐습니다. 문제는 내 업무 능력이 아닌 성격 때문이었습니다. 동료들과 잘 지내지 못하고 아무 데서나 쉽게 화를 내는 성격 때문에 내가 '같이 일하기 힘든' 사람으로 평가되었다는 얘기였어요.

제드 다이아몬드는 남자들의 갱년기에 대해 연구하는 심리치료사이다. 그는 남성 갱년기를 40세에서 55세 전후로 보는데, 여성들의 폐경기와 유사한 호르몬 변화에 따른 증상이 나타난다고 한다. 남성 갱년기를 겪는 남성들의 변화는 15세에서 25세 성년기로 접어드는 남성들이 겪는 변화와 흡사하다고 한다. 두 집단 모두 걷잡을 수 없을 만큼 감정 기복이 크다. 두 집단 모두 정체성을 새롭게 세우는 문제와 맞닥뜨리며, 또한 중요한 성적 변화를 경험한다고 한다.

남성 갱년기를 겪는 남자들은 다양한 강도와 형태로 기분을 표현한다. 자신의 상태를 외부에 알리는 유일한 방식은 화를 내는 것이다. 거기에 과민함, 조급함, 공격과 방어적 태도, 논쟁, 침울함, 침묵 등이 추가된다. 친절하고 사려 깊은 사람이었는데 잠깐 사이에 비열하고 파괴적인 사람으로 변하고, 호의적인 행동과 적대적인 행동의 널뛰기 쇼를 한다.

자끄 라깡은 중년기의 중심 과제를 내면의 타나토스, 즉 파괴적속성과 화해하는 것이라고 했다. 자기도 알아차리지 못한 파괴 본능이 모르는 새에 주변 사람들을 공격했다는 사실을 알아차리고 미안함을 느끼거나, 그것이 자기 삶을 파괴적인 곳으로 이끌어갔음을 직시하고 바로잡아야 한다. 사실 그동안 남자들은 그 모든 감정과 욕구의 배출 창구를 섹스 하나로 일원화해두었다. 그런데 성적 역량이 떨어지면서 모든 문제들을 즉각 해소하는 길이 막혀버린 셈이다. 섹스로 해결하지 못한 감정적 문제들이 행동화되어 고스란히 폭력성으로 드러나는 셈이다. 중년이 되면 내면의 파괴적 에너지를 알아차리고, 그것을 바깥으로 쏟아낼 게 아니라 자기 것으로 인정하고 다른 해소법을 찾아야 한다.

혹시 알아차리셨는지 모르겠다. 중년의 위기에서 남자들이 꾀하는 해결책들은 그 뒤에 상처 입는 가족을 남긴다는 사실을. 자기 꿈을 찾아 떠난 잡지 편집장 뒤에도 느닷없이 남겨진 가족이 있었다. 외도를 통해 열정을 되살리려는 남편에게도, 타나토스 영역의 감정을 쏟아내는 남편에게도 지옥을 경험하는 아내가 있다.

중년의 위기에서 필요한 것은 외부에서 해결책을 찾는 게 아니라 자기 내면에서 문제를 찾는 일이다. 그동안 회피해온 감정 영역을 점검하고, 덜 발현된 인간성의 좋은 면을 알아차리고 개발해야 한다. 그것이 뒤늦게라도 성장하고 싶은 욕구라는 것도 깨달아야 한다. 또한 중년이 되면 삶의 패러다임이 완전히 바뀌어야 한다. 삶이란 유아기의 욕망과 결핍을 추구하는 것이 아니며, 삶의 진정한 본질은 이타성이라는 것을 알아차려야 한다. 사실 우리 일상을 가만히 들여다보면 자신을 위해 하는 일은 몇가지 되지 않는다. 가장은 가족을 위해 돈을 벌고, 주부는 가족을 위해 요리와 청소를 한다. 그것을 억울하다고 느낀다면 여전히 '아기' 상태라는 의미일 것이다.

남자 안의
여자 살려내기

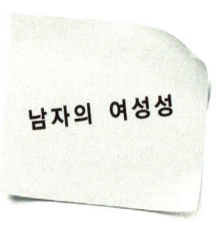

남자의 여성성

　　독일의 유명한 재상 비스마르크와 황제 빌헬름 1세는 단짝이었다고 한다. 당시 독일이 강성해질 수 있었던 이유도 비스마르크라는 훌륭한 재상뿐 아니라 도량이 넓은 황제 빌헬름 1세가 있었기 때문이다. 빌헬름 1세는 후궁에 돌아오면 종종 화를 내며 물건을 닥치는 대로 집어던지고 찻잔을 깨뜨리곤 했다. 한번은 아주 진귀한 그릇을 던져 깨뜨리자 황후가 말했다.

　　"당신, 또 비스마르크라는 늙은이로부터 욕을 먹었군요?"

　　빌헬름 1세가 퉁명스레 "그렇소"라고 답하자 황후가 "당신은 왜 늘 그에게 욕을 먹으면서 참기만 하는 거예요?" 하고 다시 물었다.

빌헬름 1세는 이렇게 대답했다.

"당신은 이해하지 못해요. 그 사람은 재상으로 일인지하 만인지상에 있으니 자기 아래에 있는 그 많은 사람들의 욕을 다 먹어야 해요. 그가 그렇게 욕을 먹고 나서 어디다 풀겠소? 나한테 풀 수밖에 없지 않겠소. 황제인 나는 또 어디다 풀겠소? 접시를 내던질 수밖에 더 있겠소."

이 황제와 재상 덕분에 독일은 그렇게 강성할 수 있었다고 한다.

또 한가지 이야기가 있다. 주나라 황제 주원장의 황후는 역사적으로 훌륭한 인물로 기록되어 있다. 주원장이 황제가 된 후, 어느날 후궁에서 황후와 담소를 나누고 있다가 갑자기 무릎을 탁 치고는 "나 주원장이 황제가 될 줄이야. 상상도 못했지!" 하고 말했다. 이어 기쁜 듯 뛰어 일어나 춤을 추면서 변변치 못했던 옛 시절의 모습을 적나라하게 드러냈다. 한마디로 대단한 추태를 부린 셈이었다. 그때 두명의 관리가 옆에 있었는데 황제는 이들이 있다는 사실에 미처 신경을 쓰지 못했다.

잠시 후 주원장이 나가자 황후는 즉시 그 두 관리에게 일렀다.

"황제가 곧 돌아오신다. 너희들 중 하나는 벙어리 행세를 하고, 하나는 귀머거리 행세를 해라. 그렇지 않으면 너희 둘은 목숨이 붙어 있지 못할 것이다."

과연 황제가 밖에 나가 자기가 한 짓을 생각해보니 대단히 부끄러웠다. 그런 추태가 두 관리들에 의해 밖으로 소문나면 큰일이라는 생각이 들었다. 황제는 급히 후궁으로 돌아가 관리들을 확인했다. 하나는 벙어리고 하나는 귀머거리라는 사실을 알고는 안심하여 아무 일도 없게 되었다.

위의 두가지 이야기는 대만 법사 난화이진 선생의 『역사와 인생을 말한다(南懷瑾談歷史與人生)』에서 인용했다. 저자는 '노여움을 남에게 옮기지 않고, 같은 잘못을 거듭 저지르지 않는다'는 '불천노 불이과(不遷怒 不貳過)'라는 공자의 가르침 중 불천노를 설명하기 위해 두 사례를 차용한다. 저자는 이렇게 이야기를 맺는다.

"일이 좀 못마땅하다고 다른 사람에게 짜증을 내고도 이를 반성하여 자기를 꾸짖을 줄 모르는 사람이 많다. 특히 남을 이끄는 지도자는 이 점을 각별히 주의해야 한다."

저 글을 읽을 때 조금 놀랐다. 중국 고전에 이미 분노의 투사 현상과 그것을 경계하는 가르침이 있었다는 사실 때문이었다. 특히 지도자에게 그런 일을 경계시킨 것은 낮은 곳으로 흐르는 분노의 속성에 대해서도 알고 있다는 의미였다. 비스마르크도, 빌헬름 1세도 분노를 아래로 투사하지 않고 오히려 아래에서 오는 분노를 끌어안는 모습이 인상적이었다. 그보다 뜻깊은 대목은 빌헬름 1세도 주원장도 자기의 내밀한 감정을 토로할 때 아내를 필요로 한다는 점이었다. 아내만을 어디에서도 말할 수 없는 가장 깊은 속내를 토로할 수 있는 안전한 대상이라고 여기고 있었다.

『우리가 몰랐던 남성』의 저자 로즈 킹마는 오직 여성만이 남성을 도울 수 있다고 단언한다. 그녀는 남자에게 감성적 요소가 없다고 진단한다. 명목상으로는 그것이 있는 것으로 되어 있지만 이십년간

치료 현장에서 남성의 내면을 집중적으로 연구한 바에 의하면 그들은 실제로 그것을 가지고 있지 않다고 단정한다. 남성이 여성을 계속 실망시키는 것은 성의가 부족해서가 아니라 그들이 미처 갖지 못한 것을 줄 수 없기 때문일 뿐이라고 한다.

남자가 이르고자 하는 내면의 감정에 도달하도록 안내해줄 사람은 여자밖에 없다. 오직 여자만이 부드러운 공감의 손길을 건넬 수 있다. 남자가 감정을 표현할 수 있도록 친밀한 관계에 있는 여자가 도와주어야 한다. 남성들이 자신을 완성하기 위해 들어서야 하는 정신적 상태는 오직 여성들만이 갖고 있기 때문이다.

그 정신적 상태란 감정적 생동감과 친밀감, 인간관계를 떠안을 역량, 타고난 양육 능력, 감정 언어를 사용하는 친숙함, 생명을 잉태하여 탄생시키는 능력 등이라고 한다. 그것은 곧 여성이 남성을 정신적으로 돌봐야 한다는 의미처럼 들린다. 그에 대해 여성들이 화를 낼 만하다고 인정한다. 여성들은 그동안 충분히 힘든 삶을 살아왔으며, 어떤 형태건 남성을 돌보는 일에 신물이 나 있다. 전에는 밥상을 차리고 내팽개쳐진 양말을 줍는 게 일이었는데 이제는 감정을 깨우쳐주라니, 지나치게 불공평하다고 여길 만하다. 그럼에도 오직 여성만이 남자를 도울 수 있다는 게 그녀의 주장이다.

"영원히 여성적인 것이 인류를 구원할 것이다."

괴테가 남긴 말이다. 괴테도, 로즈 킹마 박사도 어쩌면 그리스신화를 참고했는지 모른다. 그리스신화에서 아버지와 아들이 싸울 때 그 중재 역할을 하는 사람은 언제나 여자이다. 사실 남자는 늘 여자를 필요로 한다. 여자가 남자를 필요로 하는 것보다 더 많이, 절박하게. 삶이 이어지고 인류가 살아남도록 돕는 일도 언제나 여자의 몫이었다.

●●

수다 떠는 남자들

1999년 여름쯤, 빠리행 떼제베 열차에서 본 광경이다. 통로를 사이에 두고 내가 앉은 좌석 건너편에 두 남성이 앉아 있었는데, 그들은 환하게 웃음 띤 얼굴로 소곤소곤 이야기를 나누고 있었다. 나이는 이십대 후반이나 삼십대 초반쯤으로 보였고, 캐주얼한 정장 차림에 지적인 분위기를 풍기고 있었다. 두사람 중 이야기를 주도하는 사람은 몸을 상대방 쪽으로 완전히 돌린 자세로 두 손을 화려하게 움직이며 다양한 제스처를 취했다. 듣는 입장인 사람은 시선을 대체로 정면을 향한 채 고개를 끄덕이거나, 이따금 동행을 바라보며 의견을 보태거나 했다. 그들에게서는 정다움, 편안함, 행복감 같은 분위기가 번져나오고 있었다.

사실 처음에는 그들이 피우는 씨가 냄새 때문에 그쪽으로 신경이 쓰였다. 당시 나는 흡연자였기 때문에 티켓을 끊을 때 흡연석을 요청했다. 열차에 탔을 때 좌석은 거의 비어 있었고 입구에서 두번째 자리에 그들 두사람만이 앉아 있었다. 나의 티켓에 지정된 좌석은 그들 옆자리였다. 문이 닫히고 열차가 출발하자 그들이 태우는 씨가 냄새가 실내에 퍼지기 시작했다. 나도 흡연자였지만 그 냄새는 진짜 지독했다. 빈대를 태우면 그런 냄새가 나지 않을까 싶게, 단백질 타는 이상한 노린내가 났다. 처음 그들 쪽으로 고개 돌렸을 때는 단지 그들이 피우는 씨가를 확인하고 싶었다. 두사람 모두 수도관만큼 굵은 초콜릿색 씨가를 들고 있었다.

잠깐 돌아본 후 시선을 거두었을 때 이상한 느낌이 전달되어왔다. 반사적으로 다시 한번 그들을 돌아보았을 때 이상한 느낌의 정체가 이해되었다. 그것은 살면서 내가 한번도 본 적 없는 광경이었다. 남자 두사람이 그토록 다정하게, 낮은 목소리로, 오래 속삭이는 광경을 그때 처음 보았다. 두 남성이 그토록 평화롭고 행복한 표정을 짓고 있는 모습을 전에는 본 적 없었고, 자연스럽게 친밀감을 표출하는 광경도 처음 보았다.

그들의 모습을 보면서야, 그전까지 목격한 남성들의 대화 장면을 떠올려보았다. 그동안 내가 본 남자들의 대화는 주로 술자리에서 선배나 회사에 대한 불만을 토로하는 내용이었다. 정치 풍토와 정치가를 비판하는 것, 술에 취해 큰 소리로 노래하는 것, 목표를 성취했을 때 큰 소리로 승리감에 취하는 것 등이 전부였다. 뜻밖에도 나는 남자들이 조용히 대화하면서 행복해하는 모습을 본 적이 없었다. 역한 씨가 냄새에도 불구하고 다른 자리로 옮기지 않은 이유는 처음 만난 그 색다른 광경 옆에 좀더 머무르고 싶어서였다.

지금도 외국을 여행할 때면 외국인 남성들이 자연스럽게 자기 감정을 표현하고 편안하게 친밀감을 나누는 광경에 유독 눈길이 간다. 숙소에서 아침 식사를 할 때면 처음 만나는 여행자들이 다정하게 대화하며 급속하게 친밀해지는 모습이 유독 눈에 들어온다. 거리의 찻집에 남자들이 편안하게 앉아 조용히 이야기 나누는 모습도 유심히 본다. 남자들도 수다만 떨 수 있다면 괜찮을 것이라 생각하곤 했다. 누구에게든 내면을 표현할 수만 있다면 일상적으로 느끼는 고통이 덜해질 것이다. 남자다움 밑에 숨겨둔 연약함, 두려움, 친밀감 등이 살아난다면 한결 매력적인 남자가 될 것이다, 생각하곤 했다.

　외국을 여행할 때마다 한껏 부러워했던 그런 장면들을 몇해 전부터 국내에서도 가끔 목격한다. 남자들이 야외 찻집에 앉아 편안한 낯빛으로 서로를 바라보며 조용히 이야기 나누는 광경을 보면 이상한 감동까지 느껴진다. 우리 사회 곳곳에서 남자들이 수다를 떨고, 자기 이야기를 토로하고, 가끔은 힘들다고 눈물 흘리는 모습을 보게 된 것도 고마운 일이다. 남성들도 언어로 감정을 표현할 수 있고, 자신과 타인의 감정을 돌볼 수 있다는 사실을 믿게 되는 장면이다. 그런 남자들이 많아지면 양성이 지금보다 행복해지지 않을까 성급한 기대도 품어본다.

　남자들은 이제 외부에서 여자를 찾아다니기보다 자기 내면에서 여성성을 찾아내야 한다. 남성다움의 가면 밑에 억압해둔 여성적 요소를 되살려내어 의식 속으로 통합해야 한다. 그것이 근본적으로 행복하고 평화로워지는 길이다.

서글픈 것은 남성들이 이미 여성적인 요소를 어느정도 가지고 있는데도 불구하고 그것을 전혀 인정하려 하지 않거나 비정상적인 것으로 취급하려 한다는 점이다. 남성들은 세상을 살아가는 데 있어 여전히 여성적인 요소를 불편하게 느낀다.

카를 구스타프 융은 이미 오래전에 여성 속의 남성성을 '아니무스'라고, 남성 속의 여성성을 '아니마'라고 이름 붙였다. 누구든 내면에서 반대 성의 요소를 더 많이 의식하고 표현하는 사람이 더 많이 통합된 사람이라고 주장한다.

삼십대 중반쯤 내가 자신에 대해 알아차린 사실 한가지는 여성성이 자연스럽게 표현되는 남자들과 지내기가 한결 수월하다는 사실이었다. 반대로 말하면 지나치게 남자인 척하는 남자, 힘자랑하는 남자, 마초인 남자와는 관계 맺기가 불편했다. 그런 이들과 마주 앉아 이야기 나누면 십분도 지나지 않아 내면에서 울컥하는 감정이 올라왔다. 그들의 남성답다는 정의에는 여자를 무시한다는 의미가 내포되어 있는 듯했다.

반면 여성성을 자연스럽게 드러내는 남자들과 있을 때는 편안했다. 그런 이들 앞에서는 나 역시 내면의 남성적 요소를 편안하게 표현할 수 있었다. 그런 이들은 반대 의견을 내밀어도 표정이 굳지 않았고, 내 뜻대로 일을 이끌어도 불쾌해하지 않았다. 개인적으로 나는 남자들이 왜 사석에서, 혹은 친밀한 관계에서까지 그토록 어깨에 힘을 주면서 남자답게 굴려고 하는지 이해되지 않는다. 남자답게 보이려고 주먹을 불끈 쥐지만 않는다면 여자들은 그들과 한결 편안하게 관계를 맺을 수 있을 텐데 싶다.

젊은 시절에 마초처럼 살았던 사람도 중년이 되면 변화한다. 생물학적으로 중년기에는 남성들도 여성 호르몬이 많이 분비되어 모든 면에서 부드럽게 변화하기 시작한다. 보다 내성적이 되고, 자기주장도 약해지고, 환경과 주변 사람을 통제하려는 성향도 줄어든다. 급기야 아내와 함께 드라마를 보면서 눈물 흘린다. 남성성과 여성성, 젊음과 늙음, 의존성과 자율성 등 양가적 특성이 자기도 모르는 새에 천천히 통합되어간다. 그것을 자연스럽게 받아들이고 축복이라 여길 수 있으면 좋을 텐데 싶다.

●●

남자들의 요리 이야기

지난 연말, 우연히 서른살 안팎의 후배 시인, 소설가들의 모임에 동석한 일이 있었다. 가벼운 친목 모임이어서 대화는 특별한 주제나 초점 없이 흘렀다. 그들 또래의 예쁘장한 여성 두명이 있었고, 남성들의 대화는 알게 모르게 그녀들을 의식하면서 이어졌다.

어느 순간, 대화를 주도하는 남성들의 화제가 요리 이야기로 흘

남자들은
남성다움의 가면 밑에 억압해둔
여성적 요소를 되살려내어
의식 속으로 통합해야 한다.
그것이 근본적으로
행복하고 평화로워지는 길이다.

러갔다. 그들의 대화 내용은 미식 취향이나 맛집 탐방, 음식 문화에 관한 것들이 아니었다. 자신이 어떤 요리를 할 줄 알며 얼마나 요리를 잘하는지, 어제도 무슨 음식을 만들었는지에 대한 이야기였다. 그런 이야기가 삼십분 이상 이어진 후, 가장 먼저 요리 이야기를 꺼낸 친구에게 물어보았다. 왜 그렇게 열심히 요리를 하는지. 그의 대답은 이랬다.

"엄마랑 누나가 하는 음식이 맛이 없어서 직접 만들어 먹어요."

저 답을 들었을 때 나는 좀 놀랐다. 가부장제의 주인이었던 우리 아버지 세대는 반찬이 마음에 들지 않으면 상을 뒤엎을 권리를 가지고 있었다. 우리 세대 남자들에게는 밥상 앞에서 반찬 투정할 정도의 권력은 허용되었다. 하지만 요즈음 젊은이들은 스스로 음식을 한다니, 신선했다. 또다른 친구도 답을 주었다.

"저는 자취한 지 여러해 되는데, 가끔은 자취생을 위한 간편 요리 책자를 내고 싶다는 생각을 해요."

그는 학교에 취직한 후 학교 급식으로 식사를 해결하는데, 음식을 먹을 때마다 간이나 양념을 조금 더 보충하면 맛이 확 살아날 텐데, 하는 생각을 버릴 수 없다고 한다.

요리 이야기 릴레이에 동참했던 또 한명의 남성은 앞의 두 친구에 비해 요리 경력이 현격하게 떨어져 보였다. 그래도 무슨 이유에서인지 그들에게 밀리고 싶지 않다는 경쟁심을 보이며 빈약한 요리 경험을 펼쳐놓았다. 경쟁하듯, 혹은 자기를 주장하듯 요리 이야기를 이어가는 서른살 안팎의 남자들을 보면서 묘한 사실 한가지를 알아차렸다. 요즈음 젊은이들은 여성에게 자기를 어필하기 위해 우리 세대와는 전혀 다른 것을 내미는구나.

그동안 내가 목격해온 우리 세대 남자들의 '이야기하기'는 주로 자기 자랑 위주였다. 군대 무용담 종류는 얼마나 들었는지 나도 해병대에서 귀신을 잡은 듯 착각할 정도였다. 나이 든 후에 만난 남자들은 자기 업무를 세밀하게 설명하면서 사회적 지위를 자랑하는 이들이 많았다. 어떤 이들은 여행이나 취미생활을 이야기하면서 자기의 부유함을 이야기 속에 펼쳐 보였다. 음식에 대해 이야기할 때도 그것이 자기의 사회적, 경제적 힘을 표현하는 수단이 되도록 하고, 가끔은 미식 취향의 특별함을 보여주기 위해 이야기를 꺼냈다. 그들은 부엌에 들어가면 '고추'가 떨어지는 줄 알고 자란 세대였다. 신혼 초에 아내가 집안일을 도와달라고 하면 일을 엉망진창으로 해서 다시는 그런 부탁을 하지 않도록 질리게 만들면 된다는 조언을 주고받았다. 그런데 자발적으로 부엌에 들어가 음식을 만들고 그것을 자랑하는 젊은 남자들이 있다니, 신기해 보일 정도였다.

나중에 그들 중 한 청년을 다시 만났을 때, 그 사실을 다시 언급해보았다. 그날 왜 요리 실력을 자랑한 거냐고. 그는 그 일에 대해 의식하고 있었고, 혼자 생각해본 듯했다.

"왜 그런 얘기를 길게 했을까 싶었어요. 1절만 하고 끝내려고 했는데, 친구가 2절, 3절을 보태는 바람에 4절까지 하게 되고. 아무튼 나중에 돌이켜보니 기이한 느낌이 들더라구요."

그는 기이한 느낌이 들었다고 말했지만 그 기이함의 배면에 있는 것이 무엇인지 더 명확하게 보였다. 그들 역시 여자를 유혹하는 기제는 무의식적으로 작동시키는 것 같았다. 그렇게라도 서서히 '남자답다'는 기준이 변화되어가는 듯 보이는 점이 반가웠다.

남자들이 내면의 여성성을 적극적으로 발현시키는 것은 반가운 현상으로 보인다. 그들이 진짜 여성적 측면을 드러내는 것인지, 하나의 트렌드로서 여자를 유혹하는 기제로 사용하는지는 구분할 필요가 없을 것이다. 젊은 친구들이 남자답다는 이상한 기준에 얽매여 있지 않은 점, 일상에 대한 남녀 구분에 집착하지 않는 점, 여성성을 드러내는 데 당당하다는 점만으로도 다행스러운 일이다.

행복해지려면
모임에
가입하라

남 자 의   모 임

　　　　　　　　　　우연히, 잘못 배달된 우편물을
하나 받은 일이 있다. 몇몇 가까운 모임 사람들에게 돌리는 책인 듯
했는데 어떤 연유로 주소를 잘못 썼는지 나의 우편함에 들어 있었
다. 처음에는 모임에서 요식적으로 돌리는 회보인 줄 알았다. 반송
시킬 만큼 중요한 것도 아닌 듯해 대수롭지 않은 마음으로 개봉했
다가 아차, 싶었다.

　그 책은 한사람이 자기가 평생토록 해온 '총무'라는 직책의 경력
과 활동상을 나름의 철학과 함께 밝혀둔 책이었다. 저자는 동창회,
종친회, 향우회, 친목회, 가족 모임 등에서 두루 총무를 맡으며 총
무직에 대한 나름의 '총무론'을 정립해온 듯했다. 총무에겐 갖춰야

할 자격과 막중한 역할이 있다고 믿고 있었다.

그의 총무 역할 지침은 이런 내용이었다. 동창회 명부와 회칙을 만들어라, 모임 때마다 회보를 띄워라, 초등학교 동창회에서는 추억의 보물상자를 열어라, 전국에 있는 동창을 찾아내라, 종친회는 족보를 만들어야 한다 등등. 그는 '총무의 달인'이라는 별명을 가지고 있고, 동시에 마흔여덟개 총무직을 맡은 기록도 있었다.

잘못 배달된 우편물을 받고 잠시 생각이 많아졌다. 표지의 저자 사진도 한동안 들여다보았다. 표지에는 "당신도 행복해지려면 10개 이상의 모임에 가입하라"라는 문구가 적혀 있었다. 저자 사진에서 그가 행복해 보이는 증거를 찾으려 했던 기억이 있다. 그와 같은 인물을 주인공으로 하는 단편 한편 써보고 싶다는 생각도 들었다. 제목도 떠올랐다. '총무 김이박'. '김이박'은 우리나라에서 제일 많다는 세가지 성의 모음이다.

소설을 쓴다면 인맥을 중시하는 우리 사회의 풍조에 대해 생각해보고 싶었다. 누군가가 자기 인맥을 자랑하는 말을 들을 때마다 나는 혼자서 아슬아슬한 느낌을 받곤 했다. 그런 이들이 자기도 모르는 채 내보이는 의존성이 걱정되었을 것이다. 그런 이들에게 모임은 무의식적 성장 욕구를 충족시키는 곳이다. 모임이 그에게 정서적 인큐베이팅 기능을 해서 안정감과 보호받는다는 느낌을 얻는다. 그는 모임 속에 사랑, 배려, 보살핌이 있다고 믿는다.

하지만 그런 이들의 불행은 의존할 대상을 찾아다니느라 자기 스스로 힘있는 사람이 될 기회를 놓쳐버린다는 것이다. 의존하는 단체에 헌신하느라 자기 인생을 창조적으로 살아갈 열정을 허공에 흩뿌리는 것처럼 보인다.

삼십대 초반, 처음 문단에 나왔을 때 어느 자리에서 누구를 만나든 자주 듣는 질문이 있었다. '문단에서 누구랑 친한가?' 직장생활을 하던 이십대에는 별로 듣지 않은 질문이었다. 서른살이 넘어 저 질문을 받을 때마다 속으로 생각이 많아지곤 했다. 사생활에 대해 왜 함부로 묻지? 친하다는 기준을 어떻게 잡아야 하는 거지? 내 쪽에서는 친하다고 생각하지만 상대는 다르게 느끼는 경우도 있지 않을까? 실제로 내가 친하다고 말한 친구에 대해 이런 답이 돌아온 경우가 있었다.

"그 사람은 별로 친하지 않다고 하던데요?"

그때 가슴으로 들어오던 묵직한 주먹 같은 동통이 기억난다. 대학 사년을 함께 다닌 친구인데, 수없이 많은 시간을 찻집에 죽치고 앉아 고뇌하는 척하는 이십대를 보냈고, 직장생활을 하면서도 수없이 많은 전화통화로 밤을 지새웠는데, 그런 친구가 나와 친하지 않다고 말했다니. 또다시 생각이 많아졌다. 내가 잘못 산 것일까? 혹시 그는 나를 부끄러워하는 걸까.

한동안 누구랑 친하냐는 질문을 받을 때마다 자의식이 발동하곤 했다. 나중에야 그 질문 자체에 불합리하고 무례한 구석이 있다는 사실을 알아차렸다. 또 나중에야 그 질문을 한 사람이 모두 남자라는 사실을 알아차렸다. 그들은 무리 짓기 좋아하는 듯 보였고 세상을 파벌 구조로 파악하는 듯했다. 그들이 무의식적으로 친밀감을 나눌 만한 사람이나 집단을 원한 게 아니었을까 하는 생각은 마흔살이 넘어서야 할 수 있었다. "누구랑 친해요?" 그 질문은 어쩌면 "나도 친밀한 관계를 맺고 싶어요"라는 의미였을지도 모른다.

●●

남자들의 위원회

윌리엄 골딩의 『파리 대왕』(*Lord of the Flies*)은 핵전쟁이 터진 지구의 위기 상황에서 한 떼의 영국 소년들을 안전 장소로 후송하는 이야기로 시작된다. 지브롤터와 에티오피아를 거쳐온 이 비행기는 적군의 요격을 받아 격추되고 소년들은 비상 탈출하여 태평양의 한 무인도에 불시착한다. 만 다섯살에서 열두살에 이르는 소년들로 구성된 이 집단을 열두살짜리 랠프가 리더가 되어 이끌어간다. 처음 얼마 동안 그들은 소라로 상징되는 민주적 관습을 존중하며 섬 생활을 해나간다. 산꼭대기에 봉화를 피우고, 불을 피워 관리하는 책임자를 선택하고, 바닷가에 오두막을 세우자고 제안한다.

하지만 사냥을 더 중요시하는 잭은 랠프와 의견이 다르다. 잭은 자신을 따르는 무리들을 데리고 나가 멧돼지를 잡아옴으로써 큰 세력을 얻는다. 랠프의 지도력이 약화되자 잭은 의도적으로 랠프의 지시를 무시한다. 대부분의 소년들은 고기 맛에 이끌려 잭의 사냥 그룹에 가담한다. 이어서 자발적으로 사냥에 매료되고 스스로 야만

인으로 타락해간다. 그들은 몸에 색칠을 하고 멧돼지 머리를 막대기에 꽂아 그들이 두려워하는 짐승에게 제물로 바친다. 사냥을 자축하는 피의 제전을 벌이고, 짐승으로 착각하여 한 소년을 죽인 후 어렴풋이 그 사실을 짐작하면서도 그대로 묻어버린다.

잭은 불을 피우는 도구였던 근시 소년의 안경을 훔쳐간다. 그는 안경을 찾으러 간 랠프와 근시 소년을 상대로 노골적으로 싸움을 건다. 그 대결에서 잭의 부하인 소년이 바위를 굴려 근시 소년을 죽음에 빠뜨린다. 혼자 남은 랠프는 도망쳐서 숲속으로 숨는다. 이제 잭 일행은 랠프를 사냥하는 사냥패가 되어 미친 듯이 그를 추격한다. 무수히 많은 고비와 숨 막히는 위기를 넘긴 후 랠프는 가까스로 바닷가에 도착한다. 때마침 연기를 보고 섬에 들른 영국 해군에게 소년 일행이 구조되는 것으로 소설은 끝난다.

작가는 한 무리의 소년을 무인도에 데려다놓고 묻는다. 인간은 야만과 얼마나 차이가 있는가. 우리 내면에 문명화된 가치는 어느 정도 견고한가. 저자는 2차 세계대전에서 해병으로 근무하면서 인간의 야만성에 대해 충분히 경험했던 듯하다.

남자가 세상을 인식하는 방식이 기본적으로 경쟁적, 대결적이기 때문에 그들에게 늘 적이 필요한 것처럼, 똑같은 이유에서 아군도 필요하다. 남자들은 두사람이 있으면 무의식적으로 경쟁하지만 세 사람이 모이면 모임을 만든다고 한다. 세사람 사이에는 순식간에 힘의 우열이 가려지고 서열에 따라 한가지씩 직책을 나누어 맡는다. 회장, 부회장, 총무. 남자들이 만들어내는 위원회에 대해 『남자』

남자들의 위원회는
힘을 갖고 싶어하는 욕망을 충족시키는 곳이다.
또한 그런 방식으로라도
감정을 표현할 수 있는 곳,
안정감과 존재 증명을 얻을 수 있는 곳이다.

의 저자 디트리히 슈바니츠는 위원회 자체가 이미 계단형 토지 모양의 권력구조를 이루고 있다고 한다.

저 아래 계곡에는 축구팀의 팬클럽, 볼링 클럽 회원, 술친구들이 모여 있으며, 좀더 올라가면 서민층의 싸움질 위원회 형태인 단골 술집 테이블이 나타난다. 거기서 좀더 올라가면 수많은 협회들이 위치한 지대가 나타나는데 비둘기 협회부터 독서문화 후원 협회, 토지 소유주 이익 연합에 이르기까지 수많은 위원회들이 포진해 있다. 그 위로는 정치 위원회들의 고산지대가 높이 자리 잡고 있다. 하얀 눈으로 뒤덮인 정당, 의회, 정부의 산봉우리들이 여기저기 보이며, 그 최고봉은 정부 내각의 에베레스트 산이다.

저 글을 읽을 때 처음으로 남자들의 모임 종류와 그 피라미드 구조를 인식했던 것 같다. 그전에는 거리를 걸을 때 로터리클럽이나 재경 동문회 플래카드를 보더라도 그 의미를 제대로 이해하지 못했다는 것을 알았다. 그 책의 다음 페이지에는 각 위원회마다 열가지 유형의 남자들이 존재한다는 내용이 이어진다. 저자가 제시하는 열가지 유형의 남자란 다음과 같다. 방해자, 혼돈 조장가, 사교가, 대표자, 종교재판관, 연기자, 중재자, 현학자, 소설가, 팬.

남자들의 위원회는 힘을 갖고 싶어하는 욕망을 충족시키는 곳이다. 또한 그런 방식으로라도 감정을 표현할 수 있는 곳, 안정감과 존재 증명을 얻을 수 있는 곳이다. 그럼에도 남자들은 그런 곳에서

조차 다른 남자들과 내면 이야기를 하지 않는다. 지나치게 가까워지는 것을 두려워하고(남자들은 가끔 동성애자가 될지도 모른다는 두려움을 느끼는 것 같아 보인다), 동시에 소외될까봐 겁낸다. 그런 상태로 무리 지어 힘을 느끼려 한다.

　모임의 좋은 기능은 개인의 발달을 돕는 역할을 해준다는 것이다. 나쁜 기능은 개인의 의존성을 영원히 고착시킨다는 점이다. 어떤 의존적인 집단은 개인이 성장, 변화하기 위해 모임을 떠나면 심리적 응징을 가하기도 한다. 집단심리학에서는 집단의 리더가 그 집단의 병리를 가장 대표적으로 가지고 있는 사람이라는 연구 결과가 나와 있다.

●●

남자들의 치유 모임

　　　　　　　한 무리의 남자들이 가족에 관한 어떤 세미나에 참석하기 위해 한자리에 모였다. 여자는 참석할 수 없는 모임이다. 방 안 분위기는 그날 열린 다른 세미나장들에서의 분위기와는 사뭇 다르다. 약간 침울하고 무거운 분위기. 이 세미나를 이끄는 것이 내 일이다. 나는 그 분위기에 걸맞게 조용히 앉아 마음을 잡는다. 수천번의 세미나와 강연을 해왔기 때문에 사람들에게 '친절하게 대하려고' 애쓰면서 내 에너지를 분산시키지 않으려 한다.

이윽고 적당한 시간이 되었을 때 나는 말하기 시작하고 방 안의 무거운 분위기는 서서히 풀려나간다. 가벼운 분노와 함께 생동하는 활력을 볼 수 있는 여성운동 모임과는 달리 남성 그룹에서는 깊은 침묵이 감돌고 심지어 두려워하는 기색까지 엿보인다. 이런 분위기는 좀더 나이 들고 안정감 있는 남자들이 부드러운 얘기를 꺼내고 농담을 하는 덕분에 좀 가벼워진다.

나는 마흔살이다. 그동안 숱한 실패와 부끄러운 경험을 지나면서 고통과 인내를 존중하는 법을 배웠고, 나보다 앞서 간 사람들을 존경할 줄 알게 되었다. 그리하여 우선 나보다 연장자인 남자들에게 말을 걸고 그 자리에 와준 것을 고맙게 생각한다는 뜻을 전한다. 그들이 나보다 오래, 더 깊이있게 살아왔다는 사실을 인정한다. 내가 미숙한 탓으로 자칫 길을 잃을 때는 도와달라고 청한다. 그러고 나서 우리는 이야기를 시작한다.

우리 이야기는 자연스러운 흐름에 따라 진행된다. 우선 제대로 돌아가지 않는 일들에 대해 이야기한다. 이를테면 아버지와의 불화, 결혼생활에서 겪은 고통스러운 체험들, 부모의 역할, 삐걱거리는 건강 등에 대해. 여기서 남자들은 자기 경험의 일부를 이야기하고 다른 사람들의 말에 주의 깊게 귀 기울여야 한다. 남자들은 차례로 이야기한다. 조용히, 그리고 담담하게 이야기하는 과정에서 눈시울이 젖어들면서 그들은 흐느끼기 시작한다.

이따금 우리는 더 작은 그룹들로 나뉘어 이야기하다가 다시 모여 각 그룹들에서 내린 결론들을 주고받기도 한다. 사람들이 말하는

것을 중단시키기는 쉽지 않다. 세미나가 끝날 무렵에는 아무도 그
곳을 떠나고 싶어하지 않는다. 그리하여 애초에 예정했던 시간보다
한 시간가량 더 지난 후에야 비로소 마지막 사람이 나와 긴 포옹을
하고 그곳을 떠난다.

위에 인용한 대목은 『남성심리학자가 남자에게 말하는 남자의
생』의 저자 스티브 비덜프가 심리치료사로서 꾸려가는 남성 치유
모임 장면이다. 남자들은 저 모임에서 비로소 술집이나 스포츠 클
럽 같은 데서 꺼내지 않던 이야기를 한다. 아주 오랫동안 내면에 쌓
아온 압박감 같은 것, '내 인생은 어떻게 흘러가고 있는 거지?' 같
은 의문들을 풀어낸다. 담담히 자기 내면을 들여다보고, 솔직하게
자기 이야기를 털어놓고, 감정이 솟구치는 대로 그것을 표현한다.
다른 남자들은 이야기를 듣는 것만으로도 위안을 받는다. 아, 나만
이렇게 힘든 게 아니구나, 생각하면서 처음으로 바깥에서 자신을
보는 시선을 갖는다.

로즈 킹마 박사는 오직 여자만이 남자를 내면 감정에 이르게 해
줄 수 있다고 주장했다. 하지만 비덜프 박사의 생각은 다르다. 오직
남자만이 남자를 구원할 수 있다고 천명한다. 그는 남자가 살다가
만나는 영혼의 길고 어두운 밤이란 보다 직설적으로 말하면 '페니
스의 길고 어두운 밤'이라고 한다. 이런 재앙과 맞닥뜨리는 것은 남
자들이 갖고 있는 완전히 잘못된 믿음, 곧 '남자는 여자의 사랑 없
이는 살 수 없다'는 믿음의 결과라고 한다. 치유책은 다른 남자들이

개입해서 정서적인 격려와 지지를 해주는 것뿐이다. 비덜프 박사는 이제 남자들이 스스로 자기를 치유해야 한다고 주장한다.

자신의 삶을 솔직하게 이야기하고, 고통스럽거나 수치스러운 경험을 공유하는 자조 모임을 만들어야 한다. 남자들이 다른 남자들과 어울리는 것만이 그들의 감정을 살아 움직이게 하는 방법이다. 남자들의 감정 표현 불능 증후군은 다른 남자들과 마음을 나눌 기회가 없었기 때문이다.

외국에는 남성들의 자조 모임이 많이 만들어져 있다고 한다. 비덜프 박사의 나라 오스트레일리아에는 공식적으로 활동하는 남성 그룹이 몇백개나 되고, 비공식적으로 조용히 운영되는 모임은 더 많을 것으로 추정된다. 캐나다에는 훌륭한 심리치료사인 기 꼬르노가 혼자 힘으로 발족시킨 남성 모임이 3백개가 된다고 한다. 미국에는 남자들의 모임이 수천개는 된다고 한다. 그것은 모두 남성들이 서로 깊은 통찰과 격려를 주고받는 곳이며, 마음을 열고 자유를 향해 나아가는 문이 된다.

남성 모임에서 남자들은 허세를 부리지 않고 자신의 감정을 솔직하게 이야기한다. 다른 이들은 주의 깊게 들어주고 존중해준다. 실제적인 삶의 문제를 의논할 수도 있다. 아이들에게 좋은 버릇을 들이는 법, 직장생활을 활기차게 영위하는 법, 부부 싸움과 섹스의 문제 등을 토론한다. 전쟁으로 인한 정신적 상처나 아내의 암 선고 때문에 고통받는 남자의 이야기를 들어주고 격려해준다. 그렇게 저마다의 내면과 접촉하면서 편안하게 숨 쉴 수 있는 공간을 마련한다.

또한 남자들의 자조 모임은 자녀들을 성장으로 이끄는 '무쇠 한스' 역할을 해줄 수 있다. 아버지들의 모임에 아들들을 데리고 가서 남성 문화를 습득하게 하고, 아버지 외에도 지지해주고 가르침을 주는 우호적인 성인 남성들이 많다는 사실을 경험하게 한다. 모든 아버지들이 청소년을 지도해주고, 그들에게 긍정적인 메시지를 심어줌으로써 성격 발달과 성숙의 기회를 제공해줄 수 있다.

당신에게 아들이 있다면 아들의 울타리가 되어줄 수 있는 남자 친구 집단을 가지고 있어야 한다. 그럴 때 당신의 아들은 남자 어른들이 자기를 그 세계 속에 받아들여준다는 느낌을 받을 것이다. 당신이 원하지 않으면 굳이 스포츠나 낚시, 컴퓨터 등의 전문가가 되려고 애쓸 필요가 없다. 자연스럽게 다른 남자들이 개입해들어와 그런 분야의 기술을 아들에게 가르쳐줄 것이다.

행복해지려면 모임에 가입하라는 명제는 참임이 틀림없어 보인다. 아직 의존성이 덜 보살펴진 사람은 의존하는 모임에, 경쟁적 요소를 다스릴 필요가 있는 사람은 경쟁하는 모임에 가입하면 될 것이다. 그중에서도 남자들의 자조 모임에 가입하는 게 가장 행복해지는 비결일 것이다. 우리나라에는 외국과 같은 남성 자조 모임이 잘 눈에 띄지 않지만.

비덜프 박사는 '길고 어두운 밤'을 무사히 넘긴 남자는 엄청난 보상을 받는다고 한다.

그는 많은 남자들이 갖고 있는 아기 같은 속성을 버렸고, 여자들을 향해 급하게 서두르지도 않는다. 여자를 동등한 입장에서 대하며 참된 우정을 베풀 줄 안다. 여자들에게 요구하는 것도 그다지 많지 않기 때문에 그는 한결 매력적인 사람이 된다.

저런 남자가 있을까? 상상만 해도 행복감이 느껴진다. 남자에 대한 환상이란 눈곱만큼도 없다고 믿어왔는데, 저런 문장을 읽고 기대감을 품다니. 내게 아직 버리지 못한 남성 판타지가 있는 모양이다.

남자와 여자가
사이좋게
지내기

2000년이 시작되고 나서 얼마 지나지 않았을 즈음, 대학 친구인 남자가 지친 듯한 목소리로 이렇게 말한 적이 있었다.

"요즈음은, 여자들이 너무하는 거 같다."

그때 우리는 무슨 행사가 있어서 택시를 타고 이동하는 중이었다. 조용한 택시 안에서 그의 말이 동굴 속에서처럼 음울하게 울렸다. 그는 당시 우리 사회의 이혼율 증가, 여성들의 권리 찾기 운동 등에 대해 말하는 것 같았다. 그 말을 할 때는 아마도 나의 동의와 지지를 기대했던 듯하다. 그도 역시 내가 삼십대 내내 사용한 생존법, 입에 지퍼를 채우고 구석 자리에 찌그러져 있던 태도에 속았던 것 같다. 나 역시 오래된 친구를 믿어서 그랬을 것이다. 오래도록 써온 가면을 잠시 잊고 또박또박 평소의 생각을 말했다.

"나는 남자들이 엄살을 피운다고 생각해. 그동안 누리던 것을 조금 양보했을 뿐인데 마치 팔이라도 하나 내준 것처럼 굴잖아."

감수성이 남다른 시인 친구는 많이 놀란 듯했다. 그는 더이상 이야기를 이어가지 않았고, 그가 놀라는 모습을 본 후 나도 다시 입에 지퍼를 채웠다. 목적지에 도착해 택시에서 내릴 때까지 좁은 택시 안은 불편한 침묵으로 가득 차 있었다. 그후로 어떤 자리에서 가끔씩 스치더라도 그는 그 이야기를 입에 올리지 않았다.

친구가 그랬던 것처럼 당시 대부분의 남자들은 여성의 변화에 당황하는 것으로 보였다. 어떤 이들은 침묵하고, 어떤 이들은 여성들의 변화에 맞춰 마지못해 변화하려 노력하고, 또 어떤 이들은 화를 내는 것 같았다.

"우리나라 여자들은 왜 그렇게 남자 뺨을 철썩철썩 때리는 거지?"

몇해 전, 한 문학평론가 선생님이 그렇게 말하는 것을 들은 일도 있다. 대체 어떤 여자가 남자 뺨을 때린다는 거지? 혼자 자문할 때 그분이 부연했다. "우리나라 드라마를 보고 있으면 그런 장면이 많이 나와. 여자들이 남자에게 폭력 휘두르는 장면을 하루에 한두번은 꼭 만나지." 그후 드라마를 유심히 봤더니 실제로 여자가 남자 뺨을 찰지게 때리는 장면이나 남자에게 폭력적 언행을 가하는 장면이 심심찮게 눈에 띄었다.

참 신기한 일이었다. 뉴스에 나오는 대부분의 폭력, 강도, 연쇄살인 사건은 남성이 여성에게 행하는 범죄들인데, 드라마에 나오는 폭력은 대체로 여성이 남성에게 행하고 있었다. 그것은 드라마를 만들고 시청하는 동시대 여성들의 판타지이자 소극적 복수 같아 보였고, 동시에 남성들에게는 불편함을 조성하여 여성에 대한 무의식적 공격성을 키우는 데 기여하는 듯했다.

기어이 남성들이 여성에 대한 피해의식을 갖게 된 듯 보이기도 했다. 그동안 지나치게 큰 격차로 벌어져 있었던 여성의 지위와 권익을 아주 조금 보완했을 뿐인데도, 수백년 동안 당연한 것으로 누려오던 권리를 양보하는 입장에서는 분통이 터질 수도 있을 듯했다.

우리 여성의 입장에서 말하자면, 불편한 삶, 열악한 환경을 개선하는 데 힘 쏟느라 미처 남자들의 입장을 헤아려보지 못했던 것 같다. 우리 여성들이 주도해나가는 변화에 대해 남자들의 생각과 느낌을 물어보지 못했다. 아니, 그럴 엄두가 나지 않았다. 사회 한켠에서 늘 여자들에게 분노하는 남성들이 있었고, 그들은 여자들에게 온갖 나쁜 것들을 퍼부어대곤 했으니까. 그들이 그토록 무서운 것을 쏟아내는 이유가 그들도 내면에서는 두려워하고 있기 때문이라는 사실을 그때는 우리 여성들도 알지 못했다.

우리는 지레, 남자들은 마지못해 여성들의 요구에 응한 것일 뿐 스스로 변화하고 싶은 마음이 없었을 거라고 짐작했다. 심지어 남자들은 여자들이 무엇을 원하는지 묻고, 그녀들이 원하는 것을 주어야만 자신들이 원하는 것을 받을 수 있다고 믿기 때문에 바터제로 변화를 수용하는 듯 보였다. 여자를 달래기 위해 특정 제스처를 취하고 마지못해 양보할 뿐 결코 여자들이 주도하는 변화를 수용할 마음이 없다고 믿었다.

● ●

남자들에게 기회를

나는 1982년에, 서른아홉의 나이에 빠리에 왔다. 그리고 삼년 뒤에 프랑스 여성과 결혼하고 그대로 프랑스에 정착했다. (⋯) 내가 미국을 떠난 이유 중 한가지는 분명히, 이십대 때 친하게 지내던 페미니스트들에게서 강요된 상식으로부터 도망치기 위해서였다. 그 상식이란 남자와 여자는 전투라고까지는 하지 않더라도 경쟁 상대로서 완전히 자유롭고 평등한 존재라는 것이다.

그 상식이 내 마음속에 만들어놓은 갖가지 감정은 브루스 윌리스가 주연한 「블루문 탐정사」라는 텔레비전 드라마 속에 구체적으로 표현되어 있다. 그 드라마에서, 같은 직장에서 일하는 멋지고 야성적인 남자와 날씬하고 아름다운 여자는 서로 진정한 사랑을 느낄 때까지 상대방을 끊임없이 모욕한다. 일할 때도, 침대 위에서도 거듭 상대방을 상처 입힐 위험한 행동을 하고 있었다. 그들처럼 나도 여자에게는 계속 그렇게 대하는 게 좋다고 생각했다. 프랑스에 처음 도착했을 때는 무의식적으로 남녀 관계에서 쾌락보다는 힘의 대결을 추구하고 있었다. 고정관념의 틀에 갇혀 있었다고나 할까.

위 글은 앞서 몇차례 인용한 『여자에게』라는 책에 수록되어 있다. 마크 헌터의 '페미니스트로부터의 도피'라는 제목의 글이다. 사실 저 책을 읽을 때 나는 저런 이야기, 저런 책 자체가 부러웠다. 그들은 이미 삼십년쯤 전에 남자들의 내밀하고 솔직한 이야기를 활자 매체에 연재하고, 그것을 묶어 책으로 내고, 많은 이들이 읽고 공감했구나 싶었다. 그 책에는 남자들의 사소하고, 찌질하고, 마음 아프고, 감추고 싶었을 이야기들이 세세하게 실려 있었다. 그 책을 읽으며 언젠가는 우리나라에도 그런 책이 출판되는 날이 올까 꿈꿔보기도 했다.

위 글의 필자는 현실적으로는 프랑스 여성의 삶과 미국 여성의 삶이 별반 다르지 않음을 '발견했다'고 말한다. 그가 프랑스에서 만난 여성들도 대부분 일을 가지고 있었고, 결혼한 여성은 예외 없이 요리와 세탁, 자녀 교육의 부담을 남편보다 훨씬 많이 떠맡고 있었다. 그가 빠리에서 처음 만난 여자는 한번 이혼한 사람이었는데, 당시에는 프랑스에서도 미국과 마찬가지로 결혼한 부부 두쌍 가운데 한쌍은 이혼하는 게 일반적인 현상이었다. 하지만 그는 자기가 만난 프랑스 여자는 미국 여자와 미묘하게 다르다고 쓰고 있다.

〔프랑스에서〕 나는 레스또랑에 들어갈 때와 나올 때 그녀를 위해 문을 열어주어야 하고, 식사를 주문할 때는 그녀가 먼저 주문하기

를 기다려야 한다. 물론 그녀가 코트를 입거나 벗을 때도 도와주어야 한다. 레이디 퍼스트의 관습을 철저히 실천하고, 무엇보다 기꺼이 기쁜 마음으로 행하는 것처럼 행동해야 한다. 그 댓가로 가벼운 미소와 짧은 감사의 말을 듣는다.

그러나 미국에서는 이와 정반대로 행동해야 했다. 미국에서는 가급적 훌륭한 보호자처럼 행동하는 인상을 주지 않기 위해서 애써야 했다. 여자 쪽에서 요구하기 전에는 절대로 도움의 손길을 내밀어서는 안되었다. 1980년대 페미니스트 신문에서 오려낸 만화에는 한 여성이 이렇게 외치는 구절이 적혀 있다. 잠깐 비켜보세요, 남자 양반! 이 호랑이는 내 손으로 직접 처리하겠어요.

외국 심리학 책을 읽다보면 '양성 간의 전쟁'이라는 표현을 드물지 않게 만난다. 여성들이 자기 권익을 주장하고 자기 욕구를 말하기 시작하면서부터 남자들은 예전에는 경험해보지 못한 곤경에 처한 것 같다. 예전에는 남자가 가정을 책임지고 여자는 보조자 역할을 하면 되었다. 남자는 무거운 책임을 맡은 대신 아내와 자식에게 더 큰 권력과 권리를 가지고 있었고, 여자는 보살피고 헌신하는 역할을 떠맡은 대신 세상으로부터 보호받는 울타리를 하나 가질 수 있었다.

하지만 남자와 여자의 관계가 예전보다 복잡해지고 있다. 전통적인 남녀 역할 분담 구조가 약화되면서 남성도 여성도 각각의 역할에 혼란을 느낀다. 특히 남자들의 눈에는 여자들이 사사건건 트집

잡는 것처럼 보인다. 치약 짜는 방법이나 변기 사용법 같은 사소한 것에서부터 양성평등법이나 유산 분배에 이르기까지. 어떤 남자들은 여자가 싸움을 걸어오는 것처럼 느끼기도 한다.

남자들은 이중 부담을 짊어지는 것도 같다. 한편으로는 가정과 나라를 지킬 수 있는 강인한 사람이 되어야 하고 다른 한편으로는 여자가 요구하는 민감하고 다정한 사람이 되어야 한다. 그것을 어떻게 해내라는 거지? 남자들은 브레이크가 고장난 자동차처럼 그대로 달려나가며 어디 안전하게 멈출 지지물이 나타나기만을 기다리는 것 같아 보인다.

'여자들이 너무하는 것 같다'는 친구의 말을 들은 때로부터 또 십년쯤 지났을 때 또다른 동년배 친구인 남성이 앞뒤 없이, 혼잣말처럼 이렇게 자문했다.

"왜 남성들은 리커버가 안될까?"

그는 편집자로, 나는 필자로 만난 자리였다. 심리와 관련된 책 원고 이야기를 나누고 있어서 그랬는지도 모르겠다. 잠시 공백이 찾아왔을 때 그가 창밖으로 멀리 시선을 밀어내며, 마음 깊은 곳에서 처음 꺼내는 것 같은 독백을 했다. 그의 혼잣말이 참 반가웠다. 남성들에 대해 내가 가지고 있는 편견이 하나 있다면 그들이 심리의 시옷 자도 듣기 싫어한다는 것이었다. 그런데 어떤 남자가 마음 상태에 관심을 가지고 치유에 대해 자문하다니, 세상이 변했나 싶었다. 심지어 그는 남성들이 치유되지 않는다는 사실까지 알고 있었다.

실제로 남자들의 치유는 쉽지 않을 것이다. 그들은 그토록 힘을

미숙한 생존법,
성격의 왜곡된 측면을 알아차려
각자 어른이 되어야 한다.
그래야 내면의 불편이 해소되고
관계가 개선된다.

쥐려고 하는 이유가 불안과 두려움 때문이라는 사실을 인식하는 단계부터 벽에 부딪힐 것이다. 치료되기 위한 필수 과정으로써 약하고 부족하고 못난 곳으로 퇴행하는 일을 감당하기 어려울 것이다. 남자들의 나르시시즘은 인류의 역사와 뿌리를 함께하는 굳건한 것이므로. 잘못의 절반은 우리 여성들에게 있을지도 모르겠다. 여성들의 수다 떨기에 남성들을 끼워주지 않아서, 그들이 늘 강하고 과묵하고 의젓하기를 바라서, 툭하면 그들에게 의지하고 징징거려서, 남자들에게 수다 떨고, 약해지고, 징징거릴 기회를 주지 못한 게 아닌가 싶다. 미안한 마음이다.

● ●

각자가 어른이 되기 위해

　　　　　　　한차례 상담을 가졌던 사십대 후반의 남성 내담자가 어느날 다시 찾아와 결혼생활이 악화된 데 대해 불평을 털어놓았다. 그가 아직도 무척이나 사랑하는 아내가 원하는 만큼 잘해주지 않는다는 것이었다. 그녀는 섹스에 별로 관심이 없었다. 예전과는 달리 남편에게서 성적 흥분을 느끼지 못했다. 실제로 만나본 그의 아내는 세련되고 유능한 사람이었다. 그녀는 자신의 일과 자녀에게 신경을 쓰느라 남편에게 잔정을 줄 여유가 없었다. 그들 부부 관계는 큰 문제가 없었는데 단지 남편이 끊임없이 실망감과 거부감을 느낀 나머지 점점 더 성마른 성깔을 부리는 게 문제였다.

이제는 과도한 기대를 낮춰야 할 때라고 판단했다. 극적인 효과를 위해 잠시 말을 멈추고 그의 눈을 직시하다가 이렇게 말했다.

"당신은 분명히 알아야 합니다. 당신의 아내는 지금 이 모든 감정적 욕구를 다 들어줄 수가 없어요."

이런 말을 들으면 낙담하거나 방어적인 태도를 보이거나 화를 낼 걸로 예상했지만 그의 반응은 의외였다. 얼굴이 환하게 밝아지면서 이렇게 말했다.

"그럼 선생님 말씀은 아내가 언젠가는 그렇게 해줄 때가 온다는 거죠?"

그는 '지금'이라는 단어에 초점을 맞추고 집착하면서 애써 사실을 부정하고 싶어했다. 그에게 분명히 말해주었다.

"당신의 아내는 이 모든 감정적 욕구를 지금은 말할 것도 없고, 앞으로도 신경 써주지 않을 겁니다."

상담이 끝나자 그는 낙담한 나머지 침울한 모습으로 자리를 떴다. 그는 내가 한 말이 얼마나 자신을 우울하게 만들었는지 아느냐며 그날밤 전화 메시지를 남겼다. 내 말이 그에게 무언가 알 수 없는 허전함을 영원히 갖게 했다는 것이다.

그러나 다음 주에 만났을 때 그는 변해 있었다. 그는 상담 다음 날 아침 눈을 떴을 때 훨씬 가벼워진 마음을 느꼈다고 말했다. 자신이 느끼는 감정이 자유로움이라는 사실을 깨달았다. 모든 감정을 아내가 신경 써주기를 바라는 기대에서 해방되었을 뿐 아니라, 그녀가 주지 않는 데서 생기는 실망에서도 해방되었다.

위에 인용한 사례는 데이비드 웩슬러의 『내 남자를 위한 관계의 심리학』에 실린 내용이다. 저런 종류의 이야기를 읽을수록 명백해지는 사실은 남녀 간의 불화의 원인이 오직 각 개인들의 미숙함에 있다는 점이다. 남성들이 불편을 겪는 이유도 그들이 무의식 속에서 아기처럼 원하기만 하기 때문이다. 독서 모임에서 만나는 후배 여성들도 그들이 느끼는 심리적 불편을 이렇게 말한다.

"엄마가 아무것도 해주지 않아요."

"아빠가 아무것도 해주지 않아요."

"남편이 아무것도 해주지 않아요."

"남자 친구가 아무것도 해주지 않아요."

믿어지지 않지만, 내가 만나는 모든 여성들이 처음에 저렇게 이야기를 시작한다. 여자는 결핍을 널리 공표함으로써 사랑받으려 한다는 프로이트의 정의가 절로 이해된다. 개중에는 남자 친구가 너무 힘들게 한다고 말하는 이도 있고, 회사 동료 때문에 미치겠다고 말하는 이들도 있다. 스무살이 넘으면 타인에게 무엇을 해달라고 징징거리기를 중단해야 하고, 자기 생의 문제를 타인을 탓하는 방식으로 풀어서는 안된다는 기본 생존법도 모르는 게 틀림없었다.

위에 인용된 사례의 여성판 같은 이가 있었다. 그녀는 삼십대 중반이었다. 그녀 역시 처음 만났을 때 남자 친구가 아무것도 해주지 않는다고 말했다. 남자 친구가 너무 집착하는 바람에 헤어질 수가 없다고도 했다. 헤어지자고 말하면 그가 폭력적으로 나오기 때문에 무서워서 계속 만나준다고 했다. 그녀는 말갛게 눈을 뜨고 아이 같은 표정으로 이렇게 말했다. "어떻게 헤어지는지 모르겠어요."

그녀는 주기적으로 남자 친구를 만나 데이트하고 있었고, 그만큼 남자 친구를 다양한 용도로 알뜰하게 사용했다. 운전기사, 심부름꾼, 경호원, 감정 쓰레기 하치장, 심심풀이 땅콩 등으로. 남자가 변덕스러운 여자에게 지쳐 멀리 떠났을 때는 적극적으로 따라가서 다시 유혹해오기도 했다. 물론 무의식적인 행위여서 그녀는 자기가 그런 일을 한 적은 없다고 굳게 믿고 있었다. 그러면서 그를 못마땅해하고, 그가 집착해서 헤어질 수 없다고 하고, 그가 자기를 공격한다고 믿었다. 여러해 동안 혼란스러운 관계를 이어가면서 두사람은 각자 고통스러워했다.

그녀는 내면을 들여다보는 길고 힘든 작업에 뛰어들었다. 처음 일이년 동안은 그녀가 옳다고 인정하고 지지해주는 상담 단계를 밟았다. 어느정도 자아가 강해졌을 때 억압해둔 감정과 직면하는 고통스러운 과정으로 접어들었다. 이상화해둔 자기 이미지가 깨어지는 고통, 내면의 파괴적 감정들을 경험하는 고통, 유아기 불안을 재체험하는 고통 등을 거친 다음 그녀는 이제 이렇게 말한다.

"내 쪽에서 먼저 교묘하게 그를 공격한다는 것을 알았어요. 그의 공격 반응을 기대하면서요. 내가 착취적으로 그를 사용하고 있다는 것과, 내 쪽에서 절박하게 그를 필요로 한다는 것도 알게 됐어요. 이기적이고 가학적인 나를, 긴 시간 동안, 그는 어떻게 견뎌냈는지 모르겠어요. 미안하고 고마워요."

위 남성과 지인의 경우처럼, 남녀가 사이좋게 지내는 방법이 하나 있다면 각자 자기 내면을 들여다보는 일이라고 생각한다. 미숙한 생존법, 성격의 왜곡된 측면을 알아차려 각자 어른이 되어야 한다. 그래야 내면의 불편이 해소되고 관계가 개선된다. 자기 마음이나 행동은 볼 줄 모르면서 상대방을 원망하던 태도가 바로 문제의 핵심이었음을 알아차리는 것이다. 개인이든, 집단이든, 더 큰 사회든 똑같은 원칙이 적용될 수 있을 것이다.

가장 최근에는 삼십대 후반 남성이 이런 이야기를 하는 것을 들었다.

"나는 요즈음 문학의 길로 들어섰다는 걸 다행스럽게 여기고 있어요. 문학이 사람 하나 살린 셈이지요. 만약 문학을 하지 않았다면 마누라 둥그런 배에 발길질하고, 아무 데나 화내면서 살았을지도 모르는데."

그는 삼십대 후반 소설가이다. 자기성찰적으로 말할 수 있는 것도, 자기 감정을 솔직하게 표현할 수 있는 것도 그의 직업적 특성과 관련 있을 것이다. 남자의 입에서 성찰과 변화에 대한 이야기를 솔직하게 듣는 일이 감동적이어서 나는 하마터면 그의 손을 덥석 잡을 뻔했다.

남녀가 사이좋게 지내는 일은 쉽지 않을 것이다. 인류의 처음부터 남녀는 필요한 부분을 주고받으며 서로에게 불편한 것들을 투사해왔으므로. 그래도 완전히 불가능한 일은 아닌 듯 보인다. 개인

들이 사적인 관계에서 잘 지내는 길에는 명백히 검증된 방법이 있
다. 그 방식을 더 큰 단위로 확장시켜 적용하면 가능하지 않을까,
또 순진한 환상을 꽃피워본다.

남자를 위하여
여자가 알아야 할 남자 이야기

초판 1쇄 발행 • 2013년 11월 25일
초판 8쇄 발행 • 2025년 4월 28일

지은이/김형경
펴낸이/염종선
책임편집/이상술 김선영
펴낸곳/(주)창비
등록/1986년 8월 5일 제85호
주소/10881 경기도 파주시 회동길 184
전화/031-955-3333
팩시밀리/영업 031-955-3399 · 편집 031-955-3400
홈페이지/www.changbi.com
전자우편/lit@changbi.com

ⓒ 김형경 2013
ISBN 978-89-364-7236-8 03810